Sandra Diemer
Datteleis und Sternenfunkeln

Der Verlag:

Falafel, Mittelmeer-Vibes und religiöse Stätten. Reisen ist für uns mehr als Tourismus. Es sind die Menschen und einzigartigen Begegnungen, die uns faszinieren. Deshalb weben wir in unsere Romane authentische kulturelle Aspekte ein: regionale Feste, traditionelle Rezepte, lokale Redewendungen. Unsere Autor:innen sind Weltenbummler:innen, Abenteurer:innen und leidenschaftliche Fans der Region, über die sie schreiben. Begleitet uns ein Stück in unseren Geschichten und zieht dann selbst los. »Ein Lächeln ist der kürzeste Weg zwischen zwei Menschen«, besagt ein chinesisches Sprichwort. Also seid mutig und offen, denn die Welt ist bunt und voller Wunder.

Israel:

Israel ist ein Schmelztiegel verschiedener Kulturen, Sprachen und Religionen. Jerusalem, die Hauptstadt, allein beherbergt religiöse Stätten des Judentums, Christentums und des Islam. Oft wird Israel als »Start-up-Nation« bezeichnet, da es eine hohe Anzahl an Technologieunternehmen hervorgebracht hat. Führend ist das Land in den Bereichen Cybersecurity, Medizintechnik, Agrartechnologie und künstliche Intelligenz. Obwohl es nur etwa halb so groß ist wie die Schweiz, verfügt Israel über eine erstaunliche Vielfalt an Landschaften, von den grünen Hügeln des Nordens bis zu den roten Sanddünen der Arava-Wüste. Im Verhältnis zu seiner Einwohnerzahl hat Be'er Scheva die weltweit meisten Schachgroßmeister:innen.

Datteleis und Sternenfunkeln

TRAVEL. LOVE.
ISRAEL.

SANDRA DIEMER

Das Werk, einschließlich aller seiner Teile, ist urheberrechtlich geschützt. Jede Verwertung ist ohne Zustimmung des Verlages und der Autorin unzulässig. Dies gilt insbesondere für Vervielfältigungen, Übersetzungen, Mikroverfilmungen und die Einspeicherung und Verarbeitung in elektronischen Systemen. Sollte diese Publikation Links auf Webseiten Dritter enthalten, so übernehmen wir für deren Inhalte keine Haftung, da wir uns diese nicht zu eigen machen, sondern lediglich auf deren Stand zum Zeitpunkt der Erstveröffentlichung verweisen.

Dieses Buch ist auch als E-Book erhältlich.

© 2024, Sandra Diemer
Verlag: Flamingo Tales, Am Rodenbach 49, 51469 Bergisch Gladbach
flamingo-tales.de
Cover-/Umschlaggestaltung: Buchgewand Coverdesign | buch-gewand.de

unter Verwendung von Moriven von:
stock.adobe.com: Вероника Розгон, Марина Воюш, dariaustiugova, Arttabula
depositphotos.com: benjaminlion, Olga_C , ElenaMalginaArt, vesnin_sergey, lapotnik, Naniti

ISBN: 978-398-9423-64-0

Für dich, Niv.
Danke für dein Licht, deine Liebe, deine Welt in meiner.

אני אוהֲב אותךְ

Being free is a state of mind ...

Kapitel 1
דחא

Isabelle

Erwartungsvoll schiebe ich die Lamellen auseinander und linse aus dem Fenster. Noch immer kann ich es nicht glauben. Direkt unter mir am Ufer wogen majestätische türkisfarbene Wellen und unermüdlich tanzen hübsche Kronen aus weißem Schaum bis zum Horizont.

Entzückt durch diesen sagenhaften Anblick, ziehe ich die Jalousie nun ganz nach oben und schiebe das Fenster ein wenig auf. Eine frische Brise umspielt meine Nase. Ein paar Mal atme ich tief ein und aus. Schon immer liebe ich diese unberührte Morgenluft. Gepaart mit der ungewohnten Wärme und dem Meeresrauschen ist es ein perfekter Morgen.

Ich strecke meine Arme in die Höhe und beuge mich in dieser Haltung einmal nach links und nach rechts, ehe ich einen Blick auf die Uhr werfe. 7.25 Uhr. Mist. Eigentlich wollte ich schon an der Promenade sechzehn Stockwerke unter mir gejoggt sein, aber die Zeitverschiebung von einer Stunde und das so unglaublich gemütliche Hotelbett haben mich einfach nicht eher aus den Federn springen lassen.

In all den vergangenen Jahren habe ich nicht einen einzigen Tag auf das Laufen verzichtet. Das wird heute die absolute

Ausnahme bleiben, aber an meinem ersten Tag gönne ich mir einfach diese kurze Auszeit und schiebe die Stimme meines Vaters in meinem Kopf zur Seite, die sagt: »Nur mit eiserner Disziplin bringt man es zu etwas.«

Denn letztendlich ist es auch ihm zu verdanken, dass ich tatsächlich hier gelandet bin, als Marketingleiterin der neu übernommenen israelischen Niederlassung meiner Firma.

Erst vor wenigen Wochen berichtete ich meinen Eltern und meiner Oma beim gemeinsamen Osterfest von meinem sensationellen Jobangebot in Israel, der drittwichtigsten Start-up-Region weltweit, nach dem Silicon Valley und New York. Endlich konnte ich verkünden, dass sich der jahrelange Fleiß und Ehrgeiz ihrer einzigen Tochter beziehungsweise Enkelin ausgezahlt hatte.

»Menschenskinder, da bin ich aber stolz auf dich«, betonte meine Oma und schob umgehend die Frage hinterher, ob es sich denn um *das* Tel Aviv handele und ob das nicht gefährlich sei.

»Das ist schon alles nicht so schlimm, Oma. Sonst würden sie mich ganz sicher nicht hinschicken.« Ich gab ihr einen Kuss auf die ledrige Wange.

Mein Vater schenkte jedem Wasser nach. »Wir sind stolz, dass wenigstens du etwas erreicht hast.«

Für einen Moment herrschte Stille und ich war mir sicher, dass wir alle an dieselbe Person dachten. An Lukas, meinen fünf Jahre älteren Bruder.

Schließlich unterbrach meine Oma das Schweigen. »Und wirst du dann auch nach Bethlehem und Jerusalem reisen und dir die Grabstätte von Jesus anschauen?«

»Erstmal nicht«, antwortete ich, aber als ich die Enttäuschung im Gesicht meiner Oma sah, fügte ich schnell hinzu: »Erst heißt es Geld verdienen. All diese Ausflüge sollen schließlich nicht von meinen Ersparnissen bezahlt werden.«

Alle nickten wohlwollend.

Bei der Erinnerung an die Anerkennung meiner ganzen Familie lächle ich stolz, gehe ins Bad und binde mir meine langen blonden Haare zu einem strengen Zopf.

Bald möchte ich Stammkundin in den schönsten und teuersten Boutiquen von Neve Tzedek sein, dem Edelviertel von Tel Aviv, wie ich im Reiseführer recherchiert habe. Ich werde in den nobelsten Restaurants des Rothschild Boulevards speisen. Endlich ist die Zeit gekommen, mir selbst eine Belohnung zu gönnen, nach der langen Zeit des Schuftens.

Nicht nur meiner Familie konnte ich es endlich beweisen, sondern zum Beispiel auch meinem Exfreund Xaver, der mir trotz meiner Erfolge im Studium immer das Gefühl gegeben hatte, weniger wert zu sein, da ich nicht aus wohlhabendem Hause komme wie er. Eine Tatsache, die schlussendlich auch zu unserer Trennung führte, neben dem Fakt, dass er Katinka bei einer Geschäftsreise nach Moskau kennengelernt hatte.

Gott sei Dank muss ich sagen, denn jetzt werde ich mich endlich um mich und meine Bedürfnisse kümmern. Bald wird sich die Frage stellen, wer *mir* das Wasser reichen kann. Ich spucke die Zahnpasta ins Waschbecken und schüttele den Kopf. Nein, Xaver hat nun wirklich keinen Platz mehr in meinen Gedanken verdient. Genauso wenig wie all den anderen, neben denen ich mich wertlos fühlte, oder bei denen ich mich anbiedern musste, um dazuzugehören.

Das hier wird mein Neubeginn.

Ich springe hastig unter die Dusche und schreie danach

ehrfürchtig zu meinem Kleiderschrank, den ich gestern Abend nach meiner späten Ankunft noch eingeräumt habe. Von kribbeliger Vorfreude erfüllt, greife ich nach dem schwarzen knielangen Kleid, das ich mir eigens für meinen ersten Arbeitstag hier in Tel Aviv gegönnt habe. Das seidige Gefühl auf der Haut, als ich es überstreife, ist herrlich.

Toll, dass ich nur noch die hauchzarten Strumpfhosen brauche. Ein weiterer Vorteil davon, hier zu arbeiten.

Die dicken Nylons, die man im kühleren Deutschland um diese Jahreszeit noch braucht, rufen nämlich immer eine Gänsehaut bei mir hervor.

Während es bei meinen Eltern gerade maximal zehn Grad bei Nässe sind, herrschen hier schon knapp über zwanzig Grad. In den nächsten Wochen und Monaten wird die Temperatur auf dreißig Grad steigen. Aber auch dann werde ich die zarten Strumpfhosen noch tragen. Erstens wegen der Klimaanlage in den Gebäuden und zweitens schreibt das der Business-Knigge vor, gerade im internationalen Bereich.

Lächelnd lasse ich meinen Blick noch einmal über das Meer schweifen, ehe ich das Fenster im Schlafzimmer zuziehe.

Zeit, zu gehen. Meine neue Stelle will schließlich auch physisch besetzt sein. Frau Steden, ab jetzt auch bekannt als Head of European and Middle Eastern Marketing Department, los geht's.

Entschlossen schnappe ich mir meine Fendi-Tasche, schlüpfe in meine Louboutins und gehe zum Aufzug. Im Büro gibt es mit Sicherheit besseren Kaffee als in jedem Straßen-Coffeeshop. Ein Pling ertönt und der Aufzug des Dan Panorama Hotels, in dem mich mein Arbeitgeber zur Langzeitmiete in einem Appartement untergebracht hat, macht vor mir Halt.

Ich schreite hinein und blicke nochmals auf die Uhr.

Acht Uhr, ich bin gut in der Zeit.

Unten angekommen, bitte ich den Pagen, mir ein Taxi zu rufen.

Auf in ein neues Leben voller Erfolg und Ansehen.

Eilon

»Welcome to the Jungle!«, trällert mir Axl Rose entgegen und erinnert mich wie fast jeden Morgen daran, dass mein Arbeitseinsatz im Strandrestaurant LaMer in einer guten Stunde beginnt. Manchmal arbeite ich sogar am Schabbat. Etwas, das für einen strenggläubigen Juden undenkbar ist. Ich wische mit meinem Finger über das Display, um den Wecker auszuschalten.

Das Lied passt hervorragend, denn das LaMer ist ein echter Dschungel israelischer Lebensart, mit Sand unter den Füßen und Gästen aus aller Welt. Aber ich mag es. Wichtig ist, dass mein Kontostand am Ende des Monats stimmt und mein Kopf frei bleibt. Das Trinkgeld der Touristen kann sich durchaus sehen lassen, und die eher mäßige Verantwortung, die mir dieser Laden trotz meiner Funktion als Bar-Manager zuspricht, kommt mir entgegen. Genau das Richtige für diesen Lebensabschnitt.

Ich schlage die Decke zur Seite und steige aus dem Bett. Eine schnelle Dusche genügt. Kurzer Blick in den Spiegel zum Bodycheck. Passt. Schon fahre ich auf meinem Elektro-Scooter die Carlebach Street entlang, der mich in nur fünf Fahrminuten zu meinem Fitnessstudio, dem Gym in der Frishman Street bringt. Kleiner Augenflirt mit der süßen Check-in-Mitarbeiterin, Tasche vor dem Spiegel abwerfen und los geht's.

Jeden Morgen stähle ich hier eisern die Muskeln unter meiner gebräunten Haut, die so gut zu meinem dunkelblonden Haar passt, und das Training ist mir heilig. Seit ich beim israelischen Militär, IDF, gedient habe, und selbst am Gaza-Streifen im Einsatz war, möchte ich nicht auf mein Work-out verzichten. Fitness ist mein Hobby und gleichzeitig mein Anker.

»Eilon, alter Hund, was geht!«, höre ich die mir so vertraute Stimme von Hay, meinem besten Freund aus der Zeit bei den IDF.

Obwohl wir uns das Appartement teilen, treffen wir uns meistens morgens zum ersten Mal hier. Abends sitzen wir oft auf unserem schönen Balkon im namhaften und modernen Gindi-Tower und philosophieren beim Blick über die Dächer von Tel Aviv über das Leben.

Nachdem ich nach meiner Dienstzeit in einer heruntergekommenen Bleibe in Florentin untergekommen war, kam es mir nur gelegen, als Hay sich ebenfalls dazu entschied, nach Tel Aviv zu ziehen, und mich fragte, ob wir uns nicht gemeinsam etwas suchen wollten. Stets hatte man uns prophezeit, dass es dich für immer zusammenschweißt, wenn du zusammen dienst, und dabei in den miserabelsten Feldbetten dieser Welt schläfst oder nächtelang in Uniform auf irgendwelchen Böden lauernd zubringst. Die drei Jahre bei der israelischen Armee, wie sie für Männer sowie Frauen verpflichtend sind, haben es definitiv in sich. Nicht selten verliert man einen seiner Gefährten. Unschöne Erinnerungen, die mich auch heute noch, obwohl einige Jahre ins Land gezogen sind, in meinen Alpträumen heimsuchen. Der latente Konflikt hier im Mittleren Osten schwelt, und das macht mir Angst.

»Eilon, Bruder, Bock heute Abend mal am Wasser zu sitzen? Die Saison hat begonnen und wir könnten uns mal von Nahem umschauen, welche Touristinnen sich hier herumtreiben«, schlägt Hay vor. »In letzter Zeit war ich bereits öfter an der Promenade unterwegs.«

Ja, warum eigentlich nicht? Ich bin nicht in einer Beziehung und lebe meinen Glauben wie viele meiner Altersgenossen auf eine moderne Art und Weise.

»Ich habe jetzt herausgefunden, dass genau zum Sonnenuntergang die heißesten Ladys unterwegs sind. Danach verschwinden die alle in den Restaurants und Clubs. Wie lange bist du heute eingeteilt?«

»Ich denke, ich schaffe siebzehn Uhr, falls die Ablöse pünktlich kommt«, sage ich. »Was leider nicht immer der Fall ist.«

»Okay, Bruder. Bisschen Puffer hast du. Die Sonne geht gegen halb acht unter.«

Wir checken ab, ich widme mich meinem Training und vierzig Minuten später schnappe ich mir meine Tasche und ziehe los zur Arbeit. Einmal die Frishman runter, scharf links auf die Promenade und direkt zum Strandrestaurant. Fünf Minuten später trete ich fit für den Tag meine Schicht an.

Wie jeden Morgen beginne ich mit dem Füllen der Eiswürfelbehälter. Dann checke ich die Vorräte an der Bar, schneide Zitronen- und Orangenscheiben für die Cocktails, die ab mittags fließen werden, und bin pünktlich mit der Ankunft der ersten Gäste startklar.

Diverse Jogger und Strandspaziergänger finden sich ein sowie eine Gruppe alter Herren, die sich jeden Morgen bei Sonnenaufgang zum Matkot-Spielen trifft, um anschließend hier einen schwarzen Kaffee zu trinken und sich lautstark über ihre Matches des israelischen Nationalsports auszutauschen, das dem Badminton ohne Netz ähnelt.

Als der erste Schwung der Gäste bewirtet ist, lasse auch ich mir einen Cappuccino aus der Maschine und trete nach draußen. Ich lasse meinen Blick schweifen und atme diese frische Mittelmeerluft tief ein. Was für ein herrlicher Arbeitsplatz, was für eine herrliche Gegend. Obwohl ich weiter nördlich am Meer aufgewachsen bin, vergeht kein Tag, an dem ich diese Szenerie nicht genieße, speziell, wenn die Magie eines neuen Tages noch wie ein unsichtbarer Nebel über den Wellen hängt. Andächtig staunend genieße ich mein Getränk und mache mich nach der kurzen Pause wieder an die Arbeit: Säfte mixen, Obstspieße stecken und Bestellungen vorbereiten.

Kapitel 2
שתיים

Isabelle

Die Taxifahrt hat es in sich. Sie führt mich ein kurzes Stück entlang der unendlich scheinenden Strandpromenade, und dann querbeet durch die Stadt, vorbei am Sarona Market, einer Ansammlung kleiner Geschäfte und Boutiquen in kleinen, schicken sandfarbenen Häuschen. Auch den Hashalom-Bahnhof und die bekannten Azrieli Tower passieren wir, wie mir der redselige Fahrer erklärt. Ein paar Kurven und große Straßenkreuzungen später erreichen wir das israelische Silicon Valley. Auch diesen Ausdruck für den Vorort Ramat Gan lerne ich vom Taxifahrer, denn hier sind etliche Start-up- und Hightech-Unternehmen angesiedelt.

Ich begleiche die Rechnung, lasse mir eine Quittung ausstellen und steige aus. Das Gebäude, in dem sich mein neues Büro befindet, ist von außen komplett verglast und ragt elegant in die Höhe. Die überdimensionierten Eingangstüren öffnen sich automatisch und das Foyer ist klimatisiert. Ein sehr angenehmer Kontrast zur warmen Luft draußen, die sich bereits aufheizt und den Gedanken an konzentriertes Arbeiten in schicker Kleidung unerträglich macht. Aber hier bin ich ja bestens aufgehoben.

Mein Magen knurrt. Vielleicht hätte ich mir doch ein Sandwich besorgen sollen, bevor ich losgegangen bin. Nach der Arbeit werde ich einen Supermarkt in der Nähe meines Appartements ausfindig machen und dort ausgiebig das Angebot studieren, um meine Minibar mit ein paar Leckereien zu bestücken, damit ich morgen früh besser vorbereitet bin.

Mein Herzschlag wird schneller, als ich nach einem kurzen Gespräch mit dem Portier im Aufzug stehe, und in nur wenigen Sekunden meinen neuen Arbeitsplatz und die Kollegen kennenlernen werde. Ob sie wohl auch aus anderen Ländern stammen? Ob alle Englisch sprechen? Werde ich den Aufgaben tatsächlich gewachsen sein, oder habe ich den Mund bei den Vorgesprächen womöglich doch zu voll genommen? Nervös zupfe ich an meinen Haaren, die sich, wie ich im Spiegel des Aufzugs erkennen kann, erneut an der Stirn in zwei Strähnen teilen, die hinters Ohr führen, anstatt in einer dicken Strähne zu bleiben. Herrje, wie soll ich dieses Problem jemals in den Griff bekommen?

»Sei froh, dass du überhaupt noch Haare hast, meine werden immer dünner«, hatte meine Oma neulich geklagt. »Meine sind nur noch wie ein paar Federn, du weißt schon, die dünnen kleinen, die manchmal noch an der Eierschale haften, wenn man sie direkt beim Bauern holt.«

Wie so oft hatte sie mich damit herzhaft zum Lachen gebracht.

Der Aufzug kommt zum Stehen und ich wische die Erinnerungen beiseite. Jetzt muss ich das Pokerface aufsetzen. Nicht über alberne Witze lachen. Ich möchte mindestens so hoch hinaus, wie der Aufzug mich gerade in Windeseile katapultiert hat.

»Frau Steden?« Die Empfangsdame schaut mich mit einem herzlichen Lächeln über den Rand ihrer Brillengläser hinweg an.

»Ja, genau, die bin ich«, krächze ich schon fast. Mist aber auch. Ich will mir meine Aufregung nicht anmerken lassen.

Die Dame führt mich in einen hellen Vorraum mit modernen Sesseln und Glasfront zur Straßenseite und bittet mich, Platz zu nehmen. Erneut spüre ich diesen fiesen kleinen Frosch im Hals, den ich zu unterdrücken versuche. Nach ein paar Minuten Wartezeit kann ich ihn nicht länger ignorieren und ich muss mich räuspern. Sofort steht die Empfangsdame vor mir und schaut mich mit demselben durchdringenden Blick über ihren Brillenrand an wie schon zuvor.

Ich spüre, wie mir die Hitze in den Kopf steigt, und möchte zu einer Erklärung ansetzen, aber in diesem Moment öffnet sich auch schon eine Tür zu meiner Linken und eine Frau um die Fünfzig tritt heraus. Beinahe hätte ich sie nicht erkannt. Anhand unserer Videotelefonate hätte ich sie mir größer vorgestellt, aber ihr herzliches Lächeln ist dasselbe. Eindeutig Frau Watson.

»Frau Steden?«, begrüßt sie mich, darum bemüht, meinen Namen korrekt auszusprechen, und reicht mir ihre Hand. »Es freut mich, Sie nun endlich hier vor Ort begrüßen zu dürfen. Die letzten Tage müssen sehr aufregend gewesen sein, nehme ich an?« Schon bittet sie mich in ihr Büro und gibt der Empfangsdame mit einem knappen Handzeichen zu verstehen, dass sie sich etwas zu trinken für uns wünscht.

Gespannt setze ich mich und bin zugleich froh, dass ich es noch vor diesem Gespräch geschafft habe, mir den Frosch aus dem Hals zu räuspern.

Hinter Frau Watsons Schreibtisch kann ich durch die Fensterfront die Stadtautobahn erspähen, über die ich gerade angekommen bin. Der Strand muss also hinter mir liegen. Auf jeden Fall ist die Küste außer Sichtweite. Das macht aber nichts, denn dafür lebe ich jetzt am Strand und arbeite in einem der gefragtesten Viertel dieser Zeit. Ich straffe meinen Rücken und werde gefühlt einige Zentimeter größer.

Wie herbeigezaubert steht die Empfangsdame mit zwei herrlich duftenden Cappuccini und einer Karaffe Wasser neben mir. »Ich hoffe, Sie mögen Hafermilch?«, fragt sie, als sie die beiden Tassen vor uns abstellt.

»Ich liebe Cappuccino mit Hafermilch, vielen Dank.« Am liebsten möchte ich mich direkt auf die Tasse stürzen, warte aber noch auf das entsprechende Zeichen von Frau Watson.

Endlich prostet sie mir auffordernd mit ihrer Tasse zu. »Die Liebe zu Hafermilch haben wir bereits gemeinsam, nun hoffen wir, dass auch die zukünftige Zusammenarbeit so reibungslos funktioniert wie die Kaffeebestellung per Handzeichen.«

Ich nicke, denn ich bin gekommen, um allen zu zeigen, was ich draufhabe, und das werde ich jetzt tun. Nun wendet sich Frau Watson ihrem Computerbildschirm zu und wir vertiefen uns in ein Gespräch, bestehend aus der Aufbauorganisation der Marketingfirma, meinen Aufgaben im Bereich des europäischen Marktes und meinen Ansprechpartnern.

Eilon

Die Strandbar ist prall gefüllt und die Bestellungen reißen nicht ab. Permanent stehen die beiden Servicemädels Natalie oder Yam vor mir und bongen, was das Zeug hält. Ich liebe es, wenn die Zeit vor lauter Arbeit nur so dahinfliegt. Smoothies mixen zu meiner Linken, Cocktails shaken zu meiner Rechten. Dazwischen – zack – einige Biere öffnen und ein paar Kaffees aus dem Automaten lassen. Nur mein Magen hängt mir allmählich bis zum Boden.

Sobald es möglich ist, rufe ich Vitaly, meinem russischen Kollegen, auf Englisch meine Bestellung zu. Er weiß bereits ohne viele Worte, was ich essen möchte. Wenige Minuten später erklingt die Glocke an der Durchreiche und ich sehe mein in perfekte Würfel geschnittenes Sandwich. Vitaly macht sie einfach perfekt. Heute verwöhnt er mich mit gegrillter Süßkartoffel, Aubergine und Tahin zwischen zwei knusprig getoasteten Brotscheiben. Nacheinander werfe ich mir die leckere Mahlzeit in den Mund und arbeite nebenher weiter meine Bestellungen ab. So kann man es sich schmecken und gleichzeitig gutgehen lassen.

Ein weiterer Vorteil meiner Arbeit. Gratis tolles Essen.

Toll sind auch so einige Mädels, die sich hier tagtäglich im Bikini an der Strandbar tummeln, ein nächster Pluspunkt meines

Jobs. Aber ich freue mich auf heute Abend, wenn Hay und ich auf Tour gehen. Hoffentlich schaffe ich es pünktlich hier raus.

»Einsame Spitze!«, rufe ich Vitaly zu und strecke ihm meinen erhobenen Daumen entgegen.

»Magic Hands.« Er winkt mir mit seinen Riesenhänden zu.

Ich glaube, Vitaly hat ohnehin die größten und stärksten Hände, die ich je gesehen habe, und insgesamt ist er ein imposanter Kerl.

Die Strandbar wird immer voller, und das Ende meiner Schicht um siebzehn Uhr naht. Ich komme kaum noch hinterher, obwohl ich mich richtig ins Zeug lege. Hoffentlich schaffe ich es pünktlich an die Promenade. Meine Kollegen Jardon und Nir, zwei Surfer-Dudes aus dem Norden Israels, die hier in Tel Aviv gemeinsam in einer WG wohnen, lassen aber leider auf sich warten. Haben die beiden wieder zu tief ins Glas geschaut gestern? Mit Zuverlässigkeit jedenfalls haben sie noch nie so richtig gepunktet.

Leider oft zu meinen Ungunsten. Verdammt, die Zeit vergeht immer schneller, und unaufhaltsam schiebt sich der kleine Zeiger erst auf die sechs, dann auf die sieben zu. Um kurz vor ist es dann endlich so weit, die beiden trudeln gemächlich ein.

Kopfschüttelnd hänge ich meine Schürze an einen Haken in der winzigen Mitarbeitergarderobe, in der auch mein Rucksack steht, und wasche mir gründlich die Hände.

Beim Hinauslaufen streckt mir mein Kollege mein abgezähltes Trinkgeld zu und ich geselle mich zu Vitaly an den Personaltisch im angrenzenden Wintergarten. Obwohl es zeitlich knapp ist, ist es ungeschriebenes Gesetz, dass Vitaly und ich uns nach der Schicht etwas Leckeres schmecken lassen, das er noch vor seinem Schichtwechsel für uns zubereitet. Er hat das

Essen bereits aufgetischt, als ich heranstürme. Wir flachsen, futtern, checken die Mädels draußen vor der Glasscheibe ab und ich texte Hay, dass ich ready bin.

Er arbeitet selbstständig und ist als *Handyman* unterwegs, also Handwerker oder Mädchen für alles. Er wird gerufen, wann immer eine helfende Hand gebraucht wird. Ein Anruf genügt, und Hay kommt, repariert, kauft, organisiert. Ich hatte kurz mit dem Gedanken gespielt, mit ihm gemeinsame Sache zu machen, den Gedanken aber verworfen, als mir klar wurde, wie viel Papierkram hinter einer Selbstständigkeit steckt, wenn man es ordentlich machen möchte. Hay sieht das Ganze nicht so eng, aber so weit bin ich gerade noch nicht. Vor allem der Unfall hat mich weit zurückgeworfen. Ich schiebe den Gedanken beiseite und schlucke den letzten Happen von Vitalys Eigenkreation aus Kartoffeln und Auberginen hinunter.

Es dauert nicht lange, da gesellt Hay sich auch zu uns. »Na, gerade noch rechtzeitig. Ihr habt ja ein Leben!«, sagt er, auf unsere Teller schielend.

»Hey, wenn man schon Überstunden in einer permanent überfüllten Strandbar reißt, dann sollte wenigstens die Verpflegung gewährleistet sein, um diesen Kampf zu überleben«, erwidere ich kauend.

»Wohl wahr. Echt krass, was hier immer abgeht. Aber nett, was ihr währenddessen zu sehen bekommt.« Er deutet mit einem Nicken nach draußen und zwinkert.

»Kommst du mit, Vitaly? Hay und ich wollen gleich noch ein bisschen an den Strand und vielleicht um die Häuser ziehen. Morgen Abend beginnt der Schabbat und übermorgen ist ohnehin ausschlafen angesagt«, lade ich meinen Kollegen ein.

»Ich habe noch ein Date mit dem Gym. Habe es heute

Morgen nicht geschafft, aber nächstes Mal bin ich dabei«, verspricht er.

Wir räumen ab und ziehen los. Die Luft hat sich über den Tag hinweg nun ordentlich aufgeheizt und ist stickig warm und ich sehne mich nach einer Dusche. Ich schiebe meinen Scooter neben Hay her und wir spazieren ein Stück die Promenade entlang, auf die die Sonne golden strahlt. Ein mystisches Zwielicht, das ich bisher nur in Israel gesehen habe.

Auf Höhe des Hilton-Hotels machen wir Halt und ich schließe meinen Scooter an. Während Hay uns zwei kühle Getränke an der Surfer-Bar organisiert, entledige ich mich meines T-Shirts und erfrische mich kurz an der Stranddusche. Meine Shorts sind ohnehin stets badetauglich. Das kühle Wasser perlt an meiner Haut hinab und ich spüre die Blicke der Damenwelt. Ich muss ein wenig schmunzeln. Mal abwarten, wen wir heute kennenlernen. Aber irgendwie spüre ich, dass gleich etwas Besonderes passiert. Ich bin nicht spirituell, aber manchmal blitzt ein seltsames Gefühl in mir auf, das sich prickelnd in meinem Körper ausbreitet und das ich mir einfach nicht erklären kann.

Na ja, ist vielleicht nur die Brise auf meiner nassen Haut.

Kapitel 3
שולש

Isabelle

Der sanfte Wind, den das Meer zu mir herüberträgt, streichelt meine Haut, die vom langen Tag im klimatisierten Büro eiskalt ist, und ich bleibe an dem leicht erhöhten Aussichtspunkt seitlich des Hilton-Hotels stehen. Ich bin gerade noch pünktlich zum Sonnenuntergang. Was für ein schöner Abschluss des ersten Arbeitstages. Verträumt blicke ich über das Meer und die Promenade. Es war, trotz meiner schmerzenden Füße, eine tolle Idee, einige Stationen früher aus dem Bus zu steigen und nach Hause zu spazieren.

Eine Vielzahl an Menschen tummelt sich hier. Alt, Jung, Frauen im Bikini, Frauen in Burka, Herren in knappen Badeshorts beim Training, orthodoxe Juden mit Hut. Welch beeindruckender Kontrast. Mein Blick fällt auf eine nette Surfer-Bar und zwei Typen, die davorstehen. Beide sehen extrem sportlich aus und vom nackten Oberkörper des einen Mannes rinnen Tropfen hinab wie an der Flasche, die er in der Hand hält. Ich kann nicht wegschauen.

Puh, dass es hier schmucke Kerle gibt, ist nun bewiesen. Da haben die etlichen Berichte über die Stadt wahrlich nicht gelogen.

Zu meinem Erstaunen begegnen sich unsere Blicke und der

heiße Typ hält meinem Blick stand. Vergessen sind die Fußschmerzen und die totale Informationsüberflutung heute im Büro. Er scheint von hier zu sein, seine nassen Haare umspielen seinen Kopf und sogar bis hierher sehe ich seine dichten Wimpern und die einladenden Lippen, die sich ganz leicht zu einem Lächeln verziehen.

Unnatürlich lange halten wir diesen Augenkontakt und erst, als er kurz wegschaut, weil sein Kumpel etwas zu ihm sagt, merke ich, dass ich die Luft angehalten habe. Verdammt, ist er sexy.

Aber ich bin nicht zum Flirten hier, sondern zum Arbeiten. Jetzt heißt es, gekonnt wegzuschauen. Ich zwinge mich, mich auf meinen Weg zu fokussieren. Ich beiße die Zähne zusammen, und halte die Schmerzen in meinen Louboutins aus, auch wenn es pocht und ich bereits genau die Art Reibung spüre, die in wenigen Minuten zu einer Monsterblase führen wird.

Stolzen Schrittes marschiere ich weiter in Richtung des Dan Panorama Hotels. Soll der ruhig schauen. *Wird er schauen?* Ich kann mich nicht zurückhalten, mich noch einmal umzudrehen, und erneut treffen sich unsere Blicke. Gott, und wie er schaut. Mein Herz setzt aus.

Jetzt bloß nicht stolpern.

Eilon

»Warum schaust du die ganz Zeit in diese Richtung?«, fragt Hay und verrenkt sich den Kopf.

»Mache ich doch gar nicht!«, streite ich mit einer raschen Handbewegung ab, obwohl ich gar nicht weiß warum. Mein ganzer Körper vibriert immer noch von unserem Flirt, der so völlig anders war als alles, was ich bisher erlebt habe.

Ihre Augen haben mich geradezu ergründet und obwohl ich sonst gerne meine stählernen Muskeln zeige, kam ich mir entblößt vor.

Irgendwie kommt mir alles so schlüssig vor. Als ob das Schicksal wollte, dass ich gerade noch pünktlich bin, um sie zu sehen. Wieder erwische ich mich dabei, wie ich starre. Als würde die Hübsche wieder an der Stelle erscheinen, an der sie vor etwa einer Stunde verschwunden ist.

Israelisch sah sie nicht aus, wie eine Touristin allerdings auch nicht. Ob sie wohl jüdische Wurzeln hat und ihre Familie besucht?

»Hallo, Erde an Eilon, bist du da?«, reißt Hay mich aus meinen Gedanken.

»Sorry, was sagtest du? Bin irgendwie total abgeschlagen vom Tag.«

Ist ja keine Riesensache. Wenn ich will, hab ich genug Frauen am Start. Es war nur irgendetwas in ihrer Aura, das anders war. Alle anderen Frauen bleiben direkt stehen oder kommen zu mir, wenn ich ihnen zuzwinkere. Diese nicht.

Ja, das wird es sein. Madame spielt Hard-to-get. Jetzt muss ich schmunzeln.

»Und warum grinst du dann jetzt so doof?«, bohrt Hay weiter nach.

Ach, was solls. Am Ende wird er es eh aus mir herausbekommen. »Okay, Mann, ich geb's auf. Ich habe hier vorhin eine echt süße Frau gesehen. Sagen wir, sie kam wie eine Erscheinung hier vorbei.«

»Und warum hast du nicht ihre Nummer klargemacht?« Hay nimmt einen Schluck von seinem kühlen Getränk. »Ist doch sonst nicht deine Art.« Skeptisch schaut er mich an.

»Na ja, dann ist jetzt vielleicht mal Zeit für ein neues Kapitel«, sinniere ich.

»Wie meinst du das?«

»Nach all diesen losen Bekanntschaften ...« Ich räuspere mich. »Du verstehst schon. Da habe ich gerade irgendwie das Gefühl, als würde ich genau diese Dame gerne richtig kennenlernen. Ihren Charakter, ihre Art. Nicht nur ihren Körper ...«

Hay nickt nur und legt seine Stirn in Falten. »Und das weißt du, nachdem du sie nur vorbeigehen sehen hast?«

»Ken – ja.«

»Das muss ein Mega-Walk gewesen sein!« Hay lacht.

»Du checkst es nicht, Mann, aber es war diese Aura, die sie umgeben hat. Unnormal, Bruder. So sinnlich und natürlich mit ihrem echt süßen Pferdeschwanz, der bei ihrer Bewegung mitwippte. Obwohl sie fast schon verkleidet schien in ihrem Business-Kostüm.«

Hay bemüht sich, wieder ernst zu sein, und tut verständnisvoll. »Na, dann bleibt ja nur zu hoffen, dass du sie noch mal zu Gesicht bekommst!«

Daran zweifle ich nicht. Aus irgendeinem Grund weiß ich, dass wir uns wiedersehen werden. »Genug darüber gequatscht. Erzähl mal, wie war's bei dir gestern Abend mit der Rothaarigen aus dem Club?«

Hay berichtet ausschweifend, ehe wir die Rechnung bestellen und gemeinsam auf meinem Scooter im Mondlicht in Richtung Akbar weiterziehen. Ich mag die Akbar. Eine meiner Lieblingsbars. Ich liebe die ungezwungene Atmosphäre aus Bar, lockerem Vibe, Billard- und Flirtschauplatz, wenn Letzteres sich anbietet.

Kaum angekommen, erkenne ich die zwei Mädels vom Wochenende wieder, mit denen ich mich gut vergnügt habe, aber jetzt gerade steht mir nicht der Sinn nach einer Plauderei. Vor allem, weil ich auf ihre Nachrichten am Montag noch immer nicht geantwortet habe.

Wollte ich heute machen, war aber zu beschäftigt. Und habe es auch irgendwie vergessen. Mist. Zügig versuche ich mich mit Hay an ihnen vorbeizumogeln, aber es klappt nicht. Umgehend ranzt Liz, die Offenere der beiden mich an.

»Na, kleiner Casanova, doch so ein Idiot, wie ich gleich vermutet habe?«

Hay blickt gespannt in die Runde und nun sind drei Augenpaare auf mich gerichtet.

»Hey, Liz, schön dich, ich meine, euch beide wiederzusehen. Wollte mich auch schon längst zurückgemeldet haben, aber die Woche hatte es echt in sich.« Hilfesuchend blicke ich Hay an.

»Aha!«, sagt nun Natalie.

»Ja, wahrlich nicht die beste Woche, um eine Nachricht zu erwarten«, pflichtet Hay mir endlich bei. »Man muss schließlich nicht jeden Tag seinen besten Kumpel ins Krankenhaus bringen!«

Ich ziehe meine Augenbrauen hoch. O Mann, was redet der da? Muss es gleich so dramatisch sein? Hätte mir besser selbst was einfallen lassen.

»So, so, ins Krankenhaus. Was hat er denn, der beste Kumpel?« Sie kaut auf ihrem Kaugummi herum.

»Ähem, lange Geschichte, ging aber Gott sei Dank glimpflich aus. Habt ihr zur Wiedergutmachung eventuell Lust auf eine Runde Billard?«, versuche ich die Aufmerksamkeit wieder auf den heutigen Abend zu lenken und stelle erleichtert fest, dass sich die Gesichtszüge der Mädels wieder entspannen.

»Na, wenn das so ist, wollen wir mal nicht so sein, oder Natalie? Was meinst du?« Liz zieht dabei das Kaugummi mit ihrem Finger aus dem Mund. Auf was habe ich mich da nur eingelassen?

Und das, obwohl ich gerade beschlossen hatte, mich nur noch auf eine Frau zu konzentrieren.

Hay jedoch zwinkert mir zu. »Mit dir hat man echt Glück. Immer geht was.«

Eigentlich habe ich überhaupt keinen Bock zu bleiben. Aber ich hab da so ein Gefühl. Vielleicht ist es dumm, aber möglicherweise sehe ich die hübsche Blondine ja noch mal.

Kapitel 4
עברא

Isabelle

Schon viel besser mit flachen Schuhen. Erleichtert schlendere ich durch den Supermarkt. Ich konnte nicht mehr und musste erst ins Hotel, um mich umzuziehen. Bevor ich noch mal los bin, um einzukaufen, habe ich ein Päuschen eingelegt. Wieder spukten mir mahnende Worte meines Vaters durch den Kopf, aber ich war extrem platt. Vom ersten Tag und all den Eindrücken im Büro.

Der erste Tag war toll verlaufen und alle Kollegen, denen ich nach und nach begegnet bin, machten einen richtig netten Eindruck. Dennoch brummt mir der Schädel und ich bin froh, dass morgen Freitag ist, und ich erst einmal alles richtig sacken lassen kann.

»Freitag ist der kurze Bürotag«, hatte Frau Watson gesagt. »Die meisten arbeiten nur bis zwölf Uhr, dann ist Schabbat. Sonntag ist dann der erste Arbeitstag der Woche. Daran wirst du dich womöglich erst gewöhnen müssen.«

Irgendwie finde ich die Vorstellung cool, sonntags in aller Ruhe viele Dinge abzuarbeiten, während die andere Hälfte des Globus ruht. Aber ich denke nicht nur an meinen Schreibtisch, auf dem sich bereits ein paar erste Akten stapeln und daran, dass mein Postfach eingerichtet ist, meine Signatur angelegt und auch all meine Passwörter und Zugangsdaten festgelegt sind. Nein, ich denke vor allem an den sexy Typ vom Strand, dessen Blicke mich sogar bis hierher verfolgen. Verdammt. Warum lässt der mich nicht los? Im Kopf sehe ich, wie mein Vater strafend die Augenbrauen zusammenzieht, und verscheuche ihn damit, dass ich mich wieder auf meine Außenwelt konzentriere.

Seit dem Betreten des Supermarktes fühle ich mich wie in einer anderen Welt. Vom Glanz der Stadt ist nicht mehr viel übrig, denn der gänzlich weiß gefliese Raum erstrahlt in grellem Licht. Neongelbe Schilder mit hebräischen Zeichen und Zahlen geben den Preis der Produkte an.

Schekel … Wie war das gleich? Ein Schekel sind ungefähr fünfundzwanzig deutsche Cent. Um mir einen Überblick zu verschaffen, gehe ich zu den Haferflocken, von denen mir der Preis aus Deutschland bekannt ist. Dort zahle ich zirka einen Euro für die Packung. Doch die Suche nach den Haferflocken zieht sich länger, als mir lieb ist, und ich bin heilfroh, als ich sie am anderen Ende des Supermarktes in einem kleinen Regalfach neben der bunten Kellog's Palette finden kann. Elf Schekel, also in etwa drei Euro rechne ich, und schlucke kurz.

Ich hatte davon gehört, dass Tel Aviv sehr teuer ist, aber für ein einfaches Päckchen Haferflocken gleich dreimal so viel zu zahlen, ist gewöhnungsbedürftig.

Ich ziehe weiter zu den Früchten, der Pflanzenmilch und dem Kühlregal, greife nach Hafermilch, die ich nur dank seines mir aus Deutschland bekannten Designs erkennen kann, Hummus und etwas Obst und Gemüse und verlasse das Geschäft mit fünfzehn Euro weniger auf dem Konto.

Erleichtert denke ich an mein großzügiges Gehalt, welches ich hier inklusive bezahlter Unterkunft bekomme, und nehme mir vor, am morgigen Nachmittag nach meinem frühen Feierabend, direkt durch das noble Viertel Neve Tzedek zu bummeln. Ob die Geschäfte dann geöffnet sind, obwohl der Schabbat kurz bevorsteht?

Als ich in der Wohnung ankomme, streife ich meine Sneaker ab und springe unter die Dusche. Anschließend mache ich es mir in einer kurzen Jogginghose und einem T-Shirt gemütlich. Ich kuschle mich auf einen der gemütlichen Sessel und nasche vom Gemüse, das ich in das Hummus dippe. Das tut jetzt gut. Dabei lese ich einen schönen Kurzroman *Barfuß bis ans Meer*, der in Tel Aviv spielt und den ich mir deshalb extra noch vor meiner Abreise gekauft habe. So lässt es sich aushalten.

Zufrieden und erschöpft von all den Eindrücken, ziehe ich bald um in mein weiches Bett und schlafe schnell ein, obwohl ich die blitzenden grünen Augen des Typen komischerweise vor mir sehe, als ich die Augen schließe.

Am nächsten Morgen wache ich bereits um halb sieben auf, also noch vor dem Wecker, und fühle mich so ausgeschlafen wie lange nicht. Die Aufregung vor der Reise, die erste kurze Nacht und die vielen ersten Eindrücke gestern haben mir einen komatösen Tiefschlaf beschert.

Gut erholt springe ich aus dem Bett und mache mich für die Joggingrunde fertig. Die Promenade, die ich am Vorabend entlangspaziert bin, ist nur zu einladend. Ich binde mir die Schuhe zu und los geht's.

Schon beim Verlassen des Gebäudes empfängt mich trotz der frühen Uhrzeit die frühlingswarme trockene Sommerluft. Zügigen Schrittes und mit dem Meeresrauschen in den Ohren genieße ich den Blick aufs Meer, der sich zu meiner Linken bietet. Auf der Promenade und auch am Strand sehe ich nur vereinzelt ein paar Spaziergänger und Frühsportler. Auf der Straße zur Rechten mache ich erste Lieferanten aus, die die dort angesiedelten Hotels und auch die Strandrestaurants auf meiner Seite mit frischer Ware versorgen.

Ich laufe am Hilton Hotel vorbei. Hier hab ich doch gestern diesen Typen gesehen, der mich nicht mehr losgelassen hat. Ist er hier irgendwo? Ich schaue mich unauffällig um und schelte mich direkt dafür. Stattdessen steigere ich mein Tempo und renne immer weiter, bis ich an einen Strandabschnitt gelange, der offensichtlich für Hunde vorgesehen ist. Belustigt über den Hundestrand bleibe ich an der Promenade stehen und mache ein paar Dehnübungen.

Diese Stadt gefällt mir, sie hat von allem etwas. Hier mischen sich heruntergekommene Bauten, von denen aufgrund der ganzjährigen Meeresluft die Fassade abbröckelt, mit Häusern im Bauhaus-Stil, Tradition mit Moderne und Schickimicki mit Hippie. Neugierig darauf, meine neue Wahlheimat in den kommenden Monaten genauer zu erkunden, drehe ich wieder um und trete den Rückweg an.

Just in dem Moment, als ich die Treppe des Hilton Hotels erneut passiere, fällt mir ein Typ auf seinem Elektro-Scooter auf. *Moment, das ist er doch!* Mein Herz rast noch schneller als ohnehin schon.

Auch er sieht mich und bleibt, zu meiner absoluten Verwunderung, sofort stehen. Er springt von seinem Scooter, den er nun neben sich herschiebt, und kommt direkt auf mich zu.

Schockmoment.

Und ich bin auch noch völlig verschwitzt und ohne jegliches

Make-up. Er hingegen schaut aus wie aus dem Ei gepellt. Skatershorts, hochgezogene Socken und Vans-Sneaker. Sein T-Shirt hat er lässig in den Hosenbund gesteckt und über seiner Schulter hängt ein Rucksack.

Meine Augen beginnen ungewollt seinen braun gebrannten Körper abzuscannen und zeitgleich steigt mein Schamgefühl. Ob ich wohl einfach weiterlaufen und so tun soll, als hätte ich die Situation nicht verstanden? Aber dafür ist es bereits zu spät.

»Hallo, Schönheit!« Er streckt mir seine Hand entgegen, wieder mit diesem kleinen Lächeln um die Mundwinkel. »Du bist mir hier gestern schon aufgefallen, heute gefällst du mir aber besser. So ...« Er pausiert und lässt seinen Blick einmal über mein Joggingoutfit und mein Gesicht wandern. »So ganz natürlich.« Er verzieht seine schönen Lippen zu einem selbstbewussten Grinsen.

»Ähem, danke«, stammle ich verlegen. Ich starre ihn an und habe einen Black-out.

Reiß dich zusammen, Isabelle. Fällt dir denn wirklich nichts ein, was du sagen könntest? Du bist doch sonst nicht so verlegen. »Okay, ich muss los, die Arbeit ruft«, sprudelt es schneller aus mir hervor, als mir lieb ist, und schon verselbstständigen sich meine Beine und laufen davon.

Im selben Moment ärgere ich mich bereits über mein doofes Verhalten. Jetzt habe ich binnen zwölf Stunden zweimal denselben wirklich süßen Kerl gesehen und stelle mich total bescheuert an. Obwohl ich nichts von ihm will, hätte ich ja wenigstens so höflich sein und nach seinem Namen fragen können.

Aber dafür ist es jetzt zu spät, schließlich kann ich wohl schlecht umdrehen. Im selben Moment jedoch spüre ich neben mir eine Bewegung. *Er.*

»Nicht erschrecken, bitte, sorry, ich wollte dich nur fragen, ob du mir deinen Namen verrätst.« Erneut schenkt er mir dieses süße Lächeln, das mich in seinen Bann zieht.

Vielleicht will er auch nur höflich sein wie ich. Vielleicht sind die Einheimischen hier einfach ultrafreundlich. »Isabelle«, sage ich und werde langsamer.

»Schön, dich kennenzulernen, Eilon mein Name«, sagt er und streckt mir seine Hand hin.

Mist, auch das noch. Beschämt strecke ich ihm meine hin. »Sorry, ich bin etwas klebrig.«

Aber Eilon winkt gleich ab. »Wer ist bei dem Klima nicht klebrig beim Sportmachen? Bist du öfter hier?«

Jetzt hat er mich. »Ja, also jein. Gestern Abend, als ich aus dem Büro kam, wollte ich die ersten Eindrücke dieser neuen Stadt in mich aufsaugen, und heute Morgen ist dieser Weg meine Joggingrunde. Ich weiß nicht, wo ich morgen früh laufen werde, aber ja, gut möglich, dass es wieder die Promenade ist.«

»Cool, dann werden wir uns ja jetzt öfter sehen, wenn du hier arbeitest«, schlussfolgert er schelmisch.

»Na, wenn du das sagst. Bist du dann also immer und offensichtlich zu jeder Uhrzeit hier an der Promenade anzutreffen?«, frage ich und bin mir durchaus meines zynischen Untertons bewusst.

»Wenn du dir das wünschst, kann ich mir das so einrichten!«, kontert er verschmitzt und ich merke, wie er mich bereits jetzt butterweich gekocht hat. Dabei stand eine Männerbekanntschaft ja so gar nicht auf meiner Agenda.

Apropos Arbeit! Ich checke meine Uhr und sehe, dass es schon Viertel vor acht ist. Das wird knapp. Ein Schwätzchen war in meinem straffen Zeitplan nicht vorgesehen.

»War supernett, dich kennenzulernen, Eilon, aber ich habe nur noch fünfzehn Minuten, um zum Dan zu kommen und zu duschen.

»Kein Problem, spring auf!«, weist Eilon mich mit stoischer Ruhe an, und macht eine einladende Handbewegung auf seinen Scooter.

»Du meinst, ich soll da jetzt aufsteigen?«

»Ja klar, warum auch nicht? So machen wir aus deinen noch verbleibenden fünfzehn Minuten ganze zehn Minuten mehr zum Fertigmachen.«

Na ja, eigentlich ist mein Ziel ja, mich zu bewegen, aber komischerweise kann ich dieses Angebot nicht ausschlagen. Und obgleich mir das alles ganz schön verrückt vorkommt, finde ich Gefallen an der Situation.

Wir hat er gesagt.

Eilon

»Hör zu«, beginne ich meine Sprachnachricht an Hay. »Ich hoffe, du hast den gestrigen Abend mit mir und den Mädels genossen, denn von meiner Seite aus verabschiede ich mich jetzt hiermit offiziell aus dieser Art von Leben!« Ich stecke mein Handy in die Tasche und düse auf meinem Scooter die Promenade zurück in Richtung LaMer. Auch heute lasse ich mir nach den ersten Vorbereitungen meinen Kaffee mit Blick aufs Meer schmecken.

Isabelle ... Nicht nur ihr Name schwirrt mir durch den Kopf. Ich wusste gleich, dass diese übertrieben aufgestylte Art ihr nicht steht. Heute Morgen war sie richtig süß. So süß, wie ich mir das gestern schon gedacht habe. Mein Handy klingelt und ich sehe Hays Namen. »Hey, Bruder, was geht?«

»Du bist witzig, was soll schon gehen? Erst erschreckst du mich mit deiner Sprachnachricht des Todes und jetzt grölst du halb ins Telefon. Alles in Ordnung bei dir, Eilon?«

»Klar, Mann, was soll sein? Und warum hast du dich meinetwegen zu Tode erschreckt?«

»Also zu Tode nicht, ich rufe ja schließlich gerade an«, erklärt er sich, »aber du kannst mir doch nicht so Zeug aufs Handy sprechen von wegen *aus diesem Leben verabschieden*, was ist los, Mann?«

»Isabelle ist los!« Ich seufze und lasse mit einem tiefen Atemzug meinen Blick über die Wellen wandern.

»Moment mal, Bruder, wer ist Isabelle?«, fragt er verdutzt.

Ich schmunzle. Stimmt, er weiß ja nichts von unserer erneuten Begegnung. Das Letzte, was er von mir weiß, ist, dass wir uns nach einem Abend mit den Mädels am Strand in Jaffa um 1.30 Uhr in unsere Zimmer verabschiedet haben. »Isabelle, Miss Overdressed von gestern!«

»Die mit dem wippenden Pferdeschwanz, die so toll laufen konnte?«, forscht er nach.

»Jepp, genau die. Isabelle mit dem wippenden Pferdeschwanz.«

»Hast du sie noch mal gesehen, Alter, oder sinnierst du?«

Ich berichte ihm von meinem Pick-up-Ride und Hay kriegt sich schier nicht mehr ein vor Lachen. »O Mann, mit dir geht echt immer etwas ... Na, da bin ich ja mal gespannt, wie das weitergeht.«

»Das darfst du sein!«, versichere ich ihm und wir legen auf.

Ich bin eigentlich nicht gespannt. Mein Gefühl hat mich nicht getrogen, dass wir uns wiedersehen würden, deshalb bin ich ihr auch gefolgt, obwohl sie mich zuerst eiskalt hat stehenlassen. Meinem Charme kann am Ende eben keine widerstehen. Aber eigentlich möchte ich es nicht wieder dem Schicksal überlassen, sie wiederzusehen. Das hat mir jetzt zwei Mal gute Dienste geleistet. Ich muss es ja nicht überstrapazieren.

Leider bin ich eben nicht dazu gekommen, nach ihrer Handynummer zu fragen, oder nach einem Kontakt über Social Media. Zwischen zwei Kaffeebestellungen suche ich ihren Namen auf Instagram, aber mir werden so viele Isabelles in allen Zahlen- und Buchstabenvarianten nach dem Unterstrich angezeigt, dass ich direkt aufgebe, weiter dort nach ihr zu forschen.

Ich wäre nicht ich, hätte ich nicht schon die perfekte Idee parat. Isabelle mag es bestimmt oldschool. Welche Frau mag das nicht? Ich reiße eine Seite aus meinem kleinen Notizbuch, während ein aromatisch duftender Kaffee aus der Maschine rinnt. Ich will nicht creepy rüberkommen, aber ich möchte unbedingt nach meiner Schicht zum Dan fahren und Isabelle eine Nachricht hinterlassen.

Schalom, Isabelle,

wir haben uns gestern Abend und heute Morgen gesehen und hoffentlich sehen wir uns heute Abend oder morgen früh gleich wieder.
972-000-0870
Sag mir wann und wo und ich werde da sein.

PS: Morgen habe ich frei, es muss nicht gleich sieben Uhr sein (Wobei ich auch dies möglich machen werde, wenn es bei dir so sein muss).

Talk to you
Eilon

Kapitel 5
שמח

Isabelle

Pünktlich um zwölf Uhr knurrt mein Magen und es ist schier nicht mehr auszuhalten. Durch den ganzen unerwarteten Trubel am Morgen konnte ich nichts mehr frühstücken und die Flirterei hatte mich ohnehin davon abgelenkt und den Hunger vertrieben. Jetzt aber kann ich nicht mehr länger warten und krame in meiner Handtasche nach einem Riegel. Gott sei Dank finde ich noch einen und beiße beherzt hinein. Ich muss dringend erneut in einen Supermarkt oder Biomarkt gehen, und mich mit ein paar Snacks ausstatten.

Der Morgen ist verflogen wie im Nu. Frau Watson hatte sich und das Team super auf meine Ankunft vorbereitet und alle hatten Aufgaben zur Genüge für mich parat. Ich kann bereits jetzt mit Sicherheit sagen, dass ich dieses Büro in den kommenden vier Wochen an keinem Tag pünktlich verlassen werde. Ein kleiner Stich durchzuckt mich, aber ich beschließe, diesen zu ignorieren. Immerhin bin ich nicht hergekommen, um am zweiten Tag erschöpft zu sein. Es warten großartige Aufgaben auf mich. Die Markteinführung der einzigartigen künstlichen Wimpern, der Super-Lashes by LS, in Europa sowie der Aufbau des gesamten dazugehörigen Social-Media-Netzwerks. Das ist die Chance, bald im ganz großen Orchester zu spielen. Dafür werde ich gerne Überstunden machen. Und wenn es sein muss, werde ich noch früher ins Büro gehen, auch wenn es bedeutet, dass ich dann vielleicht Eilon nicht mehr begegne. Mist. Schon wieder muss ich an ihn denken. Der hat auch keinen Tag länger warten können, mich hier zu verwirren und auf dumme Gedanken zu bringen. »Mistkerl«, murmle ich, kann aber einen zärtlichen Unterton feststellen, der mir gar nicht gefällt.

»Wer ist der Mistkerl?«, höre ich Tara, die sich jetzt mit einem leichten Klopfen am Türrahmen ankündigt. Wir haben uns gestern beim Lunch auf Anhieb verstanden. Sie ist seit einem Jahr für den Personalbereich der TLV Marketing Coop. zuständig.

»Ehrlich gesagt, ist dieser Mistkerl ein ziemlich süßer Kerl, den ich gestern Abend und heute Morgen an der Promenade getroffen habe.«

Tara zieht eine Augenbraue steil nach oben. »Er wohnt aber nicht dort? Also, entschuldige meine Direktheit, aber er ist keiner der Typen, die dort am Gordon Pool hausen, oder?«

Ein Schreck durchfährt mich. Ich weiß in der Tat überhaupt nichts über ihn. Ich weiß nicht einmal seine Handynummer. Normalerweise fragen doch Typen immer zu allererst danach, oder? Ob er womöglich gar kein Handy hat? Vielleicht ist er doch einer von denen, die dort »hausen«, wie Tara es ausgedrückt hat? Sämtliche Szenarien spielen sich vor meinem inneren Auge ab. Jetzt weiß er, wo ich wohne! Ich war zu leichtfertig, naiv. Da kommt es wieder durch, das Mädchen vom Land, das von Tuten und Blasen keine Ahnung hat. Was würde nur mein Vater von mir denken?

Tara, die mein Zögern bemerkt, neigt nun ihren Kopf leicht zur Seite. »Alles in Ordnung bei dir, Isabelle?«

»Ja, ja«, beruhige ich mehr mich selbst als sie, und beschließe mich für die letzte Stunde ausnahmslos auf die Arbeit zu konzentrieren. »Du bist sicher nicht gekommen, um mit mir über etwaige Mistkerle vom Gordon Pool zu sprechen?«

»Da sagst du was.« Lächelnd stöckelt sie nun in ihren High Heels um meinen Schreibtisch herum und zeigt mir eine Mitarbeiterliste unseres Departments in New York. Eifrig tippt sie auf einen Typen, der mir freundlich aus der zweiten Reihe der Bildergalerie zulächelt. »Den da musst du dir merken«, fordert sie mich auf. »Greg McMatthews, eine ganz große Nummer in unserem Team in den USA. Google mal seine Vita. Wenn du dich gut anstellst, kannst du mit deinem Projekt in Europa in seine Fußstapfen treten.« Dabei pfeift sie durch die Lippen und verlässt mit einem verschwörerischen Augenzwinkern mein Büro. Mein Herz klopft ein wenig schneller. Mit geschlossenen Augen lehne ich mich in meinem Sitz zurück und seufze tief. Ich bin nicht einmal seit achtundvierzig Stunden in der Stadt, und schon gibt es etliche vielversprechende Anknüpfungspunkte.

Wobei Eilon keiner davon sein sollte. Tara hat mich mit ihrem Tipp daran erinnert, dass ich hier bin, um meine Karriere zu pushen, nicht um mir irgendwelche verlotterten Typen anzulachen. Obwohl er eigentlich ganz vernünftig aussah.

Zwei Stunden später als gedacht packe ich meine Sachen zusammen und verlasse noch immer nicht als Letzte das Büro. Na ja, wenn sich erst einmal alles eingependelt hat, wird das auch nicht täglich so sein.

Und wenn ich dann ab nächster Woche auch meinen eigenen Laptop habe, dann muss ich auch nicht alles von hier aus erledigen, sondern kann einige der Aufgaben von zu Hause aus abarbeiten. Oder noch besser, *am Strand.*

Als ich auf die Straße trete, fährt genau passend der Bus an die Haltestelle. Ich habe kurz überlegt, mir ein Taxi zu nehmen, aber ich mag die Atmosphäre im Bus. Ich bekomme mehr von der Sprache und dem Verhalten der Menschen mit und mit jeder Haltestelle, die wir anfahren, erweitern neue Gerüche und Eindrücke mein Bewusstsein für die Stadt und ihre Kontraste aus schäbig und neu, schmutzig und elegant, besinnlich und laut. Tel Aviv, meine neue Wahlheimat.

Ich kann von Glück sprechen, dass ich ohnehin noch einen Bus erwische, denn ab sechzehn Uhr fahren erst einmal keine mehr bis morgen Abend, wenn sich der Schabbat dem Ende neigt.

Als sich der Bus meiner Haltestelle nähert, drücke ich die Taste und hüpfe hinaus. Ich freue mich auf eine Dusche und meine Freizeitkleidung.

Es ist angenehm kühl in meinem Appartement und die lockere kurze Leinenhose sowie mein T-Shirt, das ich mir überstreife, fühlen sich sehr viel angenehmer auf meiner Haut an als mein Hosenanzug. *Wer schön sein will, muss leiden,* pflegte meine Mutter früher schon zu sagen, wenn meine Haare beim Kämmen ziepten.

In Sandalen verlasse ich leichtfüßig mein Appartement und schlendere durchs Foyer. Die überdimensionierte Uhr verrät mir, dass es halb fünf ist. Definitiv zu spät, um einen geöffneten Laden, geschweige denn eine Boutique zu besuchen, denn der Schabbat beginnt gleich.

Aber eventuell finde ich noch etwas Essbares. Die schmalen Gässchen der Altstadt schlängeln sich durch schöne Altbauten aus weißem Sandstein. Überall ragen Pflanzen über die Mauern und von den Häusern mit ihren lila-, rot-, orange- und gelbfarbigen Blüten aller Art. Die weißen Blüten mit dem roten Innenleben gefallen mir besonders.

Die Schaufenster der geschlossenen Boutiquen lassen bestens erkennen, dass sich ein erneuter Besuch zu Öffnungszeiten lohnt, und die Ruhe, die gerade vorherrscht, tut richtig gut nach all den Telefonaten heute.

Oh, was ist das? Ein hübsches Schaufenster in Türkis, dahinter eine ausladende Theke mit köstlich drapiertem Eis. Ich lasse mich verleiten und entscheide mich für eine Kugel Pistazie im Becher und einen Cappuccino. Eigentlich trinke ich um die Uhrzeit keinen Kaffee mehr, aber Tara und ich haben vereinbart, uns später in Jaffa zu treffen, und wer weiß, wie spät es dann werden wird. Tara traue ich, ihrem koketten Auftritt nach zu urteilen, alles zu. Nachdem ich mein Eis gegessen und den Cappuccino getrunken habe, mache ich mich wieder auf den Weg zum Dan Hotel.

Bevor ich eintrete, bleibe ich kurz stehen und atme ein paar Mal tief durch. Ob ich mich an diesen Blick aufs Meer und die Stadt je gewöhnen werde?

Als ich in der Lobby bin, ruft mich die Angestellte der Rezeption zu sich. »Frau Steden?« Sie hält einen Zettel in der Hand. »Entschuldigen Sie bitte, dass ich Sie aufhalte, aber vor wenigen Minuten war jemand da, und hat diese Nachricht für Sie abgegeben.«

O Gott, die muss von Eilon sein. Sonst kenne ich doch niemanden. Vielleicht hatte Tara ja wirklich recht und er ist ein dubioser Typ. Dennoch greife ich neugierig nach dem Stück Papier.

Noch auf dem Weg zum Aufzug falte ich ihn auf und lese ihn durch. Eilon, dieser Schlawiner. Hat es wohl darauf abgesehen, mir direkt den Kopf zu verdrehen. Grinsend halte ich mir den Zettel an den Brustkorb und lache in den Spiegel des Aufzugs. Offensichtlich hat er ein Handy. Dass er einer der Typen vom Gordon Pool ist, halte ich damit für ausgeschlossen.

Eilon

»Du hast was gemacht?« Hay schlägt die Hände über dem Kopf zusammen.

»Ja, Mann, was ist daran so schlimm? Wirst schon sehen, dass sie sich meldet.«

Hay starrt mich entsetzt an. »Meinst du nicht, das war etwas aufdringlich? Nicht, dass sie dich für einen Stalker hält.«

»Wenn du sie wirklich haben willst, musst du volles Interesse bekunden.«

Ich schaue nervös auf mein Handy. Es ist jetzt 18.30 Uhr, vor etwa anderthalb Stunden habe ich meinen Brief im Hotelfoyer abgegeben. Mein Bauchgefühl sagt mir, sie hat ihn schon, aber ob sie sich wirklich vor 20.00 Uhr melden wird? Ich hoffe es. »Wollen wir Falafel essen gehen?«, schlage ich Hay vor. Jetzt merke ich, dass ich hungrig bin, nachdem ich den üblichen Feierabendsnack mit Vitaly habe ausfallen lassen, um so schnell wie möglich ins Dan zu kommen.

Hay nickt. »Lass mich schnell duschen und in zehn Minuten bin ich bereit.«

Erneut schiebe ich den Daumen auf meinem Display rauf und runter. Keine Nachricht, kein Anruf, keine Info bei Instagram unter dem Namen Isabelle. *Junge, beruhig dich, sie wird sich schon melden. Cool bleiben!*

Hay ist kurze Zeit später fertig und wir ziehen los. Falafel ist immer gigantisch. Diese köstlichen knusprigen Bällchen, umgeben von frischem Salat und leckerer Tahinsoße schmecken auch heute wieder sensationell. Als wir fertig gegessen haben, schaue ich ungeduldig auf die Uhr. 19.38 Uhr. Ich werde es wohl aushalten, meine Wette gegen mich selbst zu verlieren. Ich seufze und stecke das Handy wieder in die Tasche.

Sie wird sich melden, ich weiß es einfach. Ich habe in ihren Augen gelesen, dass auch sie mich interessant findet.

Hay schiebt mir seinen Ellenbogen in den Arm. »Sie scheint bisher alles richtig zu machen, denn sie spannt dich ausnahmsweise mal richtig auf die Folter.« Er schaut mich mit zusammengekniffenen Augen an. »Ehrlich gesagt, geschieht dir das recht. Ich kann dir nicht gerade ein Zertifikat für den vorbildlichen Umgang mit Frauen ausstellen.«

»Eidyot – Idiot«, zische ich durch die Lippen und muss ihm leider zustimmen. Ich mache den Damen keine Versprechungen, aber herumgekriegt habe ich sie bisher alle. Alle. Außer eine. »Weißt du, ich frage mich nur, warum sie mich so reizt. Es ist nicht die Tatsache, dass ich sie nicht bei unserem ersten Aufeinandertreffen klarmachen konnte. Es ist vielmehr irgendwas in ihrem Blick, etwas in ihren Augen.«

»Ha, du bist gut, ich hab es echt aufgegeben, Frauen verstehen zu wollen.«

Ich muss lachen und erinnere mich an eines der letzten Telefonate, das Hay mit seiner Ex-Freundin geführt hat. Wir saßen gemeinsam im Auto und sie rief an. Sie wollte wissen, wo er ist, da sie auf ihn wartete und er sagte recht nüchtern: »Unterwegs«, was für sie keine ausreichende Antwort darstellte. Also fragte sie: »Ja aber wo?«, und er sagte erneut: »Unterwegs«, woraufhin sie weiter drängte und fragte: »*Wo* unterwegs?«, und er dann ins Telefon schrie: »Keine Ahnung, irgendwo auf der Autobahn in der Nähe einer Brücke!« Die beiden beendeten das Gespräch und bald darauf auch die Beziehung. Hay und Frauen sind zwei Welten.

»Du musst Frauen nicht verstehen, du musst *zuhören* und *zwischen den Zeilen lesen* können«, setze ich zu einer Lektion an.

»Ich kann zuhören, ich check nur nicht immer, was die Mädels wollen. Ich meine, muss man aus allem ein Quiz machen? Ein Rätsel? Leute immerzu raten lassen, was man wollen könnte, anstatt direkt zu sagen, was man will?«

»Ich stimme dir zu, aber das ist die Kunst. Wenn du als Mann die Vorzüge der femininen Energie genießen möchtest, musst du auch bereit sein, dich auf dieses Spiel einzulassen.«

Hay schaut mich mit gerunzelter Stirn an.

»Na ja, du willst vom Kuchen naschen, dann solltest du auch wissen, aus welchen Zutaten er besteht!«

»Einen Scheiß muss ich, ich esse Kuchen, weil er mir schmeckt, und nicht, weil ich weiß, aus welchen Zutaten er besteht!«, beschwert sich Hay und ich ahne schon, dass dieses Gespräch nicht der Mühe wert sein wird.

»Aber wenn du weißt, aus welchen Zutaten er besteht, kannst du dir ein besseres Bild davon machen, wie er wohl schmecken wird und bist dann nicht enttäuscht, wenn du hineinbeißt und er plötzlich salzig schmeckt.«

Nun nickt Hay. »Und was hat das mit dem Zwischen-den-Zeilen-lesen zu tun und dem offen Kommunizieren?«, bohrt er weiter und freut sich sichtlich, dass er mich weiter in der Diskussion verwickelt halten kann.

»Das Zwischen-den-Zeilen-lesen sind die Zutaten und das

Kommunizieren ist, dich zu trauen, nach dem Rezept zu fragen, checkst du's?«

Hays Nicken kann ich nur erahnen. »Übersetzt für dich heißt das: Wenn du nicht verstehst, was eine Frau dir sagen will, oder aus dir herauszukitzeln versucht, ohne dich *direkt* zu fragen, frag du sie!«

Nun lächelt Hay sein Siegerlächeln und schaut mit zusammengekniffenen Augen in die Ferne. »Verstanden!«

Ich klopfe ihm auf die Schulter. Das wird schon alles. Und bestimmt meldet sich Isabelle heute noch.

Kapitel 6
שש

Isabelle

Immer und immer wieder lese ich Eilons Brief und kann nicht leugnen, dass ich mich geschmeichelt fühle. Wann bekommt man heutzutage noch einen echten handgeschriebenen Brief? Beglückt durch diese schöne Überraschung, überlege ich kurz. Was steht morgen denn nun an? Nichts. Es ist Schabbat, das heißt, alle Geschäfte sind geschlossen, das Büro ist zu, der Kühlschrank gibt nicht viel her. Den ersten freien Tag sollte ich dafür nutzen, mich mit dem neuen Land vertraut zu machen. Da kann mir vermutlich ein Einheimischer helfen.

Also ... Einem Frühstück mit Eilon steht nichts im Wege. Genau, ich werde ihm ein Frühstück vorschlagen. Dabei kann ich auch gleich schauen, wie er sich zu Tisch benimmt und daraus schließen, was für ein Typ er ist ...

Als ich fertig bin für mein Treffen mit Tara, tippe ich:

Hey, Eilon,

ich habe mich sehr über deine Nachricht gefreut. Heute Abend bin ich schon verabredet, aber falls du ein nettes Café kennst, in dem wir morgen Vormittag frühstücken können, dann hol mich um halb zehn hier ab.

Grüße

Isabelle

Zufrieden stelle ich mein Handy stumm und checke die Uhrzeit. Zwei vor acht. Perfekt. Tara wird gleich hier sein. Voller Vorfreude gehe ich hinunter ins Foyer. Seitlich vom Eingang steht ein sehr orthodoxer Jude und senkt seinen Blick auf den Boden. Er trägt einen Hut und vor seinen Ohren hängen lange Locken herab. Schlagartig erinnere ich mich an die Erzählungen meiner Großmutter vom Zweiten Weltkrieg und den Juden in ihrem Dorf.

Kaum zu glauben, dass ich heute ohne Probleme hier einreisen darf, und mittlerweile Deutschland eine der geringsten Gefahren für das Judentum darstellt. Laut meiner Recherchen lodern hier im Land permanent die Flammen der Unruhen, die auf dem Konflikt zwischen Palästina und dem um 1948 ins Leben gerufenen Staat Israels beruhen. Aus den Berichten im Internet wurde ich allerdings nicht wirklich schlau. Ich werde im Laufe meiner Zeit hier sicherlich die Gelegenheit bekommen, das komplexe Thema besser zu verstehen. Verrückt, dass man das hier vor Ort so gar nicht spürt. Ich habe mich bisher zu keiner Zeit unsicher gefühlt.

Als ich gerade die Lobby verlasse, kommt mir ein älterer Typ in Sandalen und einer Art Leinenhose entgegen. Ich muss schmunzeln. *So* habe ich mir bisher einen Israeli vorgestellt. Und so wie den Orthodoxen an der Tür, der keine anderen Frauen ansehen darf außer seine eigene, wenn ich meiner Internetrecherche Glauben schenken darf.

Seit meiner Ankunft habe ich allerdings die meisten jüngeren Typen ganz anders erlebt: lebensfroh, lässig gekleidet, aufgeschlossen und charmant. Die jungen Frauen hier versprühen einen eher unnahbaren Vibe. Jedenfalls wird das Judentum von der jüngeren Generation wohl modern interpretiert und der

Lebensstil ist eher westlich geprägt.

Kaum draußen angekommen, laufe ich auch schon Tara in die Arme, der mein Grinsen nicht entgeht. »Na, warum so fröhlich? Freust du dich so sehr darüber, mich zu sehen, oder bist du dem Heimatlosen wieder an der Promenade begegnet?«

Autsch, das sitzt. Schlagartig vergeht mir die Lust, mit Tara meinen Abend zu verbringen. Ihre plumpe Art missfällt mir. Aber ich gebe mir einen Ruck. Schließlich kenne ich sie nur oberflächlich und kann demnach auch ihren Humor noch nicht richtig einschätzen. Wir begrüßen uns mit einem kurzen Küsschen links und rechts auf die Wange und gehen auch schon zügigen Schrittes los in Richtung Allenby Road. Ganz wie im Büro, wenn wir dort gemeinsam den Gang entlanggehen, als dürften wir keine Sekunde unserer Zeit verschenken.

»Wie kommst du eigentlich darauf, dass er obdachlos sein könnte, nur weil er sich an der Promenade aufhält?«, versuche ich zu kontern und lande direkt in der nächsten Falle.

»Aha, also weißt du inzwischen, dass er es nicht ist? Konntest du nun schon mehr über ihn in Erfahrung bringen?«, bohrt sie weiter.

»Personalbeauftragte in allen Lebensbereichen, hm?«, piesacke ich sie und seufze kurz, ehe ich fortfahre. »Er heißt übrigens Eilon, und er hat mir an der Rezeption einen Brief mit einer süßen Nachricht und seiner Telefonnummer hinterlassen. Und wenn er ein Handy hat, dann ist er ja wohl nicht obdachlos, oder?«

Nun bringt mich Tara mit einem Griff an den Ellenbogen zum Stehen und schaut mir in die Augen. In ihrem Blick spiegeln sich allerlei Emotionen wider. Die Palette reicht von Erstaunen, über Missgunst, bis hin zu Neugier. »Vermutlich nicht. Cool!«, presst sie dann zwischen ihren rot geschminkten Lippen hervor, lässt das Thema dann aber fallen, was mir ganz recht ist, da ich erstens nicht meine privaten Dinge umgehend mit ihr teilen möchte, so lange ich sie nicht einschätzen kann, und zweitens auch noch nicht wirklich mehr zu sagen habe. Betont lässig setze ich zum Weiterlaufen an.

Als wir vor der Bar ankommen, warten wir nur kurz in einer Schlange aus top gestylten Leuten und werden wenige Minuten später auch schon auf das beeindruckende Aussichtsplateau befördert. Oben angekommen, bietet sich uns ein fabelhafter Blick über die im Dunkeln liegende Stadt.

Wir nehmen an einem der Tische entlang des Geländers Platz und ich freue mich, dass wir so weiterhin die spektakuläre Aussicht über die Dächer der Stadt genießen können.

Der Abend mit Tara verläuft ganz okay, ist aber etwas zäh. Es fällt mir schwer, mich jetzt nach dem Essen auf das Ambiente einzulassen, da ich gerade lieber einen Spaziergang barfuß im Sand machen würde, aber Tara bekommt von der Atmosphäre nicht genug und schießt fleißig Selfies, genießt die Blicke der Männer um uns herum, und freut sich noch mehr, als ein adretter Herr sich zu uns gesellt und uns anbietet, Champagner auf seine Kosten zu bestellen. Dankend lehne ich ab und bleibe bei meinem Softdrink. Ich bleibe aber tapfer sitzen, obgleich es der Herr im Sakko offensichtlich auf Tara abgesehen hat. Vielleicht läuft Networking hier einfach so.

Ich denke, es braucht seine Zeit. Ich werde mich im Laufe der nächsten Wochen sicherlich daran gewöhnen, mich regelmäßig auch außerhalb des Büros schick zu machen, in exklusiveren Restaurants zu dinieren, und mit gestandenen Männern zu flirten.

Ich zwinge mich, heute kein Spielverderber zu sein, und klinke mich gedanklich aus. Als die beiden nach zwei Stunden endlich ihre Nummern austauschen und sich wieder mir zuwenden, gebe ich Tara ein Zeichen, gehen zu wollen. Meine Füße schmerzen in den hohen Schuhen, obwohl ich nur gesessen habe. Zu meinem Erstaunen folgt sie meiner Bitte direkt.

Sie verabschiedet sich und wir machen uns auf den Weg zum Aufzug. Deutlich beschwipst hängt sie sich bei mir ein und verstärkt damit den Schmerz, der ohnehin schon auf meinen Füßen lastet. Aber ich beiße meine Zähne zusammen.

Unten angekommen, ruft sie uns ein Taxi und mit großer Erleichterung streife ich mir die Schuhe von den Füßen, als wir auf den Rücksitz des Taxis Platz nehmen.

»Einmal Dan Panorama und dann geht's weiter!«, weist sie den Fahrer an, darum bemüht, souverän zu wirken, was ihr nur mäßig gelingt. »Der war richtig süß, oder?« Sie grinst mich an und flattert dabei mit den Augenlidern.

Der Kerl war alles andere als süß, und umgehend kommt mir Eilons *wirklich* süßes Grinsen in den Sinn. »Joa ... Habt ihr euch denn gut unterhalten?«, frage ich, um keine peinliche Stille zwischen uns entstehen zu lassen.

Mit einem Leuchten in den Augen schaut Tara nun erneut zu mir herüber. »Ja, aber sowas von! Er hat eine Jacht am Hafen von Haifa und kommt eigentlich aus London, wo er ein Penthouse besitzt! Kannst du dir das vorstellen?«

Ich pfeife und nicke. »Nicht schlecht«, sage ich gedankenverloren. Eigentlich bin ich mit dem Kopf schon wieder ganz woanders, denn in meinem Bauch kribbelt es, weil ich hoffe, dass Eilon mir geantwortet hat. Gleich, wenn ich allein in meinem Zimmer bin, schaue ich nach.

Die Fahrt ist kurz, worüber ich sehr froh bin, und unser Taxi macht bereits im Wendekreis des Dans Halt. Eifrig suche ich in meiner Tasche nach meinem Portemonnaie, aber Tara winkt ab.

»Ich mach das schon, die Firma zahlt!« Sie zwinkert mir zu.

Ich bedanke mich bei ihr für den *schönen* Abend und winke ihr zum Abschied noch einmal durch das Fenster zu.

Das wird schon, beruhige ich mich. Wenn wir uns erst einmal noch besser kennenlernen, und ich in all meinen Aufgaben den Überblick habe, dann wird das richtig gut hier. Ich bin auf dem besten Wege, das Leben zu führen, von dem ich immer geträumt habe. Schließlich habe ich es bisher nicht gerade häufig erlebt, dass sämtliche Lunchs und Dinner sowie dekadente Taxifahrten auf Kosten des Arbeitgebers gehen. Schlussendlich war es mein größter Wunsch, hier ein Upperclass-Leben zu führen und mein altes Ich in der Mittelschicht hinter mir zu lassen. Diesen Schritt kann ich nicht über Nacht, oder binnen weniger Tage machen. Es bedarf ein wenig Zeit und Übung. Als ich in meinem Zimmer ankomme, hole ich sofort mein Handy aus der Tasche. Da steht er, groß und breit auf meinem Display: Eilons Name. Ich öffne die Nachricht und lese:

9.30 Uhr klingt sehr gut. Ich werde da sein. Wir gehen ins Café Xoho, falls du vorher googeln möchtest ;)

Ich lasse mich mit dem Rücken zuerst auf mein Bett fallen. Das Handy lege ich auf meinen Brustkorb. *Café Xoho, falls du googeln möchtest.* Eilon macht mich neugierig. Ich antworte kurz und bündig.

Freue mich!

Eilon

Bling! Ich nehme den Blick vom Fernseher und schaue auf mein Handydisplay. *Isabelle.* Endlich! Gott sei Dank hat sie geantwortet. Liebe Güte, die macht es aber wirklich spannend. Ich werde nichts zurückschreiben, den Gefallen tue ich ihr jetzt nicht, nachdem sie mich vier Stunden auf diese zwei Wörter plus Ausrufezeichen hat warten lassen. Aber ich werde mir den Wecker stellen und genau pünktlich sein. Diese Frau will beeindruckt werden, ich habe es verstanden. Ich schalte die Glotze aus und schmeiße mich ins Bett. Ich erkenne mich selbst kaum wieder. Wann, bitte, habe ich mich zum letzten Mal wachgehalten, um auf die Nachricht eines Mädels zu warten? Ich glaube, noch nie.

Ich seufze tief und jetzt, wo das Date steht, überlege ich, was ich anziehen soll, zwinge mich aber dann, diese Entscheidung auf morgen früh zu vertagen. Was weiß ich, wonach ich mich beim Aufstehen fühle ... Immer schön cool bleiben, Mann.

Ich öffne meine Playlist und stelle eine Meditation mit Timer ein. Der beste Weg, um in einen erholsamen Schlaf zu gelangen, ohne die Gedanken kreisen zu lassen. Wenn ich eine Sache bei den IDF gelernt habe, dann ist es ruhig zu bleiben, auch wenn's schwerfällt.

Als ich meine Augen wieder öffne, steigt gleich ein gutes Gefühl in mir auf. Und Hunger! Ich checke die Uhr. Erst 8.15 Uhr. Da bleibt Zeit für ein kleines Work-out. Ich springe aus dem Bett, mache meine obligatorischen Pull-ups an der Tür, Liegestütze und ein paar weitere Übungen.

Kapitel 7
עבש

Isabelle

Gut erholt drehe ich mich in meinem gemütlichen übergroßen Hotelbett noch einmal auf die Seite und reibe mir die Augen. Heute steht das erste richtige Kennenlernen mit Eilon an. Ich bin sehr gespannt. Nach dem gestrigen Abend mit Tara, der mich nicht so begeistert hat, obwohl *Rooftop* und *classy* vielversprechend geklungen hatte, freue ich mich auf den Austausch mit ihm, bei dem ich zum einen herausfinden möchte, wo er wohnt, aber zum anderen auch ein bisschen mehr über Israel erfahren möchte. Was ich bisher gesehen habe, bietet schon viele Kontroversen.

Ich werfe einen Blick auf meine Handyuhr. Knapp halb neun. Gott sei Dank bleibt noch Zeit für eine kleine Runde an der Promenade. Schnell springe ich aus dem Bett und streife mir noch ungewaschen mein Joggingoutfit über. Fünfundzwanzig Minuten laufen, danach schnell duschen und fertigmachen, das dürfte eine Punktlandung werden.

Eilon hatte mir gar nicht mehr geantwortet ... Ob er wohl kommen wird?

Ich werfe mein Handy aufs Bett und eile los. Wie jeden

Morgen begrüßen mich die warme Luft und nach dem Überqueren der großen Straße, die das Dan Panorama vom Strand trennt, auch schon das Rauschen der Wellen. Herrlich.

Nach meiner Runde nehme ich ein paar tiefe Atemzüge der Meeresluft und mache mich auf den Weg zurück ins Hotel. Die Lage könnte nicht besser sein. Nur zwei Minuten später finde ich mich in meinen eigenen vier Wänden wieder und genieße denselben Ausblick, den ich eben noch mit allen Sinnen genossen habe, diesmal durch das große Fenster.

Fünf nach neun. Eilon hat sich noch immer nicht gemeldet.

Als ich in die Dusche steige, frage ich mich, ob das seltsam ist, was ich hier tue? Vorsichtig drücke ich mir das Wasser aus den nassen Haaren, kämme sie gerade so, dass ich einen schönen Scheitel habe, und ziehe mir ein lockeres Sommerkleidchen an. Für eine aufwendige Föhnfrisur habe ich keine Zeit mehr, denke aber, dass Eilon diese nicht erwartet. Mein Blick auf die Uhr verrät mir, dass es nun zwanzig nach neun ist und endlich trudelt eine Nachricht von Eilon ein.

Na endlich! Er ist jetzt unterwegs. Das Date steht. Jetzt steigt meine Aufregung ad hoc. Eilig tusche ich mir die Wimpern, lege Rouge auf und entscheide mich für den gleichen knallroten Lippenstift, den ich auch am ersten Tag im Büro aufgetragen hatte. Den kennt er ja bereits.

Als sich die Aufzugtüren im Erdgeschoss öffnen, steht Eilon schon im Foyer. Er sieht umwerfend aus. Braun gebrannt, weiße Socken, schwarze Vans und lässige Shorts mit T-Shirt. Sein längeres Deckhaar trägt er, wie die anderen beiden Male schon, locker zur Seite gestylt und seine freien Oberarme lassen mich Muskelgruppen erahnen, die ich von mir nicht kenne.

Jetzt kommt er auf mich zu und bringt einen betörenden

Duft mit. Mir wird ganz schwindelig. Ob ich gleich überhaupt etwas hinunterbekommen werde, bei all dem Bauchkribbeln, das er gerade in mir auslöst. Ich habe schon Präsentationen vor mehreren Dutzend Leuten gehalten, aber so kenne ich mich gar nicht. Das müssen meine Nerven sein. Vielleicht doch zu viel auf einmal mit dem Arbeitsstress und all den Umstellungen. Als er mich herzlich umarmt, möchte ich meinen Körper erst leicht zurückziehen, um ihm zu signalisieren, dass ich nicht so leicht zu haben bin, wie er sich das eventuell ausmalt. Aber als ich seine warmen Hände an meiner Taille spüre und ich seine starken Schultern berühre, werfe ich dieses Vorhaben über Bord und lasse seine Berührung zu. Und sie tut gut. Herrje. Selten hat Körperkontakt so etwas in mir ausgelöst. Wobei, *selten?* Wann eigentlich jemals?

»Yallah«, sagt er und dirigiert mich direkt hinter sich her zu seinem elektrischen Scooter, den er vor dem Hotel geparkt hat.

Obwohl er mir gestern gute Dienste erwiesen hat, finde ich die Dinger irgendwie peinlich. Als Eilon mein Zögern bemerkt, schmunzelt er.

»Keine Angst, hübsche Isabelle, es wird dir nichts passieren.«

Ich rümpfe die Nase leicht. »Es ist nicht so, als hätte ich Angst, dass etwas passieren könne, es stellt sich mir viel mehr die Frage, warum überhaupt dieses Gefährt? Warum fährt hier jeder mit diesem Teil herum?« O je, hoffentlich wirkte das nicht zu zickig, aber er braucht sich nicht einzubilden, dass ich das sexy finde, oder er mich gar damit beeindrucken kann.

»Ha, das wirst du schon noch sehen. Ich erkläre es dir gleich im Café«, tut er meine Frage ab und bittet mich, wie am gestrigen Morgen, vor ihm aufzusteigen. Wir düsen an der Promenade entlang und der laue Fahrtwind trocknet mir die Haare. Der Wind tut gut, und der Blick aufs türkisfarbene Wasser ist einfach nur traumhaft. Wir verlassen die Promenade auf Höhe des Hilton und nach ein paar Kurven nach rechts und links parkt Eilon in einer Seitenstraße vor einer Terrasse mit einer Art Glasvorbau, auf dem ich den Namen Café Xoho erkennen kann.

»Und, war's so schlimm?«, neckt er mich, als er den Scooter mit einem mächtigen Schloss, das er aus seinem Rucksack zieht, an eine Bank kettet.

»Nein, ganz und gar nicht, aber dennoch: Man kann ja so eine Strecke auch schön mit dem Fahrrad fahren!«, entgegne ich, nur um ihm nicht das letzte Wort zu lassen.

»Kein Mensch fährt bei dieser Hitze Fahrrad, das machst du einmal und dann lässt du es bleiben, wenn du jedes Mal durchgeschwitzt überall auftauchst.« Er grinst und winkt ab. »Und Autofahren kannst du hier sowieso vergessen, es sei denn, du hast Bock darauf, die Hälfte deines Tages angehupt zu werden oder einen Parkplatz zu suchen. Da lieb ich meinen Scooter, den kann ich immer direkt vor der Tür parken. Man muss nur aufpassen wegen Diebstahl.«

»Diebstahl?«, frage ich erstaunt. »Die Dinger werden gestohlen?«

»Klar, was denkst du denn? Nach einem Exemplar wie diesem schlecken sich die Leute die Finger. Das ist nicht der übliche Elektroschrott, der hier sonst so herumfährt. Also wenn schon, dann möchte ich auf etwas Gescheitem fahren.«

Wir überqueren die Straße zum Eingang des Cafés und ich schiele Eilon von der Seite an. Also er legt Wert auf gute Dinge, er sieht supergepflegt aus und er duftet verführerisch. Ich kann es kaum erwarten, nun gleich mehr über ihn zu erfahren. Wir betreten das Lokal und Eilon übernimmt das Dolmetschen. Es dauert nur wenige Augenblicke und ein junger Kerl führt uns zu einem Tisch im Wintergarten am Eingang. Eilon bestellt mir eine englische Karte, welche umgehend gebracht wird.

»Liest sich alles richtig gut!«

»Ja, ist auch alles echt gut hier!«, antwortet er unaufgeregt. »Du solltest den Pilz-Wrap nehmen, schmeckt mega.«

»Okay!«, sage ich, überfordert von dem Angebot auf der Karte, und entscheide mich zusätzlich für einen Hafermilch-Cappuccino.

»Du trinkst Hafermilch?«, fragt mich Eilon, als der Kellner wieder weg ist, und schaut mich dabei mit seinen großen Augen an. Sie leuchten richtig. Um die Pupille liegt ein goldener Ring, bevor die Iris in ein interessantes Grün übergeht.

»Woher bekommt man diese Augen?«, rutscht mir die Frage heraus und ich halte mir schlagartig die Hand vor meinen Mund. *Habe ich das tatsächlich gesagt?*

Aber Eilon grinst. »Na ja, ich schätze von meinen Eltern. Mir wurde früher jedenfalls regelmäßig gesagt, dass ich dieselben Augen wie meine Mutter habe.«

Süß, wie ehrlich er antwortet. »Sie sind sehr schön«, gebe ich nun etwas selbstbewusster zu. Wenn schon, denn schon. Wer die ganze Zeit so zuvorkommend und ehrlich ist, darf auch mal mit einem Kompliment belohnt werden.

»Danke«, sagt er und lächelt mich breit an. »Du hast aber auch sehr schöne Augen. Wobei du mir gestern Morgen auf der Promenade besser gefallen hast, ohne dein Make-up.«

Huch. *Ehrlich* trifft es wohl ziemlich gut. »Oh, danke, Ähem, na ja, ich weiß nun nicht genau, was ich darauf antworten soll. Zum einen finde ich es etwas unangemessen, das einer Dame direkt ins Gesicht zu sagen, zum anderen finde ich es natürlich wiederum nett, was du über mein ungeschminktes Ich sagst«, gebe ich leise zu verstehen.

»Daran musst du dich gewöhnen. Hier in Israel sagt man, was man denkt. Besser so! Außerdem sollte es dich freuen, dass du in echt besser aussiehst als geschminkt.« Er grinst. »Da gibt's ganz andere.« Spielerisch zuckt er mit den Schultern.

Jetzt hat er mich angestachelt. Das kratzt schon an meiner Ehre und dem Selbstbewusstsein, dass ich ihm geschminkt nicht so gut gefalle. »Ich bin wahrhaftig hier, also sehe ich in echt genauso aus wie in diesem Moment!«

Eilon schüttelt ungerührt seinen Kopf. »Nein, Hübsche, in echt siehst du so aus wie gestern Morgen, heute Morgen siehst du so aus, wie du denkst, dass du aussehen solltest.«

»Heute sehe ich aus, wie ich aussehen möchte«, gebe ich ihm mit zusammengekniffenen Augen zu verstehen und überlege, ob Eilon vielleicht einfach ein Idiot ist. Aber bevor ich wütend aufspringen kann, um das Restaurant zu verlassen, besänftigt er mich bereits. »Ja, es ist doch so. Ihr Frauen versteckt euch gerne hinter Make-up und toller Kleidung, und übersehl dabei gänzlich, wie wunderschön euer pures Ich ist. Als ich dich gestern Morgen wiedergesehen habe, da warst du süß, während du am Donnerstagabend, bei unserer ersten Begegnung einfach nur sexy warst.«

Ich rolle mit den Augen. »Sexy? Ich war im Büro-Outfit, und überhaupt, was ist an sexy verkehrt?«

»Nun ja, du kannst von Glück sprechen, dass du gerade mir begegnet bist, denn sexy kann auch ganz schnell ausgenutzt werden, bevor man die Chance hat, sich richtig kennenzulernen. Aber ich möchte dich richtig kennenlernen!« Nun schaut er mir wieder direkt in die Augen.

Verlegen fahre ich mir mit meinem Finger über den Mund. »Und jetzt soll ich auf die Toilette gehen und mir das Make-up abwaschen?«, frage ich mit zynischem Unterton.

»Natürlich nicht! Du bist wunderschön, auch *in sexy!* Für das Frühstück ziehen wir das so durch und nachher, im Wasser, wird sich deine Schminke schon verselbstständigen. Dann habe ich heute zwei Dates.« Er lacht.

»Boah!« Ich schnaube. »Wenn ich gewusst hätte, wie du drauf bist, dann hätte ich ...« In diesem Moment stellt der junge Herr unsere Cappuccini vor uns ab.

Wir bedanken uns und Eilon wendet sich wieder mir zu. »Dann hättest du?« Er grinst charmant.

Ich zögere. »Dann weiß ich nicht, keine Ahnung, ist jetzt auch egal.« Ich beschließe, diese Unterhaltung zu beenden, und nehme einen Schluck von meinem Cappuccino. Neben der Tatsache, dass der Schaum mit feinen getrockneten Blüten verziert ist, schmeckt er auch noch köstlich.

Ich kann ein leises genüssliches Stöhnen nicht unterdrücken und lecke mir vorsichtig die Hafermilch von der Oberlippe.

»Schmeckt er dir?«, fragt Eilon sichtbar erleichtert, als hätte er irgendetwas mit der Zubereitung des Getränks zu tun, und nimmt nun auch einen Schluck aus seiner Tasse. »Das freut mich!« Er strahlt mich so offen an, dass meine Wut völlig verraucht ist. »Ich sollte auch mal Hafermilch probieren, ich bin voll auf Mandelmilch eingestimmt, hab nie darüber nachgedacht.«

Puh, der Kerl ist ein Buch mit sieben Siegeln. Durchschauen kann ich ihn noch nicht.

Eilon

Alter, was ist nur mit mir los?! Das wäre ja ein kompletter Fail gewesen, wenn mein erstes richtiges Date nach nur wenigen Minuten den Tisch verlassen hätte. Das Kompliment ist ja sowas von in die Hose gegangen. Sowas ist mir noch nie passiert. Puh. Gut, dass ich noch mal die Kurve bekommen habe. Aber es ist halt so. Isabelle ist wunderschön, wenn ich sie so vor mir sitzen sehe, sie hat das Make-up wirklich nicht nötig. Ich hatte schon an der Treppe am ersten Abend so ein Gefühl, dass diese Person gar nicht sie selbst ist. Der Ausdruck in ihren Augen und ihr Gang passen nicht zusammen. Irgendetwas mischt sich in ihr. Etwas, das ich noch nicht ganz begreifen kann. Es macht mich sehr neugierig auf sie. Ich möchte und werde es herausfinden. Ich werde mir die Zeit nehmen, diese Frau richtig kennenzulernen, ihre Schale langsam zu entfernen wie die einer Jaffa-Orange. Sie hat mich in ihren Bann gezogen.

»Was meinst du eigentlich mit dem Wasser später?«, fragt Isabelle, als sie den ersten Bissen von ihrem Wrap genommen hat.

Ich sollte etwas weniger forsch vorgehen. Ich glaube, jetzt ist es an der Zeit, etwas ruhiger aufzutreten. Diese verdammte Nervosität muss sich legen. Ich räuspere mich. »Nun ja, wenn du möchtest, können wir gern anschließend ein bisschen an den Strand gehen.« Isabelle blickt mir in die Augen und zieht die Stirn leicht kraus. Jetzt denkt sie sicher, ich möchte sie direkt im Sand vernaschen. Herrje, wenn sie wüsste, dass ich gerade an alles andere denke, nur nicht daran. »Also ich meine, falls du spazieren möchtest, könnten wir meinen Scooter im LaMer parken und dann am Hundestrand vorbei Richtung der Mezizim Beach Bar spazieren, ist richtig schön dort!«, schlage ich schnell vor, um ihr klarzumachen, dass ich nur Zeit mit ihr verbringen möchte.

Isabelles Gesichtszüge werden umgehend ganz mild. Nun wechselt sie ihren Gesichtsausdruck von skeptisch zu neugierig und neigt den Kopf leicht zur Seite. »Den Hundestrand habe ich schon beim Joggen gesehen, total süß! Was ist das LaMer?« Sie nimmt einen weiteren kleinen Bissen von ihrem Wrap.

»Die Strandbar, in der ich als Barmanager arbeite. Dort kann ich auch außerhalb meiner Schichten meinen Scooter sicher abstellen. Die Israelis lieben ihre Hunde, musst du wissen. Kaum ein Haushalt ohne Hund hier«, erkläre ich ihr.

»Da sagst du was, ist mir schon aufgefallen, dass es hier von Hunden nur so wimmelt. Hast du etwa auch einen?«

»Nein, ich habe keinen, zumindest keinen mehr. Meine Ex-Freundin, mit der ich einige Jahre zusammen war, und ich hatten einen, aber der ist bei ihr geblieben nach der Trennung.«

»Mhm, verstehe«, antwortet Isabelle kauend. »Habt ihr ein gutes Verhältnis, also siehst du deinen Hund noch ab und zu?«

»Nein, wir haben keinen Kontakt. Die Beziehung war meine einzige bisher und ich hatte einen schweren Unfall. Danach habe ich mich verändert, aber das ist eine lange Geschichte. Lass uns heute über etwas anderes reden. Ich erzähle sie dir gern ein andermal.«

»Magst du stattdessen von deiner Arbeit im LaMer erzählen?«

Ich esse mein Kichererbsen-Omelette und berichte ihr von meiner Schicht und meinen Tagesabläufen. Als wir aufgegessen haben und der Kellner die Teller abräumt, bezahle ich für uns beide und lade sie erneut zu dem von mir vorgeschlagenen Spaziergang ein. Isabelle nimmt sofort an. Als wir über die Türschwelle treten, spüre ich ihren Blick auf mir. Die Temperatur ist inzwischen weiter angestiegen und ein neuer, heißer Tag liegt vor uns. Ist sie deshalb auf einmal so rot?

»Danke, für deine Einladung, das wäre nicht nötig gewesen«, stößt sie hervor und pustet mir einen Handkuss durch die Luft zu.

Flirtbereit tippe ich auf meine Wange. »Du darfst deinen Kuss auch gern direkt hier platzieren.«

Kapitel 8
הנומש

Isabelle

Verlegen schaue ich Eilon an, der mir fröhlich entgegengrinst. Warum eigentlich nicht? Ich habe einen sehr guten Eindruck von ihm und mein Herz klopft ohnehin schneller, wenn ich in seiner Nähe bin. Was passiert wohl, wenn ich ihm noch näher komme? Kurzentschlossen spitze ich meine Lippen und drücke ihm einen dicken Kuss auf die Wange.

Und im selben Moment bereue ich es auch schon, denn sein Duft ist betörend. Seine vollen Lippen, die meinen nun so nah sind, sehen einfach zu einladend aus, um sie nicht zu berühren. *Wie soll ich aus dieser Nummer wieder rauskommen?*

»Was ist los?«, fragt Eilon, der mein rasches Zurückweichen bemerkt haben muss. »Hat meine Wange dich erschreckt? Oder schlimmer, stinke ich?« Umgehend schnuppert er an seinem Arm.

Ich muss schmunzeln. Es ist wirklich lustig, *wie* direkt die Israelis sind. »Nein, ganz und gar nicht! Es ist nur, ich ...« Was ist es nur, was sage ich jetzt? Nun wünschte ich, ich könnte ebenso direkt sein, wie Eilon es ist.

»Es ist nur was?« Eilon neigt seinen Kopf und hält meinem Blick stand.

»Ist auch egal, du riechst auf jeden Fall sehr gut und du siehst schön aus«, stammle ich nun vor mich hin und lege einen Schritt zu in Richtung seines Scooters. Als ich ankomme, greift er von hinten nach meiner Hand und zieht mich zu sich.

»Dieses Kompliment kann ich nur zurückgeben«, sagt er und zieht mich in eine feste Umarmung, die mich abermals seine Oberarme und seinen starken Brustkorb spüren lässt.

Wieder möchte ich mich im ersten Reflex schnell wieder von ihm lösen, aber ich fühle mich so wohl und gebe meinem Fluchtgedanken nicht nach.

Bei Eilon zu sein, fühlt sich einfach zu vertraut und schön an. In meinem Kopf arbeitet es. Ich weiß, dass das, was ich hier tue, gänzlich dem widerspricht, was ich eigentlich vorhatte.

Ich wollte Erfolg haben, fleißig an meiner Karriere arbeiten und netzwerken. Auf einen Mann war ich eigentlich nicht aus, und schon gar keinen Barmanager. Wie soll ich jemanden wie ihn mit in diese Rooftop-Bar nehmen? Er würde sich bestimmt gänzlich unwohl fühlen.

Trotz all dieser Einwände kuschle ich mich noch näher an ihn. Für einen Moment bleiben wir so stehen, ehe Eilon die Umarmung löst und mich auffordert, wieder auf den Scooter zu springen. Schon wenige Augenblicke später fahren wir wieder die Promenade entlang und ich spüre erneut den warmen Fahrtwind in meinem Gesicht.

Im LaMer schnappt Eilon sich zwei Wasserflaschen aus dem Kühlschrank hinter der Bar und reicht mir eine. Das ist wohl der Vorteil, als Barmanager Zugriff auf alles zu haben.

Neugierig inspiziere ich seinen Arbeitsplatz. Modern hier. Ob er auch so wohnt? Beim Frühstück hat er zwar ein wenig von sich erzählt, aber ich kann ihn noch nicht richtig einschätzen.

Vor allem frage ich mich, was seine Geschichte ist, die er mir ein andermal erzählen möchte. Will er sich damit nur interessant machen? Oder steckt mehr dahinter? Ich würde sie auf jeden Fall gern erfahren. Eilon interessiert mich.

»Musst du noch auf die Toilette oder wollen wir los?«

Ich muss grinsen. »Gedankenlesen kannst du also auch, hm? Ich würde mich wirklich gern kurz frischmachen.«

Ich nutze die Pause, um durchzuatmen. Wie ist das Treffen bisher? Irgendwie total ... seltsam. Kribbelig. Aufregend. Es prickelt zwischen uns. Ich bin gern in seiner Nähe. Und obwohl er gesagt hat, dass ich ihm ohne Lippenstift besser gefalle, wische ich ihn nicht weg. Ich bin halt immer noch ich. Wenn er mich mag, muss er mich so nehmen, wie ich bin.

Wir verlassen das Gebäude und nehmen Kurs auf den Hundestrand.

»Es ist schön im LaMer«, sage ich und lächle Eilon an. »Stelle ich mir toll vor, direkt am Strand zu arbeiten. Bist du hier aufgewachsen?«

»Ursprünglich komme ich ein Stückchen weiter nördlich von hier, aus Richtung Haifa, falls dir das was sagt.«

Ich nicke. Haifa kannte ich vage aus den Medien. Einige Minuten lang schweigen wir und ich genieße den feinen warmen Sand zwischen meinen Zehen. Eilons Haltung hat sich geändert. Sein Blick geht in die Ferne. Seinen Charme hat er völlig abgelegt, scheint ganz pur und er selbst zu sein, denn in seinen Augen flackern ungefiltert die Emotionen.

Dann sieht er mich direkt an und sagt leise: »Ich weiß, ich habe gesagt, ich erzähle es dir heute nicht, denn das ist kein Thema für ein erstes Treffen. Aber ich fühle, dass es okay ist. Ich möchte aber kein Mitleid.« Nachdrücklich schaut er mich an. »Ich erzähle dir das nur, weil ich möchte, dass du meine Geschichte kennst. Ich komme aus schwierigen Verhältnissen. Zu meinem Vater habe ich den Kontakt abgebrochen, denn er hat mich und meine Mutter geschlagen.«

Ich bleibe stehen und berühre ihn am Oberarm. Das ist ja furchtbar, der Arme.

»Nun ja, jedenfalls kam ich noch damals zu Schulzeiten mit meiner Ex-Freundin zusammen. Wir hatten immer sehr viel Streit, da sie extrem eifersüchtig war. Aber weil ich es nicht anders kannte, dachte ich, das sei normal. Bis zu jenem Tag, der mein Leben in eine komplett andere Richtung gelenkt hat.«

Eilon ist jetzt völlig in seinen Erinnerungen versunken.

»Was ist passiert an diesem Tag?«

»Du weißt vielleicht, dass wir Israelis allesamt, Männlein wie Weiblein, drei Jahre dienen müssen?«

Ich schüttle den Kopf. »Nein, krass, ganze drei Jahre?«

»Ja, nun wurde das für die Frauen etwas verkürzt, die Damen müssen *nur noch* zwei Jahre und sieben Monate zu den IDF, aber ja, so ist das hier.«

»Das erklärt das taffe Verhalten der Frauen hier«, sage ich mehr zu mir selbst. »Ich habe mich in der Tat schon einige Male darüber gewundert, warum sie so unnahbar und wenig weich wirken, wenn du verstehst, was ich meine.«

»Die Frauen hier sind von einem anderen Schlag. Klar, es gibt immer Ausnahmen und es kommt auch darauf an, ob sie Bürodienste leisten oder Soldatinnen sind, aber ja, so etwas prägt.«

Wieder nicke ich und schaue ihn interessiert an.

»Ich habe meinen Dienst um ein weiteres Jahr verlängert und kurz vor dem Ende wurde ich angegriffen. Ich stand in voller Soldatenmontur an der Bushaltestelle, um den Schabbat zu Hause zu verbringen. Just in diesem Moment kam ein Auto mit etwa siebzig Kilometern pro Stunde angefahren und hat mich erfasst. Dabei wurde ich an einen Stein geschleudert, wo ich mit dem Kopf aufschlug. Zuerst dachte ich, es würde sich um den Unfall eines unachtsamen Autofahrers handeln, aber als dieser anschließend ausstieg und mit einem Messer auf mich zukam, war mir klar, dass es sich um eine Attacke auf mich als Person jüdischen Glaubens handelte.«

Ich kann nicht anders und schiebe meine Hand in Eilons, die ich drücke. Er drückt leicht zurück, wirkt aber weit entfernt.

Er holt tief Luft, ehe er weiterspricht. »Geistesgegenwärtig habe ich zur Verteidigung angesetzt und das trotz klaffender Wunde am Kopf. Der Attentäter jedoch stach immer wieder auf mich ein. Gott sei Dank konnte ich das Messer in Richtung meiner Beine lenken. Dabei wurden jedoch meine Kreuzbänder durchtrennt und ich erlitt mehrere Schnittwunden an den Oberschenkeln, bevor er von mir abließ, weil er erkannte, dass ich nicht aufgeben würde. Als er wegrannte, stoppte ich an der Ampel einen Wagen und bat den Fahrer, mich ins Krankenhaus zu bringen. Dort angekommen, bin ich zusammengebrochen und für drei Wochen in ein Koma gefallen. Es war völlig unklar, wie die Sache ausgehen würde. Kopf, Körper, man war auf das Schlimmste gefasst. Aber ich wachte auf und war wacher denn je zuvor. Ich kämpfte mich mühevoll zurück ins Leben. Aber zuerst musste ich neu gehen lernen und war die folgenden sechs Monate erst einmal an einen Rollstuhl gefesselt.«

»So etwas Schlimmes habe ich noch nie gehört, ich weiß gar nicht, was ich sagen soll. Das tut mir alles so unfassbar leid.

Was musstest du nur alles durchmachen?«

»Welcome to Israel.« Er seufzt.

»Und wie ging es dann weiter? Ich meine, wie lange dauerte deine Heilung und was ist mit dem Typen geschehen?« Als würde er uns auflauern, schaue ich mich kurz um.

»Nach sechs Monaten im Rollstuhl habe ich meinen Dienst wieder angetreten, um zu vollenden, was ich angefangen hatte. Es waren nur noch wenige Wochen im Dienst, aber natürlich nicht mehr in meiner vorherigen Funktion als Kommandant. Der Täter konnte ausfindig gemacht werden und sitzt nun eine Haftstrafe von fünfundzwanzig Jahren ab. Also keine Sorge, der ist hier nirgendwo.«

»Aber das ist doch sicher kein Einzelfall, oder? Und was hat das mit dir gemacht? Das war ja definitiv ein Riesenschnitt in dein Leben.« Meine Hand liegt immer noch in seiner und ich möchte sie gar nicht mehr loslassen. Es ist ein Wahnsinnsvertrauen, das er mir hier entgegenbringt und eine wirklich unglaublich schwierige Geschichte. Es fällt ihm sicher nicht leicht, mir all das offenzulegen, und ich frage mich, wie vielen Leuten er überhaupt schon davon so erzählt hat. Es kommt mir nicht vor, als würde er das täglich irgendeiner Frau so detailliert berichten.

»Du hast recht. Das Ganze hat mich nachdenklich gemacht. Und mir wurde klar, dass ich mein Leben so wie bisher nicht weiterleben möchte. Ich habe mich getrennt, alle Zelte in meinem Heimatort abgebrochen und bin nach Tel Aviv gegangen, um dort ein neues Leben zu beginnen. Ich suchte einen Sinn und wollte herausfinden, was ich vom Leben erwarte.«

Ich bin fassungslos. Das ist einfach so krass.

»Es ist alles gut, das ist die Vergangenheit«, sagt Eilon so leise, dass das sanfte Rauschen der Wellen ihn fast übertönt. »Die Zukunft ist jetzt, hier, in diesem Moment, mit dir und mir.«

Er streicht mir ein paar Haare aus dem Gesicht, die durch den leichten Windhauch des Meeres um mein Gesicht tanzen.

Dieser Mensch überrascht mich. Nach all meinen absurden Mutmaßungen über seinen eventuell nicht vorhandenen Wohnort hat er es geschafft, binnen dreier Stunden etwas in mir zu entflammen, das ich so niemals erwartet habe. Er verfügt ganz offensichtlich über die Kunst, kleinen Momenten einen speziellen Touch zu geben, wie zum Beispiel mit dem Brief, dem Tipp mit dem leckeren Wrap, den ich sonst niemals probiert hätte, oder dem tiefgründigen Gespräch, das mich völlig unerwartet erwischt hat. Eilon ist so viel tiefgründiger als dieser Typ, mit dem sich Tara gestern in der Rooftop-Bar vergnügt hat. Er wirkt so bodenständig und trotz all dem, was er erleben musste, scheint er so zufrieden und positiv. Ob es das ist, was ihn so beseelt? Die Lehre, jeden Tag auszukosten?

Auch habe ich nun aus einer viel individuelleren Sichtweise etwas über den im Land vorherrschenden Konflikt erfahren.

Wir gehen weiter und ich setze kurz dazu an, ihm von meinem Studium zu berichten und meinen damaligen Praktika, Kurzurlauben und Tagesroutinen, komme dann aber schnell zum Ende, als ich merke, wie banal das alles für ihn klingen muss. Ein bisschen schäme ich mich, Eilon von meinem Leben zu erzählen, denn genau genommen gibt es da nichts, das auch nur annähernd so abenteuerlich oder schlimm war. Eilon aber schaut mich mit leuchtenden Augen an und will wissen, was ich nun hier in Tel Aviv anstelle, mit all meiner Erfahrung durch die verschiedenen Praktika und meinem Fachwissen. *Süß.*

»Ich habe ein tolles Jobangebot bekommen. Nun ja, ich

habe mich auch ordentlich dahintergeklemmt, es zu bekommen. Aber langer Rede kurzer Sinn, es hat geklappt und deshalb bin ich nun hier und freue mich riesig darauf, Land und Leute kennenzulernen. Und natürlich darauf, ordentlich Karriere zu machen.«

»Das freut mich für dich, Hübsche. Du strahlst, wenn du davon erzählst. Glückwunsch zu der Chance.«

»Wie ist das bei dir? Wolltest du nicht auch studieren? Israel ist doch ein Hightech-Land.«

»Ach …« Eilons Blick geht auf den Boden. »Von einem Studium kann ich nur träumen. Abgesehen von den ganzen Gebühren, die ein Studium hier in Israel mit sich bringen würde, bin ich nach dem Angriff auch mental überhaupt nicht mehr in der Lage, mich über einen längeren Zeitraum hinweg zu konzentrieren. Die Wunde am Kopf hat ihre Spuren hinterlassen. Ich werde superschnell müde, vor allem wenn ich etwas lese oder lernen möchte.«

Traurig, welche Auswirkungen ein solcher Unfall mit sich bringt und noch viel trauriger, wenn man aus Kostengründen nicht mal die Möglichkeit hat, überhaupt studieren zu können, selbst wenn man dies möchte. Darüber musste ich mir in Deutschland nie Gedanken machen.

»Was ist das denn für ein Marketingprojekt in Europa, das du da betreust?«, lenkt er das Thema wieder auf mich.

»Ich werde dafür sorgen, dass Super-Lashes by LS überall in Europa auf den Markt kommen, und nicht nur wie bisher in Deutschland und im deutschsprachigen Ausland erhältlich sind. Die Firma kam auf unser Unternehmen zu. Sie möchten sich auf Wachstum fokussieren, aber ihr Wachstum geht so rasant, dass sie aktuell nicht das Marketing, die Produktbeschaffung sowie das Fullfillment parallel stemmen können. Nun liegt deren Marketing allein in meinen Händen.«

Eilon hebt leicht die Augenbrauen und fährt sich mit der Hand kurz durch die Haare. »Wow, cool! Und hierbei handelt es sich um Wimpern, wenn ich das richtig verstehe?«, hakt er nach.

»Ja, richtig. Klebewimpern, die man bis zu einer Woche tragen kann – auch im Wasser und beim Baden«, füge ich mit einem Zwinkern hinzu.

Eilon lacht. »Klar, wem's gefällt oder wer's braucht. Warum nicht. Wichtig ist es doch, dass es dir Freude bringt, was du da machst, und dass du mit deinem Gehalt hier über die Runden kommst.«

Und wieder überrascht er mich. Er zettelt diesmal keine lästige Diskussion über Make-up oder mein Themengebiet an und respektiert, was ich mache. »Da sagst du was. Teuer ist es hier definitiv, das habe ich auch schon beim Haferflockenkaufen festgestellt.«

»Das ist Israel, du wirst noch staunen, aber für heute brauchst du dir schon einmal keine Sorgen zu machen, später kann ich uns was aus der Bar besorgen.«

»Na, na, na, das kommt nicht in Frage! Ich bin doch nicht mit dir unterwegs, um mich von dir aushalten zu lassen. Erstens zahlt die Firma wirklich hervorragend und zweitens lebe ich kostenfrei im Dan Panorama, habe also nicht einmal Mietkosten. Die nächste Rechnung geht auf mich!«

Eilon pfeift anerkennend. »Nicht schlecht. Da kann ich aktuell nicht mithalten, erst in ein paar Jahren, wenn ich erfolgreich und wohlhabend bin.« Er grinst.

Seine Worte wecken meine Neugier. »Oha, und wie schaut

dein Plan aus, erfolgreich und wohlhabend zu werden?« Hat er größere Träume in seinem Leben als den Job als Barmanager im LaMer?

»Na ja, ich habe keinen Plan. Im Moment bin ich einfach jeden Tag dankbar, dass ich aufwachen darf und gesund bin. Aber ja, vielleicht mal eine eigene Hummus-Bar in Tel Aviv.« Er lacht wieder. »Eine, bei der die Leute aus Nah und Fern Schlange stehen. Es muss auf jeden Fall etwas sein, das von Bedeutung ist!«

Erneut schäme ich mich, dass ich im ersten Moment der Idee einer Hummus-Bar nichts abgewinnen kann. Warum Tag und Nacht in einem Restaurant schuften, rund um die Uhr putzen, Essen zubereiten und sich diesem Stress ausliefern, den ganzen Tag Menschen zu bedienen? »Und was ist bei einer Hummus-Bar von Bedeutung für dich?«, frage ich, in der Hoffnung, meine eigenen wertenden Gedanken durch eine erklärende Antwort von ihm auszumerzen.

»Das Bedeutungsvolle daran ist, dass mein Opa eine hatte und er ein extrem guter Geschäftsmann war. Er hatte so viel angespart, dass er nach seinem Ableben ganz schön viel Erbe verteilen konnte. Sein Ladenlokal gibt es theoretisch sogar noch, aber es steht seit Jahren leer und ist extrem heruntergekommen, trotz Top-Lage. Aktuell wird das ganze Gebäude saniert.« Nun sucht er meinen Blick. »Nach seinem Tod hat sich keiner dem Schmuckstück angenommen und ich hatte kurz darauf meinen Unfall. Die Umstände waren allesamt zu unpassend, um das Projekt anzugehen. Aktuell schaue ich, dass ich weiterhin genügend Geld auf die Seite bekomme und irgendwann gehe ich das Projekt vielleicht an. Einen Antrag auf die Pacht habe ich zwar mal gestellt, dauert aber schon ein Jahr und tatsächlich habe ich keinen wirklichen Plan. Ich vertraue auf die Zeit. Bisher hat sie stets alles gezeigt. Vielleicht ist es ja im nächsten Jahr so weit.« Er winkt ab.

»Das ist eine richtig schöne Idee, Eilon! Ich mag die Verbindung zu deinem Opa und ich bewundere deine Geduld!«, bestärke ich Eilon. »Ich verstehe, dass du noch nicht bereit bist. Ein eigener Hummus-Laden bedeutet sehr viel Verantwortung und dass du rund um die Uhr im Einsatz sein musst, wenn du Erfolg haben willst.«

»Ach, das sehe ich entspannt. Ich möchte mich in meinem Leben nicht von Dingen abhängig machen oder immerzu stressen lassen. Es kommt immer darauf an, wie du die Dinge angehst. Ich werde die Öffnungszeiten so gestalten, wie sie für mein Leben passen, und ein erstklassiges Produkt nach altem Familienrezept anbieten. Wenn du der Beste bist, kommen die Leute.«

Ich muss schmunzeln. »Du bist aber sehr selbstbewusst. Man weiß nie, ob man der Beste sein wird«, kontere ich.

»Ich bin immer bei allem der Beste, egal was ich tue«, antwortet Eilon unbeirrt und zwinkert mir zu.

»Das klingt definitiv nach einer guten Einstellung.«

»Ja, das wird schon. Eine gute Work-Life-Balance, bisschen Strand, Sonne und Zeit für die Dinge, die ich liebe – mehr brauche ich nicht, um glücklich zu sein.« Nun seufzt er und schaut aufs Wasser. »Apropos, hast du Lust?« Er macht eine einladende Kopfbewegung in Richtung der Wellen.

Und wie ich Lust habe. »Ich wäre dabei, aber dafür müssten wir kurz einen Abstecher ins Dan Panorama machen.«

»Du nimmst mich mit nach Hause?« Er grinst anzüglich und lacht dann laut. »Dann hat meine emotionale Masche ja gezogen.«

Da ist er wieder. Ganz der Eilon, der sein wahres Ich hinter der Maske von Charme verbirgt. Vielleicht braucht er aber auch nur das komplette Kontrastprogramm nach unserer emotionalen Unterhaltung und den schweren Erinnerungen.

»Blödmann«, sage ich und grinse.

Eilon

Nach dem langen Spaziergang ist die Kühle im Foyer angenehm und Isabelle manövriert uns geschickt durch einen Pulk an Neuankömmlingen hindurch zum Aufzug. Binnen kurzer Zeit fahren wir in den sechzehnten Stock und ich staune nicht schlecht, als sie ihre Zimmertür öffnet und ich das Meer durch die weite Fensterfront sehe. Ich nicke anerkennend. »Schuhe aus, oder?«

»Passt schon, du kannst sie anbehalten, wir sind ja eh nur kurz hier. Ich gehe nur eben schnell ins Bad, mir meinen Bikini darunterziehen.«

Puh, wie gern würde ich dabei zuschauen, aber später am Strand werde ich ja in den Genuss kommen, ein bisschen mehr von ihrem Körper zu Gesicht zu bekommen.

»Hast du Lust auf einen bestimmten Strandabschnitt, oder ist es dir egal, wo wir uns in die Sonne hauen?«, frage ich sie und überlege, welcher Bereich Isabelle wohl am ehesten zusagen könnte.

»Mir egal!«, ruft sie aus dem Bad. »Ich mag es nur nicht, wenn's zu voll ist und wir wie die Ölsardinen liegen.«

»Ok, verstanden, wer mag das schon?« Am besten, wir spazieren zum LaMer zurück, um von dort aus mit dem Scooter an die Mezizim Beach Bar in der Nähe des neuen Hafens zu fahren. Dort gibt es etwas zu Essen und auch ein paar Ecken, an denen wir sicher ein bisschen ungestört liegen und schwimmen können, ohne dass all meine Kollegen sich um uns herum versammeln. »Ready?«, frage ich, als wenige Augenblicke die Badtür aufgeht und Isabelle nun wieder in ihrem süßen Sommerkleidchen vor mir steht.

»Ready!«, sagt sie und zwinkert mir zu. »Soll ich uns ein paar Snacks mitnehmen? Ich habe ein bisschen was da«, bietet sie an, aber ich verneine.

»Heute kümmere ich mich um dein leibliches Wohl, das darfst du nächstes Mal machen.«

Auf dem Weg zurück ins LaMer treffen wir an der Promenade Yarin, einen Bekannten aus der Bar, der am unteren Ende der Allenby Road einen Smoothiestand betreibt. Nachdem wir ein bisschen gequatscht haben, machen wir einen kurzen Abstecher zu seinem Laden. Wir verlassen die Promenade, überqueren die große Straße und nehmen auf der Bank vor Yarins Laden Platz.

Isabelle scheint etwas verwirrt über die spontane Planänderung, aber das ist hier so, daran wird sie sich gewöhnen müssen. Es dauert nicht lange und Yarin erscheint mit kalten Getränken für uns beide und bringt uns eine kleine Plastikschale mit zwei Datteln darin.

»Für Mister Datteleis«, sagt er fröhlich, als er sie mir reicht.

Fragend schaut Isabelle mich an »Mister Datteleis?«

Aber Yarin antwortet bereits für mich. »Weißt du, dass Eilons Opa ihm eine Geheimrezeptur für das beste Datteleis Tel Avivs hinterlassen hat?«

Isabelle hebt die Augenbrauen und nickt anerkennend.

O Mann, dieser Kerl, immer am Quatschen.

Isabelle strahlt mich an. »Ich dachte, dein Opa hatte einen Hummus-Laden? Aber Hummus *und* Datteleis ... Dein Opa wusste wohl, was gut ist!«

Wow, sie ist so cool und noch nie hat mir die Begeisterung einer Frau so gefallen.

Yarin unterbricht unseren tiefen Blickkontakt. »Was macht ihr beiden hier eigentlich? Ich habe dich noch nie spazieren gehen sehen, Eilon.«

Ich winke ab und Gott sei Dank geht Isabelle nicht weiter darauf ein. Schnell leite ich zum vorigen Thema zurück. »Opas Eis hat sogar einen Stern bekommen. Obwohl ich das natürlich könnte, denke ich, ich belasse es bei seinem Hummus.«

»Du wieder, immer am hochstapeln«, frotzelt Yarin.

Ich werfe ihm einen spielerisch-drohenden Blick zu.

»Sag mir, was du nicht kannst!« Mit einem Zwinkern klopft er mir dabei auf die Schulter.

»So habe ich ihn auch kennengelernt«, sagt Isabelle und lacht.

Endlich lassen die beiden von mir ab und Yarin fordert Isabelle dazu auf, die Datteln zu probieren. Zögernd nimmt sie eine. Hat sie noch nie eine Dattel gegessen?

»Und?! Sind unglaublich lecker, oder?« Gespannt beobachtet er sie dabei, wie sie vorsichtig den Kern aus der klebrigen Masse löst, kurz an der Frucht riecht und dann zaghaft hineinbeißt. »Habe ich heute Morgen frisch auf dem Markt geholt, sie sind köstlich!«

Isabelle schaut etwas nachdenklich drein, als sie kaut. »Nun ja, sie sind ... Also sie schmecken, sagen wir, *interessant!*«, sagt sie vorsichtig und ich muss schmunzeln. Beim Frühstück heute Morgen hat sie betont, wie unterschiedlich die Geschmäcker gegenüber denen in Deutschland sind. Also ist sie das wohl einfach nicht gewohnt.

»Interessant?«, fragt Yarin nahezu empört und fuchtelt hilflos in der Luft herum. »Interessant ist ein Buch, Mann, aber doch keine Dattel. Magst du sie oder nicht?«

Nun muss Isabelle laut lachen. »Ihr seid unverbesserlich, oder? Hier wird Direktheit großgeschrieben. Okay, sie ist nicht *interessant*. Jetzt, wo sich ihr süßes Aroma in meinem Mund ganz entfaltet, ist sie in der Tat sehr lecker.« Und an mich gerichtet, fügt sie hinzu: »Ich wäre übrigens definitiv an dem Geschmack des Datteleises deines Opas interessiert.«

Und ich wäre jetzt definitiv am Geschmack deiner Lippen interessiert.

Kapitel 9
עשת

Isabelle

Ich schmiege mich an Eilons Rücken und genieße die Fahrt auf dem Scooter. Eine Tatsache, die ich nach unserem Frühstück noch nicht vermutet hatte. Überhaupt nimmt der Tag eine Wendung, die ich nicht habe kommen sehen. Ich lerne Eilon nämlich doch ziemlich gut kennen, seine Geschichte, seine Ängste, Träume und sogar seine Bekannten.

Yarin ist nett. Ohnehin sind alle in seinem Umfeld nett. Auch die Typen aus der Bar vorher waren erstaunlich aufgeschlossen und nett. Das ist mir heute wirklich aufgefallen in Eilons Dunstkreis. Im Büro sind auch alle *nett*, aber anders nett, mehr *professionell nett*, und nicht so *gefühlt nett*. Bei den Jungs heute hatte ich stets das Gefühl, dass sie einfach so lebensfroh und herzlich sind, ungeachtet dessen, was sie gerade gemacht haben. Yarin war doch echt so süß, uns gleich seine frisch gekauften Datteln zu unterbreiten und auch sonst wirkte er, trotz seines offenbar recht einfachen Lebensstils, seinem legeren Outfit und der Aufmachung seines Ladens nach zu urteilen, sehr zufrieden. *Zufriedener* als zum Beispiel mein Kollege Dennis gestern im Büro, der recht angespannt, aber dabei bemühtfreundlich nickend, unentwegt zwischen seinem Büro und dem Kaffeeautomaten hin und her gewandert war.

Ich schließe wieder die Augen und lasse mir vom Fahrtwind die Nase kitzeln.

»Da wären wir!« Eilon tätschelt mich an der Hinterseite meines Oberschenkels, gerade da, wo er mich zu greifen bekommt. Jetzt realisiere ich erst, dass wir bereits stehen und spüre, wie ich rot anlaufe. Wie peinlich. Eilon übt wirklich eine magische Anziehungskraft auf mich aus.

»Doch nicht so übel, das Scooter-Fahren, nicht?«, neckt er mich und reicht mir galant die Hand zum Absteigen.

Zum Dank strecke ich ihm meine Zunge entgegen. »Ich muss dir zustimmen, es hat was!«

Was tust du da? Solltest du nicht besser die Adresslisten aus Schweden besorgen, um am Sonntag, wenn es im Büro wieder rund geht, nahtlos mit der Kontaktaufnahme durchstarten zu können?

Eilon schließt den Scooter an einer sicheren Stelle hinter der Beach-Bar ab.

»Alles okay bei dir?«, fragt er.

Ihm entgeht nichts. Wie macht er das? Ich kenne so ein Verhalten nicht von meinen bisherigen Bekanntschaften. Meine Dates liefen immer nach demselben Schema ab. Man trifft sich zu einem Abendessen, beschnuppert sich oberflächlich und bespricht, wie man sich die perfekte Beziehung vorstellt. Mit Eilon habe ich das nicht getan, aber ich habe das beste Date aller Zeiten. Seit heute in der Früh lassen wir uns durch den Tag treiben und ich fühle mich einfach nur wohl an seiner Seite.

»Alles bestens, ja!«, versichere ich.

Aber ist das wirklich ein Date? Eigentlich hatte ich doch

nur vorgehabt, ein wenig zu netzwerken und etwas über Land und Leute in Erfahrung zu bringen, oder? Andererseits, das habe ich doch nicht wirklich gedacht, oder? Mein schnell klopfendes Herz spricht eine andere Sprache und ich muss zugeben, dass es das von vornherein war: ein Date. Und es geht mir wunderbar damit, auch wenn es meine Familie sicher nicht gutheißen würde. Aber ich kann schließlich noch heute Abend nach Adressen in Schweden recherchieren und außerdem muss ich mich ja mit Eilon auf nichts Ernstes einlassen. Ein kleiner Flirt tut der Seele schließlich mal ganz gut.

Ich greife nach seiner Hand, drücke diese kurz und seufze einmal tief. »Lass uns ein schönes Plätzchen nahe dem Wasser suchen, vielleicht können wir uns auch die Füße umspülen lassen«, schlage ich vor.

Ohne langes Zögern erwidert Eilon meinen Händedruck und führt uns geschickt durch den Sand und um die kleinen Nester der anderen Strandbesucher herum. Vorn angekommen lässt er meine Hand los, öffnet seinen Rucksack und zieht eine schöne gebatikte Decke sowie eine Snacktüte hervor. Ich staune nicht schlecht. Er legt alles ab und zieht mich direkt wieder hinter sich her. »Komm, lass uns die Füße abkühlen!«

Zügig schüttle ich mir meine Flipflops vom Fuß. Eilon hat seine Schuhe bereits abgestreift und gemeinsam gehen wir an die kleinen Wellen, die auf den Sand gluckern. Das Wasser ist erstaunlich erfrischend.

»Huch!«, entfährt es mir lauter als beabsichtigt, und erneut umfängt mich eine Woge des kühlen Nasses. »Hui!«, rufe ich dieses Mal allerdings absichtlich und kann mich kaum zügeln, nicht um mich zu spritzen. »Das Wasser ist ja herrlich!«

»Das kann nur jemand sagen, der aus Deutschland kommt«,

neckt er mich. »Ihr badet doch in kalten Seen und sowas, oder nicht?«

Jetzt muss ich lachen. Seine leuchtend grünen Augen schauen mich fragend an und ich komme nicht umhin, in ihnen zu versinken. Wie kann ein Mann so unglaublich süß und sexy zugleich sein?

»Ja klar, wir Deutschen«, sage ich und setze dabei das Wort in Gänsefüßchen. »Wir schwimmen im Eis!«

Nun muss auch Eilon lachen. »Na, aber im Ernst, im Hochsommer ist das hier eine echt warme Brühe. Jetzt, im Frühjahr, ist das Wasser noch ziemlich kühl, aber gut, dass du bereits abgehärtet bist!«, lobt er mich und wir begeben uns umgehend ein Stückchen weiter ins Wasser, bis zur Wade.

»Gefällt dir Israel?«, will er nun wissen und spielt dabei mit seinem Fuß auf der Wasseroberfläche. Nach wie vor halten wir uns fest an den Händen.

»Also, was ich bisher gesehen habe, gefällt mir richtig gut, wobei ich denke, dass das nur ein Bruchteil von dem ist, was diese Stadt zu bieten hat.«

»Was kennst du denn schon?«

Ich erzähle, dass ich gern den Bus zur Arbeit in Ramat Gan nehme, und daher bereits einige Straßen und Plätze gesehen habe. Ich schwärme von den Hochhäusern dort, dem Ausblick von der Rooftop-Bar in der Allenby Road, Neve Tzedek und dem alten arabischen Viertel in Jaffa.

»Da bist du doch schon ganz schön herumgekommen, cool! In Ramat Gan habe ich nicht viel verloren, aber ich kann dir eine Stadtführung in Jaffa anbieten, zum hängenden Orangenbaum, kennst du den schon? Er ist quasi ein Denkmal für die sogenannten Jaffa-Orangen, die hier ihren Ursprung haben.

Oder einen Rundgang über den Sarona Market.« Nun hält er kurz inne. »Ich kann dir aber auch den Stützpunkt der IDF und das Azrieli Center zeigen, ganz wie du möchtest.«

Herzerwärmend. Für einen langen Moment blicke ich ihm in die Augen. Er hat so viel mehr Potential als bloß ein Flirt zu bleiben. Nur bin ich die Falsche dafür. »Hättest du denn Lust darauf? Von dem, was ich heute über dich gehört habe, bist du doch gar nicht so der leidenschaftliche Spaziergänger.« Ich löse meine Hand aus seiner, um mir meine Haare aus dem Gesicht zu streichen.

»Ach, lass meine Freunde mal quatschen, das passt schon! Ich zeig dir auch gern das älteste Restaurant in Neve Tzedek, wenn du möchtest. Oder das Haus des berühmtesten Matkot-Spielers aus Tel Aviv«, sprudelt es nur so weiter aus ihm heraus.

»Ich glaube, dass ich dieses Haus schon bei meinem Spaziergang entdeckt habe. Hängen dort etwa viele Matkot-Schläger an der Außenfassade?«, frage ich. Das war nicht weit von der türkisfarbenen Eisdiele entfernt.

Eilon lacht und nickt. »Ja, genau, das ist es!« Für einen Moment schaut er über das Wasser. »Aber keine Sorge, mir fallen noch andere Dinge ein, die ich dir zeigen kann. So leicht kommst du mir nicht aus dieser Nummer!« Er wird einfach nicht müde, mir sein Angebot als Tourguide schmackhaft zu machen.

Gemeinsam lassen wir uns auf Eilons Decke nieder. Umgehend greift er zu der Snacktüte, öffnet sie und hält sie mir direkt vors Gesicht.

»Bamba?«, fragt er und ein Duft von Erdnuss zieht in meine Nase. Erst jetzt spüre ich, dass ich bereits wieder hungrig bin.

»Was ist Bamba?«, frage ich. Der Name ist ja echt süß.

»Du kennst keine Bamba?« Ein Ausdruck der Empörung huscht über Eilons Gesicht. »Bamba sind neben Hummus, Falafel und Datteln, *das* israelische Nationalgericht!«

Ich muss schmunzeln. »Aha, und wer sagt das?«

»Das muss keiner sagen, das ist Fakt. Bamba werden dir hier in die Wiege gelegt!«, untermauert er seine Behauptung. »Hier, probier!«, fordert er mich nun auf und zaghaft greife ich in die Tüte.

Die Optik und der Geschmack erinnern mich an klassische Erdnussflips und damit an meine Oma, die zu jeder Festlichkeit eine große Schüssel davon auf den Tisch stellt. Ich seufze. Ich muss mich später dringend bei ihr melden. Sie soll wissen, dass ich sie nicht vergessen habe.

»Lecker!«, gebe ich zu. »Wir haben so etwas Ähnliches in Deutschland, die schmecken ein bisschen öliger als deine Bamba, aber auch gut!«

»Cool. Hauptsache, du sagst nicht wieder, sie schmecken interessant!«, piesackt er mich und steckt sich eine ganze Handvoll davon in den Mund.

»Haha!« Ich rolle mit den Augen und greife nach der Tüte. Die Zeichen darauf faszinieren mich. »Wie kann man das nur lesen?«, frage ich mehr mich selbst. Neugierig drehe ich sie in meinen Händen, kann aber außer Zahlen und einer Tabelle, die offenbar die Nährwerte angibt, nichts Weiteres entziffern. »Beeindruckend! Also, für mich sieht das aus wie reine Kunst!«

»Ach was, das lernt man hier in der Schule, wie du dein Alphabet.«

Aber damit ist es für mich nicht getan. Ich bin wirklich schwer beeindruckt von den Zeichen und der Sprache.

Nun lacht Eilon. »Du musst von rechts nach links lesen, das

weißt du, oder?« Er zeigt auf die Zeichen. »Bam-Ba!«, liest er laut vor und führt seinen Finger von rechts nach links über die Buchstaben. Als könnte ich es nun besser lesen.

»Quatschkopf.« Ich grinse und schnappe mir wieder die Tüte. »Wenn es nur so einfach wäre!« Hungrig stecke ich mir ein paar weitere dieser fluffig-knusprigen Erdnussteile in den Mund und beobachte kauend das Treiben um uns herum. Unweit von uns, an einem der Lounge-Arrangements der Bar, bringt gerade ein Kellner eine große Platte saftiger Spalten rot leuchtender Wassermelone. Am Tisch daneben knabbert ein Pärchen Edamame aus einem Schälchen. »Ich finde es so cool, dass es bei euch frische, gesunde und leckere Snacks gibt!«

Interessiert wendet Eilon mir den Kopf zu. »Ist das in Deutschland sehr viel anders? Ich dachte, das ist normal, oder nicht? Gutes Essen sollte niemandem verwehrt werden.«

So schöne Gedanken wieder ... »Wenn du Glück hast, bekommst du, wenn du nicht gerade absichtlich einen Health-Food-Spot aufsuchst, einen Salat mit wenig spannenden Toppings.«

»Na ja«, sagt Eilon. »Ein Salat ist ja auch etwas sehr Leckeres. Vor allem, wenn die Gurken knackig sind, die Tomaten aromatisch, die rote Beete frisch und der Zitronensaft darauf sich mit dem Salz vermischt!«

Nun schnaube ich. »Du warst noch nie in Deutschland Salat essen.«

Eilon stimmt in mein Lachen ein. »Das stimmt«, gibt er zu und hält dabei entschuldigend seine Hände. »Ich bin in der Tat noch nie verreist.«

»Du bist noch nie verreist?«, frage ich und kann mir das schier nicht vorstellen.

»Nein, meine Eltern sind nie verreist. Ich wollte nach meinem Dienst reisen, aber dann kam der Unfall dazwischen und bisher hat es sich noch nicht wieder ergeben.«

»Verstehe«. Zaghaft nicke ich. »Wow, wir entstammen in der Tat zwei grundverschiedenen Welten. Nicht nur, wie unsere Leben bis dato verlaufen sind, nein, auch wie wir lesen und schreiben könnte unterschiedlicher nicht sein ...«, teile ich laut meine Gedanken.

»Und offensichtlich machen die Unterschiede auch vor einer so simplen Sache wie einem Salat keinen Halt«, fügt Eilon belustigt hinzu. »Erzähl mir von eurem Essen in Deutschland, wie kann ich mir das also vorstellen?« Erwartungsvoll schaut er mich an.

»Also unser Salat besteht aus grünen Blättern mit zwei Scheiben Gurken und einer Spalte kalter Tomate. Des Weiteren ist so ungefähr das einzige Gemüse, das man in Deutschland auf dem Teller in einem Restaurant finden kann, irgendeine Variante der Kartoffel.«

Eilon lacht. »Das klingt nun wirklich nicht sehr *interessant*.« Für einen Moment hält er inne. »Was hat dich nach Tel Aviv geführt? War es nur das Jobangebot, oder warst du auch neugierig auf unsere Kultur?«

»Also in erster Linie war es das Jobangebot. Ich muss gestehen, ich habe mir vorher über Israel nie Gedanken gemacht. Ich kenne es in der Tat nur aus den Nachrichten. Mein Bestreben ist es, in die USA auszuwandern, und dort zu arbeiten. Aber als dann das tolle Angebot der TLV Marketing Coop. kam, wusste ich sofort, dass das ein Türöffner für mich ist. Die Firma hat auch eine Niederlassung in New York und wer weiß, vielleicht ist das auch mein erster Schritt über den großen

Teich.«

Eilon nickt. »Dann freut es mich, dass du den Umweg über Tel Aviv machst, um deinen Träumen näher zu kommen.«

»Na ja, es ist ja kein Umweg, man kann immer und überall etwas dazulernen, das einen schlussendlich weiter voranbringt. Und immerhin weiß ich jetzt, dass man hier mit Bamba aufwächst und von rechts nach links liest und schreibt.« Ich zwicke ihn in den Oberarm. Ohnehin habe ich bereits die ganze Zeit schon, seit wir im Wasser waren, das Bedürfnis, Eilon zu berühren. Sein Körper, den ich auf dem Scooter und bei unserer Umarmung am Morgen bereits mehrfach heute ertasten konnte, fühlt sich unglaublich gut an und seine Haut sieht so samtig weich und braun gebrannt aus. Definitiv auch ein Vorteil, den ein warmes Land mit sich bringt.

Eilon

Isabelles Berührung jagt mir einen Schauer über den Rücken. Mir gefällt ihre zaghafte, aber doch taffe Art. Ich möchte einfach noch nicht, dass unser Treffen endet.

»Jetzt haben wir so viel über Essen geredet. Hast du auch Hunger? Hast du vielleicht Lust, was essen zu gehen? Nachdem ich dir jetzt eine weitere kulinarische Spezialität des Landes näher gebracht habe, könnte ich dir noch zeigen, wo es die besten Falafel der Stadt gibt.«

Ohne zu zögern, sagt Isabelle: »Das klingt phänomenal, lass uns Falafel essen gehen!«

Schon springt sie auf und streift sich wieder ihr Sommerkleidchen über. Ich verkneife mir jeden Kommentar dazu, denn am liebsten würde ich ihr sagen, wie sexy sie aussieht, mit ihrer hellen Haut und in ihrem süßen Bikini. Ich möchte sie aber nicht verschrecken oder ihr das Gefühl geben, dass ich der Typ Mann bin, der ich eigentlich bis vor Kurzem war.

»Alles okay?«, fragt Isabelle.

»Alles bestens! Du siehst super aus!«

Isabelle grinst und rümpft die Nase. »Du siehst auch ganz okay aus! Los geht's, ich bin am Verhungern!«, fordert sie mich auf und greift auch schon nach dem Tuch, auf dem wir bis eben noch gesessen haben.

»Ich mag es, dass du so unkompliziert bist. Du wirkst in deinem Business-Outfit viel mehr wie eine echte Tussi, aber wie ich dich heute erlebe, bist du das gar nicht.« Gemeinsam tapsen wir mit den Schuhen in der Hand durch den Sand zurück zur Promenade. Isabelle zuckt nur mit den Schultern. *Wunder Punkt.* Was es wohl ist, das sie daran pikst? Ich werde es schon noch herausfinden. Vor dem Scooter streifen wir uns unsere Schuhe an und ich belasse es bei ihrer Reaktion. Wenn sie etwas sagen möchte, kann sie das jederzeit tun.

»Ready?«, frage ich erneut.

»Ready!«, antwortet Isabelle und wieder spüre ich, wie sie sich mit ihren warmen Händen an meinem Oberkörper festhält und ihren Körper an meinen schmiegt.

O Gott, ich muss sie heute noch küssen.

Ich muss ihre süßen kleinen Lippen heute noch zwischen meine bekommen. *Nur wie?* Ich will sie nicht verschrecken.

Ich düse die Promenade vor bis zur Allenby, an Yarins Laden vorbei und die Straße ein Stück weit hoch bis an die Kreuzung Shenkin Street.

»Yallah! Da wären wir!«, sage ich, steige ab und weise sie mit einer Handbewegung an, ebenfalls abzusteigen. Ich lehne den Scooter an den Baum vor dem kleinen Ladenlokal, dessen Theke bis auf den Gehweg reicht, und bestelle uns jeweils ein Falafel-Sandwich. »Möchtest du eine extra Soße?«, frage ich Isabelle, die sich neugierig umschaut.

»Was gibt es denn überhaupt?«

»Also standardmäßig gibt es Tahin, also Sesammus, aber es gibt auch eine Mangosoße, sie heißt Amba und ist auch sehr lecker.«

Isabelle verzieht ihren Mund zu einer Schnute. »Welche

nimmst du?«

»Beide!«

»Okay, dann nehme ich auch beide.«

Ich bezahle und befülle uns noch je ein kleines Schälchen mit eingelegten Essiggurken und israelischem Salat und wir lassen uns auf der Bank vor dem Stand nieder.

Ich beiße vom Falafel ab. Herrlich, wie sich die warmen Bohnenbällchen mit den Tomaten, dem Kraut und den Soßen in meinem Mund zu einer Geschmacksexplosion verbinden.

Isabelle deutet auf den Salat, von dem sie probiert hat. »So einen kannst du bei uns lange suchen.« Sie lacht und nimmt nun auch einen ersten Bissen ihres Falafel-Sandwiches. Noch während sie den ersten Bissen in ihrem Mund sortiert, verdreht sie die Augen. »O mein Gott, das schmeckt ja wirklich herrlich!« Verzückt schließt sie die Augen.

Die Zeit mit Isabelle ist superangenehm. Stillschweigend genießen wir nebeneinander auf der Bank unsere Mahlzeit. Als wir fertig gegessen haben, hole ich uns schnell zwei Softdrinks und wir überqueren erneut die Allenby.

Auf der anderen Straßenseite liegt der Carmel Market, ein bekannter Touristenmagnet, der aber heute leider geschlossen ist. Gemeinsam schlendern wir durch die unbelebten Gassen und ich erkläre Isabelle, dass hier an jedem anderen Tag außer heute, am Schabbat, allerlei Waren, Gewürze und Speisen lautstark angepriesen werden, und biete ihr an, an einem anderen Tag wiederzukommen.

Isabelle nickt und berührt mich dabei für einen Moment am Oberarm. Ich mag ihre Körpersprache. Sie wirkt entzückt, neugierig und aufgeregt zugleich. Und dennoch ist sie sehr vorsichtig. Es kommt mir immer wieder so vor, als würde sie etwas hemmen, aber ich steige nicht ganz durch, denn im nächsten Moment wirkt sie wieder sehr offen und angetan.

Allmählich verlässt die Sonne ihren Höchststand am Himmel und macht sich langsam aber sicher auf in Richtung des Horizonts.

Wir kehren zum Eingangsbereich des Marktes zurück und somit auch zurück auf die Allenby Road, die uns zum Strand führt. Eine vorabendliche Dämmerung stellt sich ein, als wir zurück auf die Promenade gelangen, und ich stelle meinen Scooter neben einer der großen Treppenstufen ab.

»Hast du Lust, hier noch für einen Moment zu sitzen und dir den Sonnenuntergang anzusehen?«

Isabelle blickt in die Ferne in Richtung des nun schon orangefarben glimmenden Sonnenballs. Ihre grünen Augen funkeln wie zwei Sterne und ihre goldenen Haare wehen ihr um das Gesicht.

»Sehr gerne sogar!«, sagt sie und schenkt mir ein Lächeln, das mich zusammenzucken lässt. Als sie sich neben mich setzt, kann ich mich nicht zurückhalten, meinen Arm um ihre Schulter zu legen. Gott sei Dank. Isabelle rückt näher an mich heran und legt nach ein paar Augenblicken sachte ihren Kopf auf meine Schulter.

Eine Weile bleiben wir so sitzen und beobachten das Farbspiel am Himmel. Die eine Hälfte der Sonne ist schon im Meer verschwunden. Ein warmer Windhauch trägt ihren Duft in meine Nase.

Irgendwann lassen wir uns vorsichtig los und schauen uns tief in die Augen. Zwischen uns knistert die Luft und sie beißt sich unbewusst auf die Unterlippe. Ich bekomme fast einen Herzinfarkt, so sexy finde ich das. Isabelles Haare, die nach wie vor im Wind tanzen, streicheln nun auch mein Gesicht und ich lächle sie an. Ja, ich wollte sie den ganzen Tag küssen, und ich möchte auch jetzt nichts mehr als das. Jede andere Frau hätte ich jetzt mit meinen Lippen erobert. Aber etwas hält mich zurück. Es ist zu früh. Das hier zwischen uns ist so viel mehr als ein Abenteuer. Vorsichtig greife ich mit meiner Hand nach ihrem Kinn und drehe ihren Kopf ein wenig. Ich küsse sie zärtlich auf den Mundwinkel, während sie ihre Wange in meine Handfläche schmiegt. Mein Herz explodiert vor Sehnsucht und einer ungeahnten Nähe, die ich noch nie mit jemandem geteilt habe.

Sie seufzt enttäuscht, als ich meinen Blick wieder über das Meer wandern lasse, und legt ihren Kopf auf meine Schulter. Die Sonne ist hinter dem Horizont verschwunden und der Himmel präsentiert die prächtigsten Farbtöne, die dieser Planet zu bieten hat.

»Es ist wunderschön!«, flüstert Isabelle mir ins Ohr.

»Ist es«, stimme ich ihr zu und streichle ihr zart den Rücken.

»Ich meine den Sonnenuntergang!« Kess greift sie dabei nach meiner Hand.

»Ich weiß«, kontere ich. »Ich habe auch von nichts anderem gesprochen.«

»Ich denke, es ist an der Zeit, nach Hause zu gehen«, sagt sie, hält aber weiterhin meine Hand fest umschlossen in ihrer. »Ich muss noch etwas arbeiten«

»Ich bringe dich nach Hause.« Langsam stehen wir auf, besteigen meinen Scooter und nur wenige Minuten später fahren wir in die Auffahrt des Dan Panorama Hotels.

»Es war ein richtig schöner Tag mit dir, danke!«, haucht Isabelle und legt ihre Hand an meine Brust.

»Findest du?« Woher kommt denn meine plötzliche Unsicherheit? So etwas ist mir ja noch nie passiert. Normalerweise würde ich mich jetzt noch mal richtig ins Zeug legen, den Charme spielen lassen, damit mich die Dame noch mit hochnimmt. Aber das steht jetzt völlig außer Frage. Vielmehr hoffe ich, dass Isabelle den Tag genossen hat und ich sie mit meiner direkten Art nicht vergrault habe. Ich hoffe, sie möchte mich wiedersehen.

»Ja, wirklich. Ich kann mich nicht daran erinnern, je so ein rundum gelungenes Date gehabt zu haben.« Ihre Hand zieht kleine Kreise auf meinem Shirt. Kann sie meinen verräterisch schnellen Herzschlag spüren? Wie gern würde ich ihrer ungesagten Aufforderung nachkommen und sie an mich ziehen, sie ausgiebig küssen und ihr noch nähersein. Aber mit Isabelle möchte ich es langsam angehen. Sie ist etwas Besonderes, ich möchte sie *langsam* erforschen. Ich muss wirklich hier weg, sonst kann ich mich nicht zurückhalten.

»Wenn du glücklich bist, bin ich es auch. Es freut mich, dass ich dir einen schönen Tag bereiten konnte! Laila tov!«, sage ich.

Sie sieht mich fragend an.

»Gute Nacht!«, übersetze ich ihr, werfe ihr einen Luftkuss zu und düse los.

Als ich an dem Stein vorbeikomme, auf dem wir vorher gesessen haben, durchfährt mich ein nie dagewesenes Glücksgefühl.

Kapitel 10
רשע

Isabelle

Ich streife mir mein Sommerkleid sowie die Sandalen ab und lasse mich aufs Bett sinken. *Was war das denn bitte?* War das eben wirklich das schönste Date ever? Meine Gedanken schweifen direkt zu Eilon, seinen strahlend grün-goldenen Augen, seinem charmanten Lächeln und seinen zarten Lippen auf meiner Haut. Ein Kribbeln durchfährt mich. Was, wenn er mich nicht nur auf den Mundwinkel geküsst hätte? Einerseits bin ich enttäuscht, dass er es nicht getan hat, andererseits bin ich tief beeindruckt. So hätte ich ihn nicht eingeschätzt. Ich dachte, er nimmt, was er kriegen kann. Immerhin ist das zwischen uns nur ein schöner Flirt, den ich in vollen Zügen genieße.

Der entspannte und einfache Tag mit ihm hat mir extrem gut gefallen und stand in großem Kontrast zu meinen ersten Arbeitstagen. Endlich konnte ich einfach mal ankommen, durchatmen und so einfache Dinge tun wie am Meer liegen und … Bamba essen. Prompt fällt mir meine Oma ein, die ich anrufen wollte. Jetzt ist endlich Zeit dafür.

Sie freut sich über meinen Anruf und noch viel mehr, als ich ihr von meiner Assoziation berichte, die ich hatte, als ich die Erdnussflips gegessen habe.

»Ach, meine Kleine, schön, dass es dir im Heiligen Land so gut ergeht, du klingst hervorragend! Hast du denn auch schon nette Leute kennengelernt?«

Erneut taucht Eilons sonnengeküsstes Gesicht vor meinem inneren Auge auf, aber ich möchte noch nichts über ihn erzählen. Oma würde das sonst sicher falsch interpretieren. Stattdessen plaudere ich über meine Arbeitskollegen.

Nach unserem Gespräch verliere ich mich in einer Adressenrecherche für jegliche Drogerieketten in Schweden. Ich schicke mir den Link, um morgen im Büro alle Daten in eine Excelliste übertragen zu können und in diesem Moment erscheint Eilons Name am oberen Bildschirmrand.

Es war ein toller Tag mit dir, danke! Lass es mich bitte wissen, wenn du etwas brauchst.

Mit geschlossenen Augen halte ich mir das Handy kurz an die Brust. Eilon ist so fürsorglich und dabei so herrlich unaufdringlich. Schnell tippe ich:

Es war wirklich ein toller Tag! Danke, dass du mich neben der Rundfahrt auch mit der kulinarischen Seite Israels vertraut gemacht hast.

Das waren nur die Basics. Da gibt es noch Luft nach oben ☺

Vielleicht ist Basic manchmal ganz schön gut ...

Findest du?

Ich fühle es.

Eilon

»Hey, Bruder!«, begrüßt mich Hay lautstark, als ich das Gym betrete.

»Heeey, da bist du ja! Bist aber früh auf, dafür, dass du erst spät nach Hause gekommen bist.«

»Du warst dafür ganz schön früh im Bett, dafür, dass du ein Date hattest«, frotzelt Hay umgehend.

»Jap«, antworte ich kurz angebunden. Ich habe kein Interesse daran, die anderen Trainierenden mit Geschichten aus meinem Privatleben zu unterhalten.

»Mhm, verstehe.« Hay nickt wissend. »Sie hat dich nicht rangelassen.«

»Du siehst das völlig falsch.«

»Ach so? Ich habe nachher einen Termin in der Gegend, ich komm dann kurz ins LaMer auf einen Kaffee. Falls du quatschen möchtest.«

»Cool, Mann!« Ich strecke ihm meinen Daumen entgegen und widme mich meinem Work-out. Als ich fertig bin, düse ich die Fisherman Street hinab in Richtung LaMer. Ich traue meinen Augen kaum, als ich Isabelle erkenne, die über die Promenade joggt. Ich ändere meinen Kurs und fahre zu ihr. »Guten Morgen, du Schönheit!«

Isabelle bleibt direkt stehen und ihre Augen strahlen mich

an. Ich liebe ihre Natürlichkeit, die ihr dieser Augenblick gerade schenkt.

»Guten Morgen!« Sie ist ein wenig aus der Puste und reibt sich mit ihrem Handrücken einen Tropfen Schweiß von der Stirn.

»Du siehst fantastisch aus!« Ich drücke ihr einen Kuss auf die Wange. Nun grinsen wir beide wie zwei Verliebte und ich kann eindeutig spüren, dass sie sich gerade wohlfühlt.

»Ich sehe furchtbar aus!«, rechtfertigt sie sich sofort, »aber ich hatte gehofft, einen kurzen Blick auf dich zu erhaschen, bevor ich nach Ramat Gan fahre«

»Du wolltest mich sehen?«, frage ich und kann mein Grinsen nicht stoppen.

Isabelle nickt.

»Das freut mich, dann hat meine Manifestation ja gefruchtet.«

»So so, was hast du dir denn da so manifestiert?«, fragt sie und neigt den Kopf zur Seite, was ihren Pferdeschwanz tanzen lässt.

»Dass ich dich so schnell wie möglich wiedersehe!«, gebe ich offen zu und halte ihrem Blick stand.

Nun wird sie schüchtern und weicht meinem Blick aus. Grinsend schaut sie auf das Wasser. »Na, dann ist ja gut. Hör zu, ich muss los …« Sie zeigt auf sich. »Ich kann in diesem Aufzug schlecht ins Office, aber ich freue mich, von dir zu hören.« Sie beißt sich dabei schon wieder so verführerisch auf die Unterlippe, ehe sie sich umdreht und wieder in Richtung Dan Panorma davonjoggt. Ich schaue ihr noch nach. *Diesen Wunsch werde ich dir erfüllen.*

Ich schiebe meinen Scooter die letzten Meter bis zum LaMer

und beginne mit meiner Arbeit. Als Hay am Mittag auftaucht, ist bereits Jadon zur Schicht angetreten und ich kann mich mit ihm auf die Seite setzen.

»Bruder, was ist nur los mit dir? Bist du gestern abgeblitzt oder machst du etwa wirklich ernst mit der Lady?«

Ich erzähle ihm von unserem Tag und merke selbst, wie ich von Isabelle schwärme. »Ich bin abgehauen, bevor mehr passieren konnte, Hay. Es ist so ganz anders, als es jemals zuvor war.«

Hay klopft mir auf die Schulter. »Ich freue mich für dich, Mann, aber … Ich meine, sie ist classy. Nichts gegen dich, mein Freund, aber meinst du echt, dass sie sich mit einem Typen wie dir langfristig zufriedengeben wird? Sie arbeitet in Ramat Gan, residiert im Dan, ich will einfach nicht, dass sie dir das Herz bricht. Nicht nach all dem, was du durchgemacht hast!« Hay schaut mich eindringlich an. »Ich meine, wie lange ist sie überhaupt im Land? Das kann doch gar nicht gutgehen.«

»Ich schätze deine Bedenken und deine Sorge um mich, aber ich lasse mich jetzt nicht einschüchtern. Ich kann gar nicht anders, als mehr Zeit mit ihr zu verbringen. Und der Rest wird sich schon ergeben.« Schnell trinke ich einen Schluck von meiner Cola. »Ich weiß, dass in ihren Office-Kreisen ein anderer Wind weht, und wenn sie meint, sie muss diesen Dingen nacheifern, dann ist sie frei, das zu tun. Ich werde sie nicht verändern, und auch mich selbst nicht. Es klappt, oder nicht«, erkläre ich entschlossen.

Hay nickt und ein zufriedener Ausdruck macht sich auf seinem Gesicht breit. »Okay, das klingt gut. Bleib einfach, wie du bist, Alter, die Leute lieben dich dafür. Ich kenne wenige Menschen, die so original einfach nur sie selbst sind. Lass dich bloß nicht verbiegen, von *niemandem*, verstehst du?«, warnt er mich eindringlich.

Als sich meine Schicht dem Ende neigt, ist das LaMer noch brechend voll und ich beschließe, noch ein paar Stündchen dranzuhängen. Mehr Lohn schadet nie und ohnehin bin ich viel zu aufgeheizt, um mich nun nach Hause zu begeben. Man merkt deutlich, dass die Zahl der Touristen Richtung Sommer steigt, und die Gäste in Urlaubsstimmung sind.

Ich mag es zu sehen, wie die Gäste ihr Leben genießen und sich nicht zu ernst nehmen, und bin in diesem Moment erneut dankbar darüber, Teil dieses Lebens sein zu dürfen. Was gibt es Cooleres, als sich nach seiner Schicht das Shirt vom Körper zu reißen und eine Runde im Meer zu schwimmen? Apropos Meer, ich habe die letzten Wochen das Surfen gänzlich vernachlässigt. Ich nehme mir vor, morgen das Gym gegen eine Surf-Session eintauschen. Ich werde um fünf Uhr aufstehen und versuchen, ein paar Wellen zu reiten. Deshalb werde ich heute Abend früh ins Bett gehen und Isabelle heute nicht mehr sehen, obwohl ich das nur zu gern vorschlagen würde. Aber wir haben uns immerhin schon heute Morgen gesehen. Das wird ja wohl zu schaffen sein.

Kapitel 11
הרשע תחא

Isabelle

Ungeduldig blicke ich auf die Uhr am unteren Rand meines Bildschirms. Neunzehn Uhr und noch immer kein Ende in Sicht. Seit über einer Stunde warte ich nun auf den Rückruf von diesem gehypten und gefeierten Kollegen Greg McMatthews aus New York, aber mein Handy bleibt stumm. *Bestimmt so ein aufgeblasener Schwätzer wie Taras Flirt.* Meine Füße schmerzen und mein Magen hängt bis zum Boden. Immer wieder schweifen meine Gedanken zu Eilon, unserem wunderschönen Treffen gestern, seinen lieben Nachrichten und dem süßen, unschuldigen Kuss am Strand heute Morgen. Seitdem habe ich nichts mehr von ihm gehört. Aber das muss ja auch nicht. Ich meine … Wir haben uns ja heute bereits gesehen. Dennoch sehne ich mich jetzt schon wieder nach ihm.

Genau in diesem Moment erscheint eine Nachricht von Eilon auf meinem Handy. Ein Grinsen macht sich auf meinem Gesicht breit, just in dem Moment, als Tara mein Büro betritt.

»Oha, da konnte dieser Mister McMatthews aber gewaltig Eindruck bei dir schinden, was?«

»Ha ha, nein. Der hat sich noch immer nicht gemeldet.«

Doch Tara lässt sich so schnell nicht abwimmeln. Sie kommt nun näher und schaut mich mit einem verschwörerischen Blick an. »Was bringt das hübsche Fräulein Steden bitte dann zu so später Bürostunde noch so außerordentlich zum Strahlen?«

»Ach nichts«, wiegle ich schnell das sich anbahnende Verhör ab. »Der herannahende Feierabend«, flunkere ich und lenke meinen Blick auf die große Fensterfront. Am Himmel mischen sich bereits alle Farben der Dämmerung. Doch Tara lässt nicht locker.

»Na, na, na, das kaufe ich dir so nicht ab. Komm schon, Liebes, nach unserem gemeinsamen, sehr lustigen Abend in der Allenby am Freitag kannst du mir doch ganz offen sagen, wer oder was es ist, das dich gerade so glücklich stimmt. Ich kenne diese Art von Lachen und sie ist definitiv einem Flirt-Hintergrund zuzuordnen!« Selbstbewusst hält sie meinem Blick stand und erwartet meine Antwort.

Ich seufze und rolle mit den Augen, darum bemüht, nicht allzu genervt zu wirken.

Die bloße Erinnerung an den von ihr als so lustig betitelten Freitagabend jagt mir einen kalten Schauer über den Rücken. Der Abend war überhaupt nicht lustig. Der Tag mit Eilon war lustig. Und emotional. Und entspannend. Und natürlich und Eilon ist ein bildhübscher Mann, den muss ich vor nichts und niemandem versteckt halten. Im Gegenteil! Tara würde sich womöglich die Finger nach ihm lecken, wenn sie weniger Wert auf dicke Konten und prall gefüllte Geldbeutel legen würde.

Ich berichte Tara von dem Treffen mit Eilon gestern und unseren Unternehmungen und kann mir ein Lächeln nicht verkneifen. Tara lauscht gespannt und fragt immer wieder nach.

Gerade, als sie dazu ansetzen möchte, eine ausführlichere

Antwort zu geben, klingelt mein Telefon.

Es ist Mister McMatthews und ich gebe ihr mit einem Handzeichen zu verstehen, dass ich ungestört das Telefonat führen möchte. Tara nickt verständnisvoll und eilt hinaus. McMatthews verliert sich in langatmigen Ausführungen über Dos und Don'ts der Firma, seine bisherigen Erfolge und die Produktplatzierung im Einzelhandel und verwickelt mich in ein Gespräch zum europäischen Markt und seine Erfahrungen damit. Nach etwa vierzig Minuten spüre ich eine immense Müdigkeit in mir aufsteigen und das dringende Bedürfnis, einfach nur aus dem Büro zu fliehen. Ich kneife mir kurz und fest in die Backe. *Reiß dich zusammen, Isabelle!*

Es kann doch nicht sein, dass ich jetzt schon den Spaß an der Arbeit verliere. Und das, wo mir ein so vielversprechendes und groß angelegtes Projekt anvertraut wurde! Als sich das Gespräch um Viertel nach acht endlich dem Ende zuneigt, lege ich auf und stecke meine Füße langsam wieder in die High Heels, die ich mir bei dem Gespräch abgestreift hatte. Schmerz durchzuckt mich und es nervt mich, dass ich so zur Bushaltestelle laufen muss. Morgen nehme ich mir Ersatzschuhe mit.

Als ich mein Büro verlasse, sehe ich, dass auch bei Tara noch Licht brennt, und linse kurz durch die Tür. Tara sitzt grinsend am Telefon und winkt mich zu sich.

»Warte, ich ruf dich gleich zurück!«, haucht sie in den Hörer und legt auf.

»Was machst du denn noch hier?«, frage ich sie.

Tara winkt ab. »Ich warte noch auf die Rücksendung von Bewerbungsunterlagen für eine in den USA zu besetzende Stelle. Ist ein bisschen tricky. McMatthews' rechte Hand ist gegangen und nun brauchen sie einen Nachfolger auf der Position, was sich leider nicht so einfach gestaltet.«

»Verstehe.« Ich nicke und grinse sie nun an. »Und wer hat dir gerade ein Lächeln auf die Lippen gezaubert?«, necke ich sie. Was sie kann, kann ich auch. »Das wird wohl kaum einer aus dem HR Department gewesen sein, deinem Grinsen und Ton nach zu urteilen.«

Tara hebt die Augenbrauen, »Ach das! Das war Thomas, der Typ von neulich Abend, du weißt schon, der aus der Rooftop-Bar.«

»Aha! Werdet ihr euch wiedersehen?« Ich gaukle deutlich mehr Interesse vor, als ich wirklich habe.

»Ja, und zwar schon sehr bald. Thomas hat heute seinen neuen Wagen bekommen und besteht darauf, mich heute Abend noch damit hier abzuholen!«, schwärmt sie.

»Okay, das freut mich, aber sei vorsichtig!«

Nun legt sie ihre Stirn in Falten und rümpft die Nase. »Warum soll ich denn vorsichtig sein?«

»Na ja, ich meine ja nur, pass einfach auf dich auf, schließlich kennst du ihn noch nicht so gut.« Ich bereue es bereits, überhaupt in dieses Gespräch verwickelt worden zu sein.

Wieder spüre ich, wie gern ich einfach nur mit Eilon sprechen möchte. Seine Aura ist so ganz anders.

»Ich führe ohnehin immer ein Pfefferspray mit mir in der Tasche. Aber Thomas hat wahrlich nichts Schlechtes im Sinne. Was ich dir aber noch sagen wollte, zu …« Sie stockt. »Wie heißt der mit dem Scooter doch gleich?«

»Eilon«, helfe ich ihr.

»Ach ja, genau, Eilon, das klingt schon alles süß und nett … Erinnert mich an früher.« Sie lächelt überheblich. »Aber schau, dass er dir auch langfristig etwas bieten kann. Du möchtest doch wohl nicht bis ans Ende deiner Tage mit einem Elektro-Scooter auf der Promenade auf- und abfahren.«

Autsch, das sitzt. Besonders, weil ich den Gedanken ja auch schon hatte. Zumindest, bevor ich Eilon kennengelernt habe.

»Ich hau jetzt ab«, schließe ich die Unterhaltung etwas abrupt ab und ziehe die Tür hinter mir zu.

Ich blicke auf die Uhr und sehe, dass mir noch genau drei Minuten bleiben, um den Bus zu erwischen. In letzter Sekunde springe ich hinein und lasse mich hungrig und erschöpft auf einem der Sitze nieder.

So, endlich kann ich Eilons Nachricht öffnen.

Hey, Süße,
Lust auf weitere kulinarische Erlebnisse?
Könnten uns gegen 20.00 Uhr in deiner Lobby treffen, dann zeige ich dir heute Jaffa. Ich sag nur sehr authentisch.

Oh! Es ist inzwischen halb zehn. Ich hab ihn ja ungewollt ganz schön schmoren lassen. Gespannt, aber auch etwas unsicher wähle ich Eilons Nummer. Schließlich kennen wir uns noch nicht *so* gut, als dass ich seine Reaktion einschätzen kann. Es tutet ein paar Mal und schon höre ich seine süße Stimme. Mein Herz macht einen Sprung.

»Isabelle, ich stehe seit anderthalb Stunden im Foyer des Dan Hotels, aber kann dich nirgends finden, Verstecken spielen kannst du schon einmal sehr gut!«

Puh, er klingt nicht sauer. »Im Ernst jetzt? Ich hoffe doch wirklich sehr, dass du deine Zeit sinnvoller genutzt hast, als in der Lobby meiner Unterkunft zu stehen!«

»Nun hör mir mal gut zu, zuerst einmal ist deine Unterkunft, wie du sie hier gerade kleinredest, eines der renommiertesten Fünf-Sterne-Hotels in dieser Stadt, und es gäbe durchaus Schlimmeres, als dort auf dich zu warten, denn zweitens würde ich ja auf dich dort warten. Ich würde also sagen, beide Varianten wären nicht mit dem Wort *sinnlos* in Verbindung zu bringen, Kapara.«

Kapara? Klingt nach einem Kosenamen, vor allem die Art, wie er es betont ... Ich atme tief aus und spüre, wie endlich die Anspannung des Tages von mir ablässt. Nun höre ich ein leises Zupfgeräusch auf einer Gitarre. »Hörst du Musik?« Ich schließe die Augen und lasse mich ein Stück weiter in meinen Sitz hineinrutschen.

»Ja, auch, also ich spiele sie und damit höre ich sie auch.« Er lacht leise.

»Depp!«, sage ich grinsend. »Du spielst also Gitarre?« Das hatte ich nicht erwartet.

»Ja, ein bisschen. Nicht besonders gut, aber es macht Spaß.«

»Bist du zu Hause oder spielst du im Dan?«, frage ich vorsichtig.

»Zu Hause.« Ich höre ihn kichern. »Mein Mitbewohner ist heute unterwegs. Normalerweise sitzen wir abends gerne zusammen hier auf dem Balkon, aber alleine mit meiner Gitarre ist's auch mal schön.«

Ich mag Eilon wirklich sehr, wird mir in diesem Moment klar.

»Alles okay bei dir?«, fragt er nun. »Warst du etwa bis jetzt im Büro?«

»Ja! Tut mir leid, dass ich mich jetzt erst melde«, sage ich. »Ich habe Hunger und meine Füße schmerzen«, füge ich nahtlos in einem wehleidigen Ton hinzu. Mir ist so richtig nach Jammern zumute.

»O je, du Ärmste.« Wieder höre ich ein leises Klimpern von der Gitarre. Eilon scheint tiefenentspannt zu sein. »Soll ich kommen und dir etwas zu essen bringen und dir die Füße massieren?«, bietet er nun an.

»Hast du das gerade wirklich gesagt?«, platzt es aus mir heraus und ich erschrecke mich über mich selbst. Das wollte ich doch nur denken, aber Eilon verblüfft mich.

»Ja, habe ich, und ich würde nichts sagen, das ich nicht auch so meine.«

»Du bist süß!«, hauche ich ins Telefon und kann es nicht glauben, was für eine gute Seele in ihm steckt. Wir kennen uns doch kaum. »Das ist wirklich ein unglaublich schönes Angebot von dir, aber bis ich zu Hause bin, ist es nach zweiundzwanzig Uhr und es geht ja morgen gleich wieder in aller Frühe los. Aber ich komme dir im LaMer Hallo sagen, bevor ich zur Arbeit gehe, okay?«

»Wundervoll, ich freue mich schon auf deinen wippenden Pferdeschwanz«, antwortet Eilon.

»Ich habe einen wippenden Pferdeschwanz?«

»Ja!«, bestätigt Eilon. »Den hattest du bereits am ersten Tag und da hat er mir schon gefallen.«

Ich grinse. »Ich kann nur hoffen, dass er mir morgen früh genauso gelingt wie sonst auch. Bisher habe ich nämlich nie darüber nachgedacht, ob und wie er wippt.«

»Mach einfach alles wie immer, dann ist es perfekt«, bestärkt mich Eilon und findet erneut die liebsten Worte.

»Danke, Eilon, und entschuldige bitte, dass ich dich versetzt habe. Ich hatte ein langes Telefonat, und ...«

»Schhhh, alles gut, nicht der Rede wert, Izzybizzy!«, besänftigt er mich.

»Izzybizzy?«, frage ich verwirrt,

»Ja, die busy Izzy – die beschäftige Isabelle«, erklärt er. »Passt doch, oder?«

»Das kann ich nicht leugnen.«

»Laila Tov.«

»Laila Tov, Eilon.«

Eilon

Gerade als wir auflegen, fällt die Tür ins Schloss und Hay erscheint im Türrahmen des Balkons. Er grinst wie ein Honigkuchenpferd.

»Alles okay bei dir, oder willst du mir nun sagen, dass du auch jemanden gefunden hast, mit dem du spazieren gehst?«

Hays Grinsen wird noch breiter. »Witzbold, ich hatte einfach einen guten Tag! Paar gute Aufträge kamen rein und der letzte Möbelaufbau, der mich bis jetzt aufgehalten hat, wurde mit einem zusätzlichen Trinkgeld von vierhundert Schekeln belohnt.«

»Cool, Mann, freut mich für dich, das hast du dir redlich verdient, bei all deinem Einsatz!«

»Steht unser Surfen morgen früh noch?«

»Klar, Mann, machen wir. Liegen kann ich dann später mal, im Sarg.«

Ich rolle mit den Augen, »Dummschwätzer.«

Als ich mich ins Bett lege, sehe ich Isabelle vor meinem inneren Auge. Ich hatte mich echt nicht zurückhalten können ihr zu schreiben und die Sehnsucht, sie zu sehen, war einfach unbändig. Jetzt im Nachhinein ist es natürlich gut, dass sie die Nachricht so spät erst gelesen hat, denn so komme ich noch zeitig ins Bett. Dafür freue ich mich jetzt schon darauf, sie morgen früh kurz im LaMer zu treffen. Ich werde sie mit einem Hafermilch-Cappuccino to go überraschen. Obwohl ... Sie möchte ja von dort aus wieder zurückjoggen und das geht schlecht mit einem Heißgetränk in der Hand. Ich fasse mir an die Schläfe. *Junge, wann, bitte, hast du dir jemals über solche Dinge Gedanken gemacht?* Ich muss über mich selbst lachen und schlafe bald darauf ein.

Als der Wecker am nächsten Morgen klingelt, kann ich es kaum erwarten und Hay und ich schaffen es pünktlich um 5.35 Uhr ins Wasser. Es ist angenehm kühl und weckt mich vollends auf. Die Wellen kommen gut und immer wieder gelingt es mir, auf einer zu reiten.

Ein herrlicher Start in den Tag. Vor allem, wenn man das Gefühl hat, der Strand gehöre einem ganz alleine, denn selbst die Sonne ist noch nicht ganz wach.

Wir surfen bis Viertel vor sieben und duschen uns zügig das Salz von der Haut. Anschließend husche ich in die Garderobe, stelle dort mein Surfboard neben meinen Scooter und werfe mir meine Kleidung über.

Uhrencheck: 7.05 Uhr. Perfekt. Gerade in dem Moment, als ich den Gastraum wieder betrete, sehe ich sie auch schon hineinkommen. Meine süße Isabelle. Die Haare trägt sie diesmal im Nacken zusammengebunden und ihre Augen, die suchend den Raum abscannen, funkeln, als sie mich entdeckt. Ich gehe auf sie zu und nehme sie fest in den Arm.

Ich mag sie, genauso wie sie ist, deshalb verteile ich spielerisch kleine Küsschen auf ihrer leicht salzigen Haut. Es kommt mir vor, als wäre ich ein verliebter Teenager.

Isabelle kichert. »Hör auf«, ruft sie. »Ich bin eklig-klebrig und verschwitzt.«

»Ich mag eklig-klebrig und verschwitzt, ist also kein Problem für mich!« Ich lasse aber bald von ihr ab, da die ersten Matkot-Spieler zu ihrem morgendlichen Kaffee erscheinen. »Möchtest du auch einen Kaffee oder einen Hafermilch-Cappuccino zum Mitnehmen?«, biete ich ihr an, während ich die Kaffees für die Herren zubereite.

Isabelle verneint aus denselben Gründen, die mir gestern Abend bereits eingefallen sind.

»Aber ich möchte sehr gerne mal deinen Kaffee probieren«, fügt sie hinzu und wirft einen schnellen Blick auf ihr Handy-Display.

»Eilon, ich muss los! War schön, dich kurz zu sehen«, sagt sie und schenkt mir ihr schönstes Lächeln. »So schnell kommst du mir nicht davon«, entgegne ich und eile um die Theke herum, um sie mit einem kleinen Kuss auf die Wange zu verabschieden. Just in diesem Moment dreht sie ihren Kopf leicht zur Seite und unsere Lippen berühren sich beinahe. Mein Herz bleibt stehen. O Gott, warum hat sie angehalten? Am liebsten würde ich sie mir schnappen und sie küssen, bis ihr der Atem wegbleibt, um ihr zu zeigen, wie bezaubernd ich sie finde.

Grinsend zwinkert sie mir zu. Mir scheint, sie weiß genau, was sie damit erreicht hat.

»An solche Morgen könnte ich mich gewöhnen!«, rufe ich ihr hinterher, als sie das Restaurant verlässt. Mein Handy blinkt auf und ich sehe, dass sie mir geschrieben hat.

Ich mich auch x

An diesem Morgen fliege ich durch die Bar und die Bestellungen könnten mir leichter und zügiger nicht von der Hand gehen. Als ich mich mit Vitaly zum obligatorischen After-Work-Snack zusammensetze, blinkt mein Display auf. Es ist Isabelle. Scheint, als wäre sie heute vielleicht nicht so eingespannt wie gestern. Neugierig öffne ich ihre Nachricht:

Hey,
es war schön, dich heute Morgen zu sehen, wenn auch nur kurz. Ich würde mich gern bei dir für den schönen Samstag revanchieren, aber wie es scheint, wird es auch heute wieder etwas länger dauern hier. Frau Watson, meine Chefin, hat ein spätes Meeting anberaumt. Kannst du dir morgen Abend für mich freihalten?
Isabelle

Mist. Doch eingespannt. Aber gut, auf Isabelle warte ich gern.

»Alles okay, Bruder?«, fragt Vitaly, dem mein enttäuschter Gesichtsausdruck offenbar nicht entgangen ist.

»Ja klar, es ist nur ... ach egal!« Ich winke schnell ab. Ich möchte daraus gar kein Thema machen. Wichtig ist, dass sie sich meldet und auch weiterhin Bock hat, mich zu sehen.

»Ist es wegen der Kleinen, mit der du neulich hier warst?«, bohrt Vitaly weiter.

»Also erst einmal ist sie nicht klein und zweitens ja, um sie geht es.«

»Hu, so aggro heute? Komm, was ist los?«

»Nichts Tragisches. Sie hat mir einfach vom ersten Moment an ordentlich den Kopf verdreht und ich erkenne mich selbst nicht wieder. Ich beginne sogar, wieder über meinen Plan nachzudenken, den Hummus-Laden meines Großvaters wiederzubeleben. Die letzten Monate habe ich den gänzlich auf irgendwann verschoben. Aber ihr Antrieb spornt mich an. »Vielleicht sollte ich bezüglich meines laufenden Antrags auf die Pacht des neu sanierten Ladens nachhaken.« Im Prinzip habe ich schon genügend Geld zusammen, um loszulegen. Die Ambitionen, die sie in ihre Karriere und ihre Ziele steckt, kitzeln auch in mir plötzlich das Verlangen hervor, beruflich einen nächsten Schritt zu wagen.

Vitaly macht große Augen und nickt. »Oha, da hör mal einer an. Das scheint was Ernstes zu sein, was? Und ja, vielleicht ist jetzt die Zeit dafür reif.«

Ich seufze. »Ich weiß deine Worte und deinen Zuspruch sehr zu schätzen, danke, Mann. Die anderen Mädels waren nichts Ernstes, deshalb habe ich mir auch bislang keine weiteren Gedanken darüber gemacht, wohin meine Reise gehen soll. Isabelle entfacht aber plötzlich etwas in mir.«

Vitaly beißt genüsslich von seinem Burger ab und kaut unbeirrt, ehe er weiterspricht. »Ich finde es cool. Aber meinst du, das ist, wonach sie in dir sucht?«, fragt er nach einer Weile. »Ich möchte nicht, dass du denkst, du solltest das jetzt nur tun, um mithalten zu können!«

»Ich weiß es nicht. Sie ist einfach überwältigend, strahlend, erfolgreich und ich bewundere sie, aber gleichzeitig habe ich plötzlich Angst, verletzt zu werden. Meine bisherige Masche lief einfacher, da waren nie Gefühle im Spiel.«

»Na dann!« Vitaly lacht und prostet mir mit seiner Cola zu. »Dann check doch da mal die Lage und wie es um deinen Antrag steht. Geht ja nichts kaputt dabei. Und ansonsten, lass alles einfach genauso weiterlaufen wie bisher. Wenn sie sich am Ende gegen dich entscheidet, dann wird dein Herz das schon verkraften und du bist deinem Hummus-Traum ein Stückchen näher gekommen.« Nun klopft sich Vitaly ans Herz. »Ich finde das richtig gut, Mann.«

Ich nicke und seufze. Er hat wohl recht. »Apropos, was hat sie denn geschrieben?«

Ich lese ihm Isabelles Text vor und Vitaly beginnt zu lachen. »Die Büromaus will dich wiedersehen. Hau rein, dass du pünktlich loskommst.«

Kapitel 12
הרשע סיתש

Isabelle

Ich freue mich, von dir zu hören. Schade, dass du heute nicht kannst, aber ich habe vollstes Verständnis. Darf ich dich morgen um 20.00 Uhr in der Lobby vom Dan abholen?

Mir wird warm ums Herz. Eilon wirkt stets so gelassen. Direkt schreibe ich ihm zurück, dass unser Treffen morgen steht und ich es schaffen werde. Ich bestehe aber darauf, ihn dieses Mal einladen zu dürfen, wenn er möchte, dass ich mitkomme. Nach einem kleinen Hin und Her haben wir dies geklärt und ich widme mich wieder meinen Aufgaben, bis ich merke, dass mein Blick nachdenklich in der Ferne verharrt und meine Hände über der Tastatur schweben.

Ich freue mich so, Eilon wiederzusehen. Ich möchte unbedingt bald die Shoppingtour in Neve Tzedek machen und mir etwas Schönes gönnen, als Belohnung für meine harte Arbeit hier. Vielleicht ein neues Sommerkleidchen? Das wird Eilon sicher auch gefallen. Ich beschließe, mir am Freitag, wenn das Office früher schließt, endlich die Zeit zu nehmen, meinen Shopping-Bummel anzugehen, um mich endlich mit diesem

Gefühl von Luxus zu belohnen, das ich mir schon so lange ausmale.

Konzentriert erfasse ich Adressen, Firmennamen und mögliche Ansprechpartner in einer unendlichen Excel-Liste und erstelle erste Werbeslogans und Layouts auf einem zweiten Bildschirm. Ehe ich mich versehe, ist es bereits zwanzig Uhr und Frau Watson bittet per Durchsage zum zentralen Meetingraum, wo die gemeinsame Zoom-Konferenz mit den Kollegen aus den USA stattfindet. Das Meeting zieht sich in die Länge und es ist sage und schreibe dreiundzwanzig Uhr, als ich meine Sachen in meine Designer-Handtasche packe, um endlich nach Hause zu gehen. Obwohl ich flache Wechselschuhe dabeihabe, habe ich keinen Nerv mehr für den Bus, und so lasse ich mir im Foyer ein Taxi rufen.

Wenigstens gab es ein Catering zur Besprechung, so dass ich, sobald ich zu Hause ankomme, nur noch ins Bett fallen darf. Auch heute stelle ich mir meinen Wecker wieder so, dass ich Eilon morgen früh noch kurz zu Gesicht bekommen kann, bevor ich meinen Bus zur Arbeit nehme. Ich schreibe ihm aber nichts dazu, ich möchte ihn überraschen.

Als mich der Wecker aus dem Tiefschlaf holt und somit auch aus meinem Traum, fühlt es sich an, als hätte ich nur eine Minute geruht. Ein klitzekleiner Flügelschlag und die Nacht war vorbei. Der Traum aber war sehr intensiv. Ich lief zusammen mit Eilon über eine große Wiese und wir haben die ganze Zeit nur gelacht. Überall um uns herum tanzten Gräser und Blüten im leichten Wind und die Abendsonne färbte das ganze Szenario fast schon unnatürlich golden ein. In diesem Traum hätte ich noch länger verharren können. Er war ein pures Wohlfühlen.

Müde reibe ich mir die Augen und gähne. Als ich aus dem Bett aufstehe, fühle ich alle meine Glieder und auch meine Füße schmerzen noch immer. Der einzige Lichtblick gerade ist der Gedanke, in nur zirka zwanzig Minuten für einen Moment in Eilons strahlende Augen zu schauen und seine Umarmung zu spüren.

Die Farbe aus meinem grün-goldenen Traum stammt wohl von seiner Augenfarbe. Ich muss kichern. Ach herrje. Das liebe Unterbewusstsein. Immer wieder überrascht es einen.

Zügig streife ich mir meine kurze Hose und das Jogging-Top über und schnüre mir die Schuhe. Heute habe ich definitiv nur Lust auf Morgensonne und Meeresbrise, aber nicht auf schwitzen und joggen. Schnellen Schrittes verlasse ich wenig später den Aufzug und die Lobby und eile in Richtung LaMer.

Mein Herz macht einen richtigen Satz, als ich Eilon gerade noch ins Innere des Strandlokals huschen sehe. Ich folge ihm und öffne unmittelbar nach ihm die Tür. Eilon, der noch damit beschäftigt ist, seinen Scooter im Abstellraum an der Garderobe zu verstauen, dreht sich um und umgehend breitet sich ein breites Grinsen auf seinem Gesicht aus.

»Isabelle!«, ruft er und kommt auf mich zu. Heute küsst er mich leider nicht. »Wie schön, ich hatte irgendwie gehofft, dich zu sehen, aber ich wollte dir nicht schreiben, weil ich dich nicht drängen wollte.«

Schon wieder so süß! »Du kannst mir jederzeit schreiben, ich freue mich immer darüber, auch wenn ich leider nur so begrenzt Zeit habe«, versichere ich ihm.

»Du siehst super aus, wie immer!«, lobt er mich und schenkt mir einen bewundernden Blick. *Na, warte mal ab, bis du mich in meinem neuen Designerkleid siehst,* denke ich und grinse.

»Darf ich dir etwas anbieten? Wasser, frischen Orangensaft, Kaffee?«, sprudelt es vor Aufregung nur so aus ihm heraus.

»Weißt du was? Ich nehme dein Angebot heute sehr gern an und entscheide mich für einen Cappuccino to go!«

»Dein Wunsch ist mir Befehl!« Er kickt seinen Rucksack mit dem Fuß in die Garderobe, zieht die Tür zu und springt hinter die Theke.

»Du bist einfach so herrlich normal!«, entfährt es mir und ich merke, wie sehr mir seine natürliche Art echte Freude bereitet.

»Keine Komplimente bitte, mag ich nicht.«

Stimmt, da war was.

»Hafermilch?«, fragt er.

»Gerne, ja, gut gemerkt!«

»Ich habe mir noch so viel mehr gemerkt!«, fügt er hinzu und reicht mir kurz darauf einen wunderschönen, cremigen Cappuccino mit einem Herzchen im Schaum.

Meine Wangen werden heiß. »Danke sehr!«, sage ich auf Deutsch und Eilon muss lachen.

»Was heißt das?«, fragt er interessiert.

»Toda Raba.« Hoffentlich kann ich ihn mit meinen kleinen, aber feinen Hebräisch-Künsten beeindrucken. Es funktioniert.

»Aha, die Dame lernt dazu! Cool! Hier ist auch schon die nächste Vokabel: Boker Tov – das heißt guten Morgen, und diesen wünsche ich dir jetzt hiermit!«

»Den hast du mir definitiv versüßt«, bestätige ich ihm und muss auch leider schon wieder los.

Diese Art von Morgen ist unbezahlbar, daran möchte ich mich gern gewöhnen. Gut, dass Eilon unmittelbar neben meinem Appartement arbeitet.

Langsam gehe ich Richtung Ausgang.

»Darf ich dir den Morgen vielleicht noch ein wenig mehr versüßen?«, höre ich Eilon zaghaft hinter mir. Nicht charmant, oder laut. Ein wenig hat seine Stimme sogar gezittert, wenn ich mich nicht geirrt habe.

Ich drehe mich um und pralle fast gegen ihn. Meine Hand landet an seiner Brust. Sein Herz klopft schnell. Wie meins. Ich schnappe leise nach Luft, als ich in seine sehnsüchtigen Augen blicke. Grün-goldene Harmonie, die plötzlich lodert. Unwillkürlich befeuchte ich meine Lippen, schmecke Hafermilchschaum und Kakaopulver. Unsere Blicke verhaken sich, versinken ineinander. Eilon streicht mit seinen Fingern über meinen Hals und seine Hand gleitet in meinen Nacken, an meine ganz empfindliche Stelle. Scheiße, ist das heiß. Noch nie hat mich eine Berührung so verrückt gemacht.

»Dein Zopf wippt heute nicht«, sagt Eilon rau und zupft ein wenig an meinem Haargummi, was ein unglaubliches Prickeln in besonderen Körperregionen hervorruft.

Verdammt, wenn das so weitergeht, bespringe ich ihn gleich in der Garderobe neben seinem Scooter. Aber dafür reicht die Zeit nicht. Ich muss ins Büro. Und das wollen wir ja wohl auch nicht jedem erzählen, wenn wir mal Freunden berichten, wie wir zusammengekommen sind. Moment.

Zusammengekommen? Das hier ist doch alles nur eine Affäre ... Aber die genieße ich wirklich außerordentlich.

»20.00 Uhr?«, frage ich, als ich mich widerwillig löse und rückwärts Richtung Ausgang bewege.

»20.00 Uhr«, versichert Eilon, mit immer noch funkelnden Augen.

Eilon

Das war so ungefähr der beste Start in den Tag, den ich mir hätte wünschen können. Zwar hat sie sich aus der Situation genommen, bevor ich sie besinnungslos küssen konnte, aber unsere Verabredung heute Abend schwebt wie ein Versprechen zwischen uns. Voller Energie arbeite ich die ersten Vorbereitungen ab, dann lasse auch ich mir einen Kaffee aus der Maschine und gehe meinem morgendlichen Ritual nach, diesen auf der Terrasse des LaMer zu trinken.

Heute ist es ungewöhnlich trüb am Himmel und die Bar ist noch nicht so gut besucht wie an den anderen Sommermorgen diese Woche. Das ist gut, denn es gibt mir die Möglichkeit, ein schönes Restaurant für den Abend zu recherchieren. Ich möchte Isabelle heute etwas ganz Besonderes bieten. Immerhin werden wir heute ja wohl zusammenkommen, so wie die Zeichen stehen. Es soll nicht überkandidelt sein, aber auch nicht wieder der Falafel-Laden Ecke Shenkin / Allenby.

Eventuell ist das Faruk BaShuk in der Nähe der Akbar in Jaffa ganz gut, *wobei,* falls wir dort wieder auf ein paar der Mädels von vergangener Woche treffen, dann kommt das definitiv nicht gut bei Isabelle an. Das würde ein ganz anderes Bild auf mich werfen, als mir lieb ist. Das Bild von jemandem, der ich definitiv nicht mehr bin.

Ich entscheide mich für einen atmosphärischen Italiener fünf Minuten Fußweg von hier die Bograshov Street hinunter.

Heute verzichte ich nach der Arbeit auf den Snack mit Vitaly, sitze aber noch etwas mit ihm zusammen und plaudere über die Personalsituation hier. Später stoppe ich bei einem Supermarkt, um noch etwas Wasser und Schokolade zu kaufen, und zu Hause angekommen, springe ich unter die Dusche. Pünktlich um 20.00 Uhr erreiche in das Dan und texte Isabelle, dass ich nun unten warte.

Da sie sich noch nicht wieder gemeldet hat, gehe ich davon aus, dass alles klar geht, bin aber dennoch etwas nervös jetzt, so kurz vor dem Treffen. Ich hab sie unglaublich gern und habe tatsächlich Angst, es zu verbocken, indem ich zu schnell bin, sie überfordere. Aber andererseits wollte sie doch heute Morgen auch geküsst werden, oder? Zumindest hatte ich den Eindruck anhand ihres Atems, ihres Pulses, ihres Blickes. Aber warum ist sie dann so überhastet gegangen? Ach, Frauen, ich hab noch nie versucht sie zu verstehen, und jetzt stellt es sich als schwieriger heraus als vermutet.

Wenige Momente später öffnet sich auch schon der Aufzug und Isabelle tritt heraus. Ihre Augen funkeln und sie trägt eine legere beigefarbene Leinenhose und ein weißes Tanktop.

Außerdem trägt sie ihre Haare in einem wippenden geflochtenen Zopf, und wenn ich das richtig sehe, hat sie nur etwas Wimperntusche aufgelegt. Sie sieht atemberaubend aus.

»Du siehst hervorragend aus!«, hauche ich ihr bei unserer Begrüßung etwas dümmlich ins Ohr.

Isabelle windet sich aus der Umarmung. »Um Gottes willen, nein! Ich muss schlimm aussehen, ich bin doch tatsächlich erst vor einer Viertelstunde hier angekommen und nur eben schnell unter die Dusche gesprungen«, erklärt sie und ein betörender Duft haftet in der Luft zwischen uns, der mich schier verrückt macht.

»Genau so siehst du am besten aus«, unterstreiche ich meine vorherige Aussage. »Am wichtigsten ist, wie du dich fühlst, und ich hoffe, es hat dich jetzt nicht zu sehr gestresst, dass wir heute verabredet sind?«

»Ganz im Gegenteil, ich habe mich sehr auf heute Abend gefreut, ich hätte definitiv keinen weiteren Abend im Büro verbringen wollen!« Sie seufzt. »Aber gut, wer erfolgreich sein will, muss leiden.« Sie lacht etwas verzweifelt. Etwas zu aufgesetzt für meinen Geschmack. Wieder überkommt mich das Gefühl, dass etwas an ihr nicht stimmt. Ob es etwas mit ihrer Karriere zu tun hat? Immerhin sah sie für mich in ihrem Büro-Dress total verkehrt aus und das habe ich schon bemerkt, bevor ich ihr wahres Ich kennengelernt habe. Außerdem stimme ich ihr nicht zu. Ich möchte mit meinem Laden auch Erfolg, aber mir ist meine Work-Life-Balance dennoch wichtig. Immerhin arbeite ich, um zu leben, und lebe nicht, um zu arbeiten. Ich verscheuche meine Gedanken, als mein Magen knurrt.

»Sollen wir los? Hast du Hunger?«, frage ich sie, um sie und auch mich auf andere Gedanken zu bringen.

»Ja, einen Bärenhunger! Ich hatte kaum Zeit, etwas zu essen heute. Nach deinem übrigens sehr leckeren Cappuccino hatte ich lediglich eine Banane und ein kleines Sandwich.«

»Na dann, hier entlang!«, fordere ich sie auf und halte ihr die Tür der Lobby auf.

Wir huschen hindurch und düsen gemeinsam auf meinem Scooter in Richtung Bograshov Street.

Wenige Minuten später parken wir auch schon vor dem

Lokal. Beim Betreten des Restaurants hat man das Gefühl, im Herzen Italiens gelandet zu sein. Zumindest ist es so, wie ich mir Italien anhand der Medien vorstelle. Rot-weiß karierte Stofftischdecken zieren die wenigen Holztische, die alle unterschiedlich aussehen, und Tafeln, die neben Fotos aus Italien an der Wand hängen, führen auf Hebräisch das Menü auf.

»Hier gibt es immer nur eine Tageskarte!«, flüstere ich, während Isabelle neugierig die Wände betrachtet. »Ist das hier okay für dich, oder möchtest du lieber woanders hin?«

Aber Isabelle lächelt. »Genau das Richtige für heute Abend. Zwar nicht landestypisch, aber wunderschön.«

Der Kellner führt uns an einen schönen Ecktisch. Wir bestellen Wasser und ich übersetze Isabelle die Speisen.

»Israel ist doch wirklich immer für eine Überraschung gut!« Sie lacht. »Zuerst einmal habe ich hier alles andere als ein solch authentisch-italienisches Lokal erwartet«, erklärt sie. »Zum anderen habe ich auch noch nie etwas so Klassisches wie etwa Penne Napolitano gegessen, das mir zuvor aus dem Hebräischen übersetzt werden musste.«

»Das freut mich.« Ich stimme in ihr Lachen ein.

Kapitel 13
הרשע שולש

Isabelle

Gespannt lausche ich der Konversation zwischen Eilon und dem älteren Herrn, der sich als Lokalbesitzer vorstellt. Mir gefällt es, wenn Eilon Hebräisch spricht und zugleich fasziniert es mich.

Eilon wirkt wie ein Mann, der sich durch sein Leben schlagen musste. Ihm wurde nichts geschenkt und dennoch hat er große Ziele und Träume, die er entspannt und mühelos angeht. Eine durchaus interessante Mischung, die ich in einem Mann, nebst diesem gut gebauten Körper, bisher noch nicht gefunden hatte. Zuerst gefiel er mir nur äußerlich, aber seine Art, sich zu bewegen, sein magisches Funkeln in den Augen und sein Charisma machten mich neugierig auf mehr. Und ich wurde nicht enttäuscht. Jedes Mal, wenn ich ihn treffe, verstärkt sich das Gefühl einer nie gekannten Verbundenheit. Ob ich so etwas mal in New York finde? Oder zurück in Deutschland? Oder ist das eine einmalige Sache? Etwas, das man nur einmal im Leben erlebt?

Es dauert nicht lange und die Vorspeise wird serviert. Ehe ich mich versehen kann, pikst Eilon ein Stückchen Aubergine auf, tunkt es in das Schälchen mit Tahin und hält mir die Gabel vor den Mund. Ohne zu zögern, öffne ich meinen Mund und lasse mir die Antipasti schmecken.

»Na schau, neben all dem original italienischen Flair kommen wir um das Tahin dennoch nicht herum.« Ich schmunzle und Eilon nickt.

»In Israel geht nichts ohne Sesammus, das kannst du dir merken. Ich befürchte, wenn es funktionieren würde, würden die Israelis ihre Autos damit betanken!«

Ich muss herzlich lachen und nun liefern wir uns einen kleinen Schlagabtausch über typisch deutsche und israelische Klischees. Als ich ihm von meinem Vorurteil mit den Sandalen und den Kamelen erzähle, bekommt Eilon sich kaum noch ein vor Lachen.

Er verschluckt sich fast, lehnt sich in seinem Stuhl zurück und mustert mich für einen Moment. »Wenn du möchtest, können wir gern einen kleinen Ausflug zusammen machen, dann zeige ich dir Kamele und wenn du möchtest, ziehe ich mir auch Sandalen dazu an.«

»Es ist echt anstrengend mit dir, ich bekomme Bauchweh vom vielen Lachen, das geht so nicht!«, mahne ich ihn. »Aber mal im Ernst, wohin würdest du mich denn mitnehmen?«

»Aha, da wird jemand neugierig.« Er grinst zufrieden. »Ich könnte dich am Samstag ans Tote Meer bringen«, bietet er an. »Das sind so etwa zwei Stunden Fahrt.«

»Das klingt wundervoll, da war ich noch nie!«, rutscht es mir heraus. Und wenn ich Eilon gerade so vor mir sitzen sehe, fühle ich noch viel mehr, als den bloßen Wunsch, dass ich mit ihm ans Tote Meer fahren möchte. Ich fühle mich lebendiger denn je. »Andererseits. Ich meine, machst du diesen Ausflug mit jeder, die du kennenlernst?«

Eilons Grinsen verschwindet. »Du hast recht. Es ist nicht gerade so, dass ich Schwierigkeiten habe, Frauen kennenzulernen, geschweige denn, mir mit ihnen eine schöne Zeit zu machen. Aber, und jetzt kommts ...«, frohlockt er und hebt seine Stimme, »lass dir eins gesagt sein, und zwar so wahr ich hier mit dir gerade sitze ...«

»Aha, und das wäre?«, fordere ich ihn heraus und halte eisern seinem Blick stand. Mein Herz beginnt auch schon schneller zu schlagen. Habe ich es mir doch gleich gedacht, dass er ein Womanizer ist, wäre auch seltsam, wenn nicht. Das heißt, er kann bestimmt wahnsinnig gut küssen. Und genau das möchte ich heute unbedingt herausfinden, nach dem, was er mir heute Morgen schon gezeigt hat. Er hat sicher so viel Übung, er weiß, wie man Frauen berühren muss, um ihnen eine schöne Zeit zu bescheren.

»Ich hatte noch nie ein Date!«, sagt er salopp und beendet damit auch schon abrupt seine große Ankündigung.

»Haha, dass ich nicht lache! Du erzählst mir gerade, wie leicht es für dich ist, Frauen kennenzulernen und mit ihnen eine schöne Zeit zu verbringen, und willst mir jetzt sagen, du hattest noch nie ein Date? Wie nennst du solche Dinge denn dann?«

Wenn ich eins in meiner ersten Zeit hier gelernt habe, dann, dass die Israelis nicht nur sehr direkt sind, sondern auch sehr diskussionsfreudig. Eine sehr gute Grundlage für dieses Gespräch.

»Ein Date ist für mich das, was wir gerade haben. Ich freue mich den ganzen Tag über auf dich, hole dich ab, führe dich aus und wir unterhalten uns gut. Alles andere ist einfach nur, wie ich bereits sagte, *eine gute Zeit haben*. Aber aus *einer guten Zeit* wurde bei mir bisher noch nie ein Date, denn ich verfolgte dabei andere Absichten.«

Gespannt lausche ich seinen Worten, die er erstaunlich unaufgeregt wiedergibt. »So so, und welche Absichten verfolgst du nun gerade mit unserem Date?«

»Ich beabsichtige, dich durch unser Date besser kennenzulernen. Du hast mir von der ersten Sekunde an sehr gut gefallen und meine innere Stimme hat mir direkt den Impuls gegeben, dass du interessant bist.«

Ich seufze. »Interessant also«, necke ich ihn. »So wie ich Datteln interessant finde?« Selbstbewusst zwinkere ich ihm zu. Ich möchte endlich wissen, wie es ist, wenn er mich küsst.

Aber das tut er nicht. Er blickt mir nur in die Augen und raunt: »Es dürfte dich nicht schocken, dass ich dich sehr gerne vernaschen würde, aber eventuell freut es dich auch zu hören, dass ich den Austausch und die Zeit mit dir bisher sogar bevorzuge.«

Bumm, das sitzt. Ebenso wie sein Herkunftsland, schafft auch er es, mich permanent aufs Neue zu überraschen. Und mein Herz rast im Galopp bei seinem Geständnis. Wir wissen, denke ich, beide, dass es heute nicht bei einem Küsschen auf die Wange bleiben wird. Und dieses prickelnde Gefühl macht mich verrückt.

Während der Hauptspeise schweigen wir hauptsächlich und tauschen tiefe, intensive Blicke. Ich gebe mir Mühe, elegant und verführerisch zu essen und nicht zu kleckern.

»Möchtest du noch eine Nachspeise?«, fragt mich Eilon, als unsere Teller abgeräumt werden.

»Jetzt bin ich wirklich satt, es hat superlecker geschmeckt.«

Ich lächle den netten Herrn an.

»Das freut mich, Liebe geht eben durch den Magen!«, erwidert dieser sogleich und schaut mit großen, freudestrahlenden Augen zwischen Eilon und mir hin und her. Hitze steigt mir in die Wangen.

Ich bestehe, wie vorab besprochen, darauf, die Rechnung zu bezahlen, aber Eilon lässt sich nur sehr schwer davon abhalten. Erst als ich ihm zusichere, dass er das nächste Mal wieder zahlen darf, stimmt er meiner Bitte zu. Ich bin total sattgefuttert und kann ein herzhaftes Gähnen nicht unterdrücken. Das entgeht auch Eilon nicht. Als wir das Restaurant verlassen und ich mich bei ihm einhänge, sagt er: »Was hältst du von dieser Idee: Ich bringe dich jetzt schnell nach Hause, morgen früh kommst du wieder zu deinem Hafermilch-Cappuccino und diesen Samstag fahren wir ans andere Meer?«

Schmetterlinge flattern in meinem Bauch herum. Ob wir dann gemeinsam übernachten werden? Das klingt jedenfalls alles unheimlich romantisch. »Ja! Trag mich in die Liste ein.«

»Okay.« Er nickt konzentriert und agiert mit seiner Hand in der Luft, als würde er sich etwas notieren. »Spring auf mein Ross, meine Prinzessin«, weist er mich lachend an, als er seinen Scooter vom Schloss befreit hat.

Erneut kann ich für ein paar Minuten seine Nähe, Körperwärme und seinen Duft im Fahrtwind genießen und ich lasse meine Daumen über seinen Oberkörper streicheln. Ich bekomme kaum noch Luft, so aufgeregt bin ich. Das war ein richtig romantisches Date. Werden wir gleich da weitermachen, wo uns heute Morgen der Zeitdruck unterbrochen hat? Er hat mich lange genug zappeln lassen. Schon an unserem ersten Treffen, am Abend des Schabbats, wollte ich, dass er mich am

Strand küsst, aber ich muss es ihm auch hoch anrechnen, dass er das nicht getan hat. Scheinbar meint er es ernst, wenn er sagt, dass ich für ihn nicht bin wie alle anderen.

Als wir wenig später vor dem Dan Halt machen, möchte ich ihn gar nicht loslassen. Etwas betreten stehen wir im Halbdunklen voreinander.

»Es fällt mir jedes Mal schwerer, dir auf Wiedersehen zu sagen«, hauche ich und blicke auf den Boden. Wird er den ersten Schritt machen?

»Aber Gott sei Dank sagst du auf Wiedersehen. Ein Lebwohl wäre schmerzhafter.«

Plötzlich zieht er mich ganz fest an sich heran. Im selben Moment finden sich auch schon unsere Lippen und mein Herz explodiert. Seine Lippen sind weich, aber nachdrücklich. Sehnsüchtig tanzen sie über die meinen und ein leises Stöhnen entweicht mir, als er mit der Zunge meine Lippen teilt und meine zu necken beginnt. Ich werde wachsweich in seinen Armen und bin froh, dass er mich mit seinen starken Armen hält. Einige Minuten lang können wir nicht mehr voneinander lassen. Erst als der Lichtkegel eines Taxis uns mitten ins Gesicht strahlt, lösen wir uns voneinander. Wie gern würde ich ihn mit hochnehmen, aber ich muss morgen wieder ganz früh raus.

»Wir sehen uns am Wochenende«, sagt Eilon wissend.

Eilon hält mir die Hoteltür auf. »Bisschen Gentleman muss sein, wenn ich dich schon nicht einladen durfte.«

Eilon

Eines der schönsten Gefühle ist es doch, am Abend mit dem Scooter durch die warme Nacht zu düsen und dabei zu wissen, dass mich am nächsten Morgen nicht nur mein schönes Ritual mit einem Kaffee am Strand erwartet, sondern nun auch noch Isabelles Gutenmorgenkuss. Dieser Kuss von heute ... Ich bekomme das selige Grinsen nicht mehr aus meinem Gesicht. Etwas, das mir wirklich noch nie passiert ist. Dieser Kuss hat mein Herz berührt. Isabelle zu küssen war nichts rein Körperliches. Es war eine magische Verbindung. Ich habe mich ihr näher gefühlt als je zuvor. Und in ein paar Tagen bereits machen wir gemeinsam einen Ausflug ans Tote Meer. Mit ihr an meiner Seite habe ich das Gefühl, nach den Sternen greifen zu können. Sie macht mich stark und selbstbewusst, aber auf eine andere Art als mein vorgegaukelter Charme, auf den die Mädels so stehen. Ich habe das Gefühl, wertvoll zu sein. Wichtig zu sein. Dieser Kuss hat mir Kräfte gegeben, die ich seit Jahren nicht mehr gespürt habe. Ich spüre den Funken der Hoffnung. Hoffnung, dass es doch noch einen Grund gibt, aus dem ich hier und nicht damals an der Bushaltestelle gestorben bin.

Als ich zu Hause ankomme, ist Hays Zimmertür schon zu, und ich haue mich aufs Bett und schaue nach einem Mietwagen für Samstag. Ich habe keine Lust, mit Isabelle in einem Bus mit Touristen zu sitzen. Außerdem kann ich ihr, wenn ich selbst fahre, hier und da ein paar Stellen in der Wüste zeigen, an denen ich während meiner Zeit bei den Israeli Defense Forces war. Vielleicht findet sie das spannend. Und ihre Kamele wird sie dort definitiv auch zu Gesicht bekommen.

Ich reserviere einen Mietwagen und klicke nun weiter auf die Angebote der umliegenden Hotels. Besonders schön ist es am Toten Meer, wenn man in einem davon als Tagesgast eincheckt. Dort kann man sowohl alle Vorzüge des Hotels genießen, wie den Pool, die Außenanlagen sowie die Restaurants und Duschen, als auch das Baden im warmen Salzwasser. Ich brauche nicht lange und werde fündig. Das hier dürfte nach Isabelles Geschmack sein: minimalistisch gehaltener einladender Pool mit Blick auf das Tote Meer und ein angrenzendes SPA, in dem man sich eine Massage buchen kann. Danach lege ich mich zufrieden schlafen.

Die Nacht ist nun im Rahmen meiner Recherchen sehr kurz geworden und ich muss schauen, dass ich noch genügend Schlaf bekomme, sonst wird das Gym in der Früh zu hart. Ungeplanterweise wache ich bereits um 5.00 Uhr wieder auf. Ich fühle mich erstaunlich fit und nutze die Gunst der Stunde, nochmals surfen zu gehen. Es war zu herrlich vorgestern und man muss diese kleinen Momente für sich zu nutzen wissen. Als ich nach meinem Unfall im Rollstuhl saß, hätte ich alles dafür gegeben, deshalb tue ich seither viele Dinge deutlich bewusster.

Ich schnappe mir mein Brett und meinen Rucksack und flitze die Fisherman hinunter zum Strand. Auch heute ist das Wasser wieder so angenehm und die Wellen sind perfekt. Ich surfe Welle für Welle und höre erst auf, als ich auf der Uhr, die schräg hinter dem LaMer an der Promenade hängt, 6.50 Uhr erkennen kann. Das wird knapp, aber gut, im Notfall kann ich den ersten Kaffee auch ohne Shirt rauslassen, das hier ist schließlich Tel Aviv. Ich eile zu den Duschen am Strand und brause mir das salzige Wasser von der Haut. Just in dem Moment, als ich nach meinem Handtuch fassen möchte, steht Isabelle auch schon vor mir und reicht es mir.

»Ich nehme an, das ist, wonach du gerade greifen wolltest?«, sagt sie und grinst verschmitzt. Dankend nehme ich es entgegen und rubble mir zuerst die Haare etwas trocken.

»Ich bin heute schon etwas früher dran.«

»Das trifft sich sehr gut, denn ich bin heute etwas später dran.« Ich strahle sie an. »Stell dir vor, ich war heute schon wieder Surfen.«

Isabelle schaut sich um. »Ach cool, das Surfboard dort ist deines?«, fragt sie und zeigt auf mein Brett, das an die Außenwand des LaMer gelehnt steht.

Ich nicke stolz und trage es Richtung Garderobe, während Isabelle mir mit meinem Handtuch folgt.

»Das ist wirklich eine sehr angenehme Art und Weise, seine Schicht zu beginnen«, stellt sie mit einem verstohlenen Blick auf die Uhr, fest.

»Ja, das ist es in der Tat. Und genau das liebe ich auch an der Frühschicht. Ist zwar nicht immer nur toll, so früh anzufangen, aber hat eben den Vorteil, dass ich morgens erst einmal in Ruhe meine Sachen vorbereiten kann und wenn es dann am Nachmittag richtig rundgeht, kann ich, wenn nicht gerade Personal ausfällt, oder die Kollegen ihren Einsatz verbummeln, Feierabend machen und meine freie Zeit genießen.«

»Das klingt wirklich schön!«, stimmt Isabelle nun mit einem etwas verträumten Blick zu. »Aber das könntest du ja mit deinem eigenen Hummus-Laden nicht mehr, oder?«

»Ich müsste halt zuverlässiges Personal finden. Keine Ahnung, ob das so einfach geht. Aber ich werde jedenfalls nicht meinen gesamten Tag lang nur schuften. Dazu ist mir meine Lebenszeit zu schade.«

»Verstehe«, sagt Isabelle spitz. Apropos, ich muss dann auch mal zu meiner Arbeit, die mir ermöglicht, in Neve Tzedek shoppen zu gehen.«

Ich schaue auf die Uhr. »Stimmt. Du wolltest dir ja aber bestimmt noch etwas abholen, oder?« Mit gespitzten Lippen lasse ich meine Augenbrauen hüpfen, um wieder Leichtigkeit zwischen uns zu bringen, und sie kichert dankbar.

Schon berühren sich unsere Lippen und ich weite den Kuss aus und küsse ihr die ganze Wange entlang, bis hin zu den Ohren und höre erst auf, als sie sich schüttelt.

»Das kitzelt, du musst aufhören, ich bekomme überall Gänsehaut!«, ruft sie zur Verteidigung.

»Gänsehaut ist gut!« Ich zwinkere ihr zu. »Und außerdem, Samstag steht!«

»Du meinst unseren Ausflug ans Tote Meer?« Ihre Augen weiten sich.

»Also ich meine, wenn du noch möchtest?«

»Unbedingt!« Sie nickt heftig und drückt mich noch einmal ganz fest an sich, bevor sie zur Tür hinauseilt und ruft: »Jetzt muss ich aber wirklich los. Nicht, dass ich am Samstag im Büro nachsitzen muss!«

Kapitel 14
הרשע עברא

Isabelle

Jedes Treffen mit Eilon treibt mir mehr Glücksgefühle in den Bauch. Gedankenverloren lehne ich mich auf meinem Drehstuhl zurück und schließe meine Augen für einen Moment. Erneut spüre ich seine Küsse überall im Gesicht und wieder überzieht mich eine wohlige Gänsehaut. Noch zweimal schlafen, dann machen wir sogar einen Ausflug zusammen. Den ganzen Tag kann ich seine weiche Haut berühren, seine Muskeln unter dem Shirt spüren, und vielleicht sogar ohne, wenn wir wieder schwimmen gehen. Das Klopfen an der Tür reißt mich schneller aus meinen Gedanken, als mir lieb ist. Ich seufze tief und schon steckt Frau Watson ihren Kopf durch den Türspalt. »Kann ich bitte für einen Moment mit ihnen sprechen, Frau Steden?« Ein heftiger Stich durchfährt mich. Habe ich etwa etwas falsch gemacht? *Werde ich ihren Vorstellungen nicht gerecht?* Umgehend schießen mir Fragen in den Kopf.

»Aber klar doch, setzen Sie sich.« Ich biete ihr den Stuhl vor meinem Schreibtisch an. Nervös kaue ich auf meiner Unterlippe herum und hoffe inbrünstig, dass hier keine Videokameras installiert sind, die aufgezeichnet haben, dass ich gerade für einen Moment meine Augen geschlossen hatte. »Ist alles in Ordnung?«, dränge ich Frau Watson neugierig aber vorsichtig, während sie Platz nimmt.

»Oh ja, das ist es, in bester Ordnung sogar!«, verkündet sie und schenkt mir ein herzliches Lächeln. Puh, erleichtert atme ich aus. »Ich hätte Sie auch zu mir in mein Büro rufen lassen können, aber als ich eben den Gang entlanglief, dachte ich mir, diesen Umstand und Schockmoment kann ich Ihnen ersparen. Wer weiß, was sie vermutet hätten!« Nun lacht sie und schiebt sich dabei ihre Brille wieder zurück auf die Nase. »Ich möchte diesen Moment nutzen, Ihnen mein Lob auszusprechen, Frau Steden. Sie sind nun erst so eine kurze Zeit hier vor Ort in unserem Unternehmen und ich war schon zuvor begeistert von ihrer Arbeit, die Sie online geleistet haben, aber was Sie hier abliefern, ist einfach einsame Spitze!«

Ich spüre, wie ich rot anlaufe und weiß gar nicht, was ich sagen soll. Ich räuspere mich kurz, aber Frau Watson setzt schon zur Weiterrede an.

»Eine erstklassige Angestellte wie Sie sollte eine Vorbildfunktion übernehmen und deshalb möchte ich Ihnen gern den Posten der Unternehmensmentorin übertragen.« Mit großen Augen schaut sie mich nun durch ihre Brille an und ich kann ihre Mundwinkel freudig zucken sehen.

»Oh!«, bringe ich nur hervor. »Ähem, wow, erst einmal danke, das ehrt mich sehr.« Aufgeregt streiche ich mir eine Strähne hinters Ohr.

»Was ist denn die Aufgabe, also, hm, was macht denn eine Unternehmensmentorin bei der TLV Marketing Coop.?«, frage ich vorsichtig und Unbehagen steigt in mir auf.

Es ist nicht so, dass mir meine Arbeit hier missfällt. Ganz

im Gegenteil sogar, aber ich muss zugeben, dass ich von dem sehr hohen Arbeitspensum etwas erschöpft bin, und mir nicht gerade der Sinn nach einer weiteren Aufgabe steht.

»Es freut mich, dass ich Sie damit so überraschen konnte! Ich liebe es, Menschen zu überraschen!«, betont Frau Watson.

»Ja, ich bin total überrascht!«, presse ich mit einem gezwungenen Lächeln über die Lippen. »Und was heißt das aber nun genau für mich?«

»Reisen, reisen, reisen sowie Schulungen geben!«

Schade. Ich hatte schon gedacht, es wäre ein Schritt in die richtige Richtung, ein Stückchen näher an meinem Ziel New York. »Verstehen Sie mich nicht falsch, Frau Watson, ich weiß Ihr Angebot wirklich sehr zu schätzen, aber aktuell bin ich sehr in die Marketingkampagne für die Erschließung des europäischen Marktes verwickelt, im Moment kann ich mir beim besten Willen keine Reise vorstellen, geschweige denn, Zeit für die Vorbereitung einer Schulung abzuzwacken.« Ich lege meine Stirn in Falten und warte gebannt auf ihre Antwort, aber Frau Watson scheint bestens vorbereitet zu sein.

»Das wird kein Problem für Sie, Sie schaffen das!«, sagt sie fest. »Ab nächstem Monat haben Sie übrigens hier einen Kollegen sitzen.« Sie zeigt auf die leere Stelle vor der Fensterfront. »Also bitte nicht wundern, wenn Sie irgendwann zur Arbeit kommen und hier ein weiterer Arbeitsplatz installiert ist, das Technik-Team und der Hausmeister sind schon beauftragt«, sagt sie mit einem zufriedenen Lächeln.

»Ich bekomme einen Kollegen hier ins Büro?« Ich kann mein Erstaunen nicht verstecken. Ich hoffe jedoch, dass Frau Watson die Enttäuschung dahinter nicht wahrnehmen kann.

»Ja, wundervoll, oder? Tara Debreune wird Ihnen nachher

von ihm berichten. Mit ihm werden Sie sich dann den europäischen Markt aufsplitten und da sie dann wieder mehr Luft haben, können Sie reibungslos in Ihre Mentorenrolle schlüpfen. Das wird auch ihrem Kollegen guttun, gerade wenn er jetzt ganz neu zu uns stößt!« Wie, um zu betonen, dass dem nichts weiter hinzuzufügen ist, steht sie auf und rückt den Stuhl vor meinem Schreibtisch zurecht. Als sie den Raum verlässt, lasse ich kurz den Kopf auf meine Hände sinken und seufze erneut. *Reiß dich zusammen, Isabelle!*

Ich habe jahrelang für diesen beruflichen Erfolg geschuftet und jetzt freue ich mich gefälligst. Noch vor wenigen Wochen hätte ich mir die Finger nach dieser zusätzlichen Verantwortung geleckt. Es dauert nicht lange und schon klopft Tara an die Tür.

»Klopf, klopf! Kann ich hereinkommen?«, flötet sie.

»Klar!« Erneut weise ich ihr den Stuhl mir gegenüber zu, aber sie verneint dankend. »Ich will dich nicht lange aufhalten, ich wollte dir nur die Personalunterlagen von deinem neuen Kollegen geben, der sich ab nächster Woche mit dir das Büro teilt. Daniel heißt er und sieht sogar gar nicht mal so übel aus.« Sie streckt mir eine Mappe hin. Anschließend verschwindet sie auch schon wieder und zieht die Tür hinter sich zu. Ich lege die Mappe auf dem Tisch ab und lasse erneut meinen Kopf in meine Hände sinken. *Tief durchatmen, du schaffst das!* Ich lehne mich zurück, nehme ein paar tiefe Atemzüge und stelle mich an die Fensterfront. Der Ausblick zeigt mir den Himmel von Ramat Gan, die Schnellstraße vor unserem Gebäude und einen blauen, wolkenlosen Himmel. Ein Gefühl von Stolz überkommt mich. Wenn ich es bis hierher schaffe, und binnen so kurzer Zeit sogar eine Beförderung erhalte, dann sollte ich jetzt keine Angst vor Überarbeitung haben, sondern am besten schon heute Abend losziehen und mich endlich einmal ordentlich belohnen. Das hatte ich ja ohnehin vor und das wird mich richtig pushen.

Später checke ich die Daten von meinem neuen Kollegen: Daniel Schmidt. Auch ein Deutscher. Vielleicht können wir über gemeinsame Lieblingsserien aus unserer Kindheit lachen oder uns über Erfahrungen während unserer Studiengänge austauschen. Würzburg, lese ich. Bestimmt ein netter Typ. Studiert hat er in Berlin. Also keine Überschneidungen beim Studium. Es bleibt die Hoffnung auf die Fernsehserien.

Ich schaue auf die Uhr und meinen E-Mail-Eingang. Sechzehn Uhr und fünfundzwanzig ungelesene E-Mails. Perfekt, dass ich bereits meinen Arbeitslaptop habe. Endlich kann und werde ich genau die Freiheit zu nutzen, die er mir bietet.

Ich lege Daniels Mappe beiseite, packe den Laptop in meine Tasche und schiebe meinen Schreibtischstuhl an den Schreibtisch. Ohne lange zu zögern, klopfe ich kurz bei Tara und verabschiede mich bis auf weiteres für heute aus dem Büro.

»Ich muss noch etwas Wichtiges erledigen. Ich arbeite heute Abend noch ein paar Stunden«, erkläre ich ihr. »Dann sind auch die Kollegen aus den USA schon wach und ich kann noch mehr erreichen, als jetzt.«

Tara nickt beeindruckt und greift zu ihrer Nagelfeile. »Diese Einstellung möchte ich bei jedem sehen!«, lobt sie und beantwortet einen eingehenden Anruf.

Tara müsste man sein, Dreh- und Angelpunkt der TLV Marketing Coop. und somit Herz unseres Büros. Kein Weg führt an ihr vorbei und dennoch muss sie sich nach Feierabend um nichts weiter kümmern. Ich schüttle meinen Kopf für einen Moment. *Was erzählst du dir da, Isabelle? Ist es das, was du wirklich möchtest?* Ich fluche. Was ist nur mit mir los. Warum überfordert mich das alles so? Immerhin verdiene ich eine Menge Geld im Vergleich zu Tara. Für einen kleinen Moment überlege ich, meine Eltern anzurufen, aber ich möchte mir keine Blöße geben. Dafür ist es zu früh. Zähne zusammenbeißen und durch. Wer etwas erreichen möchte, muss etwas aushalten können. In Gedanken sehe ich meinen Vater nicken. Ich will ja nicht verstoßen werden wie mein Bruder.

Ich springe in den anfahrenden Bus. Inzwischen ist es siebzehn Uhr und es bleiben mir noch zwei Stunden für meine Shopping-Streiftour durch Neve Tezdeks Boutiquen. Grinsend vor Glück, mir diese Freiheit heute zu erlauben, schlendere ich an sandsteinfarbenen Gebäuden vorbei, an denen große Blütenmeere in Rot, Orange und Flieder ranken, und passiere das scheinbar älteste Restaurants Tel Avivs.

Wenn ich mich richtig an meine Recherchen im Reiseführer erinnere, soll es sich hierbei um einen schicken Griechen handeln. Gut gekleidete Gäste sitzen auf der Terrasse und lassen es sich gutgehen. Ich folge der Gasse ein Stück weiter nach oben und erfreue mich an dem aus Kopfsteinpflaster gelegten Boden, der bald darauf einsetzt. Gut, dass ich wieder meine Heels gegen die Ballerinas getauscht habe.

Nun tauchen die ersten Schaufenster auf. In pastelligen Farbtönen lachen mir auf der einen Seite eine Bluse nach der anderen entgegen, und auf der anderen Seite wilde, löchrige Jeanshosen und exklusive Hüte. Ich gehe ein Stück weiter, denn ich hatte neulich bei meinem Schabbat-Spaziergang vom Eiscafé Anita kommend eine ganz besondere Boutique erspäht, in der eine Handtasche sowie ein Kleid ausgestellt waren, die mir direkt ins Auge gestochen waren. Es dauert nicht lange und ich stehe erneut davor. Der Stress der Arbeit scheint für den Moment vergessen und der Anblick der ausgestellten Waren lässt mein Herz höherschlagen. Eilig gehe ich den Laden und werde auch direkt von einer netten Verkäuferin sowie der kühlen Luft der Klimaanlage in Empfang genommen.

»Schalom! Das ist aber ein wunderschönes Outfit, das Sie da tragen, darf ich Ihnen behilflich sein?«

Das Gefühl, wie ein wertvoller Mensch behandelt zu werden, schmeichelt mir. »Schalom!«, antworte ich fröhlich. »Danke sehr! Ich möchte gerne das zitronengelbe Kleid aus dem Schaufenster anprobieren. Haben Sie das in meiner Größe da?«

»Aber natürlich!«, versichert mir die Dame und huscht souverän an die hölzerne Kleiderstange, an der das gute Stück mit dazu passenden Accessoires hängt.

»Toda Raba!«, sage ich und kann sehen, wie sehr die Dame sich darüber freut, dass ich mich zumindest in kleinen Teilen wie einem Dankeschön darum bemühe, ihre Sprache zu sprechen.

Ich betrete die Umkleide und streife mir das neue Kleid über. Es sitzt doch tatsächlich wie angegossen. Stolz schreite ich hinaus und drehe mich vor dem Spiegel. Es ist nicht nur wunderschön geschnitten und einzigartig in seiner Farbe, es übertrifft alle meine Erwartungen. Nun hält mich nichts mehr und ich bitte die Dame auch noch darum, mir passende Schuhe zum Kleid zu bringen sowie die Handtasche, die mir zuvor schon im Schaufenster ins Auge gestochen war. Ich bin im Glück. Ich gehe in die Kabine zurück und erst jetzt, beim Ausziehen, fällt mein Blick auf den Preis des Kleides. 5.600 Schekel. Uffz, das sind umgerechnet etwa 1.400 Euro. Ich schlucke.

So viel Geld habe ich in meinem ganzen Leben noch nicht für ein Kleidungsstück, geschweige denn ein Kleid ausgegeben. Und dabei sind noch nicht der Preis für die Handtasche und die Schuhe mit eingerechnet. Ich muss schlucken.

Soll ich das nun einfach durchziehen, oder soll ich es dabei belassen und der Dame erklären, dass ich morgen wiederkomme? Ich setze mich für einen Moment auf den Hocker, der vor dem Vorhang in der Umkleide steht, und starte den Dialog in meinem Kopf. Ich bin hierhergekommen, um ein anderes Leben zu leben als die meisten Menschen in meinem Umfeld. Ich wollte Luxus, hochwertige Outfits und teure Restaurants zu einem Teil meines neuen Lifestyles machen und ich habe einen Job, der mir genau das ermöglicht. Bin ich wertvoll genug, um mir diese Dinge zu gönnen, von denen ich bisher immer nur träumen konnte? Was genau hält mich jetzt davon ab, diesen Kauf zu tätigen und mir endlich das Gefühl zu geben, das verdient zu haben? *Nichts,* flüstert eine innere Stimme als Antwort. Außerdem kann ich diese schöne Kleidung gleich am Wochenende ausführen, wenn ich mit Eilon am Toten Meer unterwegs bin. Entschlossen springe ich auf, öffne den Vorhang und lege das Kleid, die Schuhe und die Tasche auf dem Verkaufstresen ab. »Alles zusammen bitte!«, fordere ich die Dame mit meinem freundlichsten Lächeln auf, und greife nach meiner Kreditkarte.

Wenig später verlasse ich die Boutique mit einer eleganten weißen Papiertüte mit goldenem Trageband und mache mich auf den Heimweg. Nun habe ich das dringende Bedürfnis, mich schleunigst wieder an den Rechner zu klemmen. Nichts wie nach Hause.

Eilon

Vitaly hat heute frei und so stürze ich mich direkt nach dem Schichtende für eine schnelle Erfrischung in die Wellen. Die Abkühlung tut gut, obgleich sich das Wasser nach nur wenigen Minuten bereits mehr wie eine angenehm warme Badewanne anfühlt. Mit jedem Tag zieht nun ein wenig mehr der Sommer in der Stadt ein. Ich lasse mich von der Luft trocknen und beschließe, erst zu Hause zu duschen. Manchmal fühlt sich das Salzwasser auf der Haut genau richtig an.

Auf dem Rückweg mache ich kurz an meinem liebsten Food-Laden Halt und kaufe mir dieses Mal einen frischen Granatapfelsaft sowie ein Sabich-Sandwich. Das Zusammenspiel aus gebackener Aubergine, Kartoffel und dem Ei, eingebettet in die fruchtige Mangosoße, ist jedes Mal aufs Neue das reinste Gedicht. Anschließend schwinge ich mich auf meinen Scooter und düse zu meiner Wohnung. Der warme Fahrtwind trocknet meine Haare. Herrlich, dieses Leben.

Vor der Wohnungstür höre ich bereits Musik. Hay muss also schon da sein. Ich öffne und da sehe ich ihn auch schon. Er steht mitten im Wohnzimmer und tüftelt an einer offenbar neuen Musikanlage herum.

»Hey, Bruder!«, begrüßt er mich überschwänglich.

Wir klatschen kurz ab und ich frage ihn, was er da hat. Ich

liebe technische Geräte aller Art, vor allem in Verbindung mit gutem Sound.

»Mein Job ist der beste, Mann, ich sag's dir«, erklärt Hay und ich kann die Freude in seiner Stimme hören. »Ich habe heute einer älteren Dame beim Umzug ihrer Wohnung geholfen und sie hatte dieses Teil noch von ihrem Sohn, der jetzt in den USA lebt. Als sie bemerkt hat, dass ich mich dafür interessiere, hat sie sofort darauf bestanden, dass ich es mitnehme!«

»Was? Einfach so?«

»Ja, Mann, einfach so. Sie hat es mir geschenkt!«

»Ich sag's ja, du bist ein Glückspilz!« Schon mache ich mich an den Knöpfen und dem Verstärker zu schaffen.

»Und du nicht?« Hay hält inne und schaut mich mit geneigtem Kopf an.

Für einen Moment überlege ich »Du hast recht, ich denke wir können uns beide nicht beklagen. Wir stellen das Gerät noch etwas ein und verstauen es an einem perfekten Platz, so dass wir die Musik nach Bedarf auch auf dem Balkon hören können, ohne die Nachbarn dabei foltern zu müssen, und machen es uns anschließend dort gemütlich.

»Andererseits wäre es vielleicht schon auch schön, mein eigenes Ding zu machen«, füge ich nachdenklich hinzu.

»Hm?« Für Hay kam das jetzt völlig ohne Kontext.

»Mein eigener Laden. Der Hummus-Laden von meinem Opa.«

»Stimmt. Den machst du ja vielleicht irgendwann auf.«

»Steht definitiv auf dem Plan, ja. Das wäre natürlich noch krasser als jetzt als Angestellter zu arbeiten.«

»Für sich selbst arbeiten ist definitiv ein Traumjob«, stimmt Hay zu.

»Aber diese ganze Bürokratie ...« Ich seufze.

»Ach, Bruder, da wächst man rein. Ich konnte am Anfang auch nichts, aber irgendwie kennt man immer irgendwen, der einem hilft. Und du kennst in dem Fall mich. Wenn du endlich den Arsch hochbekommst, kannst du sicher sein, dass ich an deiner Seite bin.«

»Gut zu wissen«, murmle ich nachdenklich.

»Sehen wir uns eigentlich diesen Freitag mal wieder, Bruder? Die letzten Wochen hast du unser Schabbat-Dinner geschwänzt!«

»Ich war in Sachen Liebe unterwegs.«

»Gibt's einen Grund, aus dem du die Gute vor uns versteckst? Sie sah doch gar nicht so furchtbar aus.« Hay lacht.

»Ich verstecke nicht sie vor euch, sondern euch vor ihr«, kontere ich und Hay knufft mich in den Arm.

»Wenn du Bock hast, lad sie doch am Freitag zum großen Schabbat-Dinner ein. Haben wir in den letzten Wochen ja leider etwas vernachlässigt.«

»Klasse Idee, frag du noch deine Kollegen und ich frag Vitaly. Der soll am besten noch seine Freundin mitbringen, dann ist sie nicht die einzige Frau.«

Wir besprechen noch ein bisschen die Besorgungen und ich ziehe mich ins Bad zurück. Als ich später in mein Zimmer komme, sehe ich, dass ich drei Nachrichten von Isabelle habe. Ich überfliege schnell ihre Nachrichten, die sie vor zwei Stunden geschickt hat.

Ohne lange zu zögern, wähle ich ihre Nummer und hoffe, dass ich sie nicht aufwecke. Immerhin ist es schon kurz nach zehn. Es dauert nicht lange, da nimmt sie auch schon ab.

»Hey!«, haucht sie ins Telefon, klingt aber dabei nicht gerade entspannt.

»Hey!«, hauche ich zurück.

»Spinner!«, schimpft sie umgehend, ich meine aber ihrem Ton dabei schon ein leichtes Grinsen zu entnehmen.

»Alles gut bei dir? Du hattest geschrieben, es gibt interessante News aus dem Büro, schieß los! Ich will alles wissen.«

Isabelle seufzt. »Sicher? Ich meine, es ist schon spät und ich will dich nun wirklich nicht mit meiner Arbeit langweilen«, entschuldigt sie sich und klingt gleich noch angespannter.

»Nichts, was dich betrifft, ist für mich langweilig, außerdem muss ich, im Gegensatz zu dir, morgen keine weltweiten Zoom-Konferenzen halten, sondern lediglich Kaffee kochen, Früchte schneiden und Cocktails mixen. Das bekomme ich in ungefähr jedem Zustand noch gerade so hin.«

Sie lacht. »Du bist unverbesserlich. Ich wünschte, ich könnte auch immer so gelassen sein wie du!«

»Das kannst du!«

»Nein, das kann ich eben nicht!«

»Warst du eigentlich schon mal am oberen Ende von Neve Tzedek, wo die kleine Einkaufsmeile auf den Rothschild Boulevard trifft?«

Sie denkt scharf nach, denn es bleibt für einen Moment still am anderen Ende der Leitung. Vielleicht ist sie auch verwirrt über den Themenwechsel.

»Hm«, antwortet sie zögerlich. »Nein, ich glaube nicht! Wobei doch, warte! Einmal kam ich von oben hinuntergelaufen, genau! Das war an dem Tag, als ich das Haus des in Tel Aviv so berühmt berüchtigten Matkot-Spielers erspäht habe.«

»Tja, dann musst du dort nochmals vorbeilaufen!«, spanne ich sie weiter auf die Folter.

»Ach, Manno, ich hab momentan echt keine Zeit für eine Stippvisite dort, nachdem ich eben erst da war. Kannst du es mir nicht einfach verraten?«, bittet sie mich.

»Ich fahre morgen früh dort vorbei, und mache ein Foto, von dem, was ich dir zeigen will«, schlage ich versöhnlich vor.

»Warum warst du heute dort?«

»Ich habe etwas für unseren Ausflug gekauft, das ich dir am Samstag zeige.«

»Da bin ich aber äußerst gespannt. Aber jetzt erzähl doch mal bitte von deinen Neuigkeiten.«

In den nächsten Minuten erzählt sie mir ausgiebig von ihrer Chefin, der neuen Aufgabe und dem Kollegen, der bald kommt. Die ganze Zeit fühle ich mich unendlich weit weg, ich kann mit den Aufgaben, die sie durch den Tag tragen, einfach so gar nichts anfangen, aber ich möchte meine Empfindungen nicht auf sie übertragen. Als sie ausgesprochen hat, seufzt sie tief und will wissen, was ich davon halte.

»Ich will ehrlich mit dir sein«, beginne ich vorsichtig. »Für mich wäre das nichts«, gebe ich zu. »Denn ich hätte das Gefühl, mein eigenes Leben zieht an mir vorbei. Aber das kommt nun auch wieder darauf an, was deine ganz eigene Definition von einem erfüllten Leben ist.«

Es bleibt still am anderen Ende der Leitung.

»Wenn deine Definition von Glück ist, im Job eingespannt zu sein und Karriere zu machen, dann ist das perfekt für dich«, erkläre ich. »Und dann freut mich das.«

Isabelle schnaubt und ich bin mir ziemlich sicher, dass sie ihre Augen verdreht. »Bei dir klingt das immer alles so einfach!«, motzt sie gespielt.

»Ist es auch!«, beharre ich. »Schau, wenn's dich happy macht, dann freu dich doch jetzt einfach. Wenn es dich *nicht* happy macht, dann kannst du jederzeit etwas daran verändern. Bei deinem Abschluss findest du immer irgendeinen coolen Job!

»Na ja, ich bin hin und hergerissen, auf der einen Seite möchte ich mich darüber freuen und auf der anderen Seite spüre ich ein großes Aber.«

Ich nicke, auch wenn sie das nicht sehen kann. »Ich verstehe dich, ich möchte dich auch wirklich nicht verunsichern, aber im Hebräischen gibt es ein Sprichwort, das besagt: *Wenn du Zweifel an einer Sache hegst, dann bestehen keine weiteren Zweifel.* Wenn du dich also auch nur minimal mit der Sache unwohl fühlst, dann hat dieses Gefühl seine Daseinsberechtigung.«

»Jetzt sprichst du schon wie meine Oma!« Sie kichert leise.

»Nun ja, alte Leute sind oft weise und wer weiß, vielleicht bin ich eine alte Seele!«, sage ich zum Spaß.

»Du bist ein Spinner, sonst nichts.« Sie lacht.

»Wie auch immer du mich betitelst, so lange ich dir gefalle, passt das für mich. Okay, ich denke, du solltest deine hübschen Augen allmählich schließen und dein süßes Köpfchen etwas ruhen lassen«, schlage ich vor. »Sehen wir uns morgen früh?«

»Ich hab's fest vor«, bestätigt Isabelle.

»Und sehen wir uns vielleicht auch morgen Abend? Mein Mitbewohner Hay und ich wollen mal wieder unser Schabbat-Dinner veranstalten. Wir möchten dir gerne unsere Freitagabend-Kultur näherbringen. Hast du schon was vor?«

»Das klingt hervorragend, ich bin nur zu gerne dabei«, antwortet Isabelle umgehend. »Aber muss ich da etwas vorbereiten? Ich werde womöglich keine Zeit zum Einkaufen geschweige denn Kochen haben. Bis ich aus dem Office komme, könnten die Geschäfte bereits geschlossen haben.«

»Das lass mal unsere Sorge sein. Du gehst arbeiten und schaust einfach, dass du am Abend zu uns kommst«, beruhige ich sie.

»Es findet bei euch statt?«, fragt sie neugierig.

»Jepp.«

»Voll toll, dann sehe ich endlich mal deine Wohnung.«

Ich freue mich, dass auch Isabelle wieder deutlich gelassener wirkt, als wir das Telefonat beenden.

Kapitel 15
הרשע שמח

Isabelle

Ich jogge die Promenade entlang, die ich mittlerweile so liebe und die mir jeden Tag mehr ans Herz wächst. Die Promenade, die mich allmorgendlich zu Eilon führt und mich nur durch etwas Asphalt von dem schönsten Strand der Welt trennt. Dem legendären Stadtstrand von Tel Aviv. Ich habe schon viele Strände gesehen und mag diesen hier ganz besonders. Ich seufze. Diese Stadt hat mein Herz erobert. Und Eilon ist dabei, es ihr gleichzutun. Inzwischen bin ich schon vor dem LaMer angekommen und trabe hinein.

Eilon schäumt Milch für einen älteren Gast, der vor ihm an der Bar steht. Sie unterhalten sich auf Hebräisch und ich kann in Eilons Augen erkennen, dass er einfach glücklich ist. Dieser Job macht ihm Spaß. Ob ich auch so aussehe, wenn ich arbeite?

Als er mich sieht, kommt er hinter der Theke hervor, um mich mit einer Umarmung zu begrüßen. Sofort nähere ich mich seinen Lippen. Viel zu schön sind diese, um sie nicht gleich zu berühren. Eilon erwidert meinen Kuss, dann zieht er sein Handy hervor.

»Schau mal. Ich hab heute Morgen das Foto für dich gemacht.«

Ich kann ein kleines weißes Schild erkennen, das an einer Hauswand angebracht ist. Mit schwarzen Buchstaben steht darauf geschrieben: *Being free is a state of mind.* Eilon wieder! Jetzt machen seine kryptischen Anspielungen Sinn.

Der Satz geht mir durch den Kopf. Ja ist es denn so einfach? Beginnt die Freiheit tatsächlich im Kopf, ja sogar in den Gedanken?

»Und? Wie gefällt dir der Spruch?«, fragt er direkt und macht sich dabei wieder auf den Weg hinter die Theke, um den Milchschaumaufsatz zu säubern.

Ich neige meinen Kopf zur Seite und beobachte ihn. »Er gefällt mir, ich muss aber ganz ehrlich zugeben, dass ich nicht denke, dass er universell einsetzbar ist«, gebe ich Eilon kritisch zu verstehen.

»So, meinst du das?«, fragt er, »und warum?«

»Na ja, ich zum Beispiel muss jetzt wieder los, obgleich ich jetzt auch gern hierbleiben und in aller Freiheit mit dir hier einen Kaffee trinken würde!«

Eilon lächelt und hebt die Augenbrauen. »Das wäre in der Tat schön und im Prinzip spricht nichts dagegen.«

»Ha, ich denke, Frau Watson würde das nicht so berauschend finden, wenn ich plötzlich nicht mehr im Büro auftauche«, kontere ich.

»Weißt du das genau? Ich meine, ist sie, oder sind deine Kollegen immer schon morgens da?«

Ich überlege für einen Moment. »Hm, das weiß ich nicht«, gebe ich zu. »Ich sitze nur bei mir im Büro.«

»Na siehst du. Vielleicht solltest du dich einfach mal freimachen von Zwängen, die du dir selbst auferlegst.«

»Du schlägst mir also vor, morgens erst ins Büro zu kommen,

wenn ich Lust habe und mit meinem privaten Amüsement fertig bin und abends dann zu gehen, wenn ich was Besseres vorhabe?«

»Du könntest es ausprobieren.« Eilon zuckt mit den Schultern. »Du sagtest doch, du hast einen Laptop für zu Hause und das heißt doch auch, dass du die Dinge ein bisschen anders tun könntest, wenn dir der Sinn danach steht.«

»Verstehe, und das ist dann Freiheit?«, frage ich und setze dabei das Wort *Freiheit* in Gänsefüßchen.

»Das ist dann keine komplette Freiheit, da du ja immer noch einer Tätigkeit nachgehst, die du letzten Endes für jemand anderen tust. Aber wenn du diese Arbeit gerne verrichtest, dann kann sie dir ja im selben Moment auch Freude bringen.«

»So wie du gerade für jemand anderen arbeitest, statt für dich selbst?«

»Genau«, gibt er zu. »Es hat ja nicht jeder den Anspruch an sich, komplett frei zu sein, aber wenn du dir zwischendurch immer wieder mal kleine, nennen wir es mal Inseln, erlaubst, auf denen du kurz Kraft tankst, dann hast du selbst im Kopf entschieden, frei zu entscheiden. Und dadurch wiederum bestätigt sich die Aussage, dass Freisein eine Sache ist, die im Kopf beginnt. Kein Mensch kann langfristig gehetzt und gestresst durchs Leben jagen. Egal wie sehr er das liebt, was er tut.«

Für einen Moment lasse ich meinen Blick auf ihm haften. »Und wenn hier eine Unmenge an Bestellungen auf dich einprasselt? Läufst du dann schnell davon auf deine Insel, wenn es dir zu viel wird?«, bohre ich weiter.

»Natürlich nicht, ich habe ja Verantwortung.« Eilon grinst. »Aber ich lasse den Stress nicht die Kontrolle ergreifen und arbeite nach und nach ab, was ich kann. Das nenne ich dann mentales Training in der Arbeit.«

»Du bist unverbesserlich.« Ich schmunzle. »Da ich aber noch nicht so weit bin wie du mit meinem mentalen Training, muss ich nun aber wirklich los, sonst schaffe ich womöglich nicht mal das Schabbat-Dinner heute Abend.«

Eilon eilt um die Theke herum und drückt mir einen dicken Kuss auf die Wange. »Bis später, meine Izzybizzy, lass dich nicht aufhalten.«

Als ich im Bus sitze, schaue ich nachdenklich aus dem Fenster. Ich mag Eilons Art zu denken. Sie fasziniert mich. Und auch, wenn ich mir das nicht immer direkt anmerken lasse, denke ich über seine Worte nach. Auch jetzt. Mache ich mir wirklich selbst den Stress? Könnte ich viel freier sein? Aber ich will doch Erfolg haben. Den Job in New York, Ansehen, Geld, Anerkennung von meiner Familie. Das alles bekommt man nicht, wenn man nicht fleißig ist.

Als ich im Büro ankomme, schaue ich in jedes Büro, dessen Tür offen steht. Es scheint so, als wäre ich eine der Ersten hier.

Eilon

Eine Weile schaue ich Isabelle nach. Hoffentlich können meine Worte ihr ein bisschen von dem Druck nehmen, den sie hat. Ich merke es, wenn sie bei mir ist, dann lacht sie ungezwungen, wirkt leicht. Und wenn sie über die Arbeit redet, dann fällt ein Schatten auf ihr Gesicht. Aber es ist ihr Leben.

Die Zeit bis zum Mittag nutze ich für ausgiebige Vorbereitungen. Am Wochenende ist die Bar immer sehr stark besucht und ab 13.00 Uhr füllt sich der Außenbereich auch schon schlagartig. Alle Sonnenanbeter und Schabbat-Liebhaber finden sich ein und genießen die freien Stunden.

Pünktlich um 17.00 Uhr schaffe ich es aber raus, heute ist meine Ablöse pünktlich, und ich flitze mit meinem Scooter zu einem der gerade noch geöffneten Supermärkte. Als ich eintrete, rufe ich Hay an, um mich kurz mit ihm abzustimmen. Der ist zu Hause und hat bereits die meisten Dinge besorgt. Ich kaufe noch etwas Hummus, eine Wassermelone und ein bisschen Rohkost zum Dippen und düse anschließend bei Yarin am Smoothie-Stand vorbei.

»Hey, Mann, schön, dich zu sehen. Lust, heute Abend vorne am Strand Beach-Volleyball zu spielen?«, ruft er mir über die Theke hinweg zu.

»Lust, davor noch zu uns zum Schabbat-Dinner zu kommen?«

»Oha, was höre ich da, du veranstaltest mal wieder ein Schabbat-Dinner?«

»Jawohl, ich verspüre mal wieder Sehnsucht nach meinen Freunden.«

»Hat sicher mit deinem Date zu tun, hm?« Er lächelt mich an und streckt mir auch schon eine kleine Box mit frischen Datteln entgegen.

»Ich denke, man kann schon irgendwie sagen, dass sie meine Freundin ist.« Kann man doch, oder? Ich meine, was soll das sonst sein? Wir hängen ständig ab, wenn wir Zeit haben und wir haben uns geküsst.

»Das freut mich für dich.«

Dankend nehme ich die Datteln entgegen. »Das heißt, du kommst?«

»Bin dabei. Ich mach hier um sieben zu und komm dann zu euch ins Gindi.«

»Cool, Mann, bis später, ich freue mich!«

Ich fahre Richtung Appartement und realisiere, dass Isabelle ja gar nicht weiß, wo ich wohne. Ich stoppe und wähle ihre Nummer. *Ob sie wohl noch im Büro festhängt?* Aber es dauert nicht lange und sie nimmt ab.

»Hey, Mister Know-it-all, Herr Besserwisser, du rufst bestimmt an, um mir zu verraten, wo ich später eigentlich hinkommen soll, oder?«

So gefällt mir das. »Exakt richtig erraten, Miss Know-it-all«, kontere ich. »Wo steckst du?«

»Ich bin gerade nach Hause gekommen, hat natürlich etwas länger gedauert als geplant, aber dafür habe ich all deine Tipps von unserem Gespräch heute Morgen beherzigt und mich nicht stressen lassen.«

»Klingt super, gut gemacht, Süße!«, lobe ich sie und biete ihr an, sie gleich abzuholen.

»Das kannst du auch gerne machen, gib mir zehn Minuten. Ich möchte nur schnell unter die Dusche springen, ein aufwendiges Make-up erwartest du ja ohnehin nicht, oder? Dann spare ich mir den roten Lippenstift«, neckt sie mich.

»Klingt perfekt, aber ich geb dir zwanzig Minuten. Lass mich die Einkäufe schnell nach Hause bringen, dann komm ich wieder runter zu dir, ansonsten musst du dir den Platz auf dem Scooter mit der Wassermelone in meinem Rucksack teilen.«

»Es gibt Wassermelone?«, schwärmt Isabelle umgehend. »Ich liebe Wassermelone!«

»Na dann kann ja fast nichts mehr schiefgehen.«

Wir legen auf und wenig später stehe ich auch schon bei ihr in der Lobby.

Hay, der unzählige Auberginen spaltet und mit Miso-Paste bestreicht, während er bereits ein duftendes Reis-Kartoffelgemisch auf dem Gasherd vor sich hinköcheln lässt, hat mir versprochen, die Melone aufzuschneiden und die Datteln von Yarin mit Walnüssen zu befüllen. Ich werde mich später um den Rest kümmern. Eine gute Musikanlage haben wir ja nun auch.

Ich freue mich auf den Abend. Ich texte Isabelle und einen kurzen Augenblick später steht sie auch schon vor mir. Gemeinsam gehen wir zu meinem Scooter.

»Wer kommt denn alles?«, will sie wissen und ich berichte ihr von Yarin, Vitaly, dessen Freundin Sara und Hays beiden Kollegen. »Wow, so viele? Kann ich denn noch irgendetwas helfen? Ich fühle mich so schlecht, dass ich wie eine Prinzessin abgeholt werde und nicht einmal etwas dazu beitrage«, klagt sie.

»Erstens Mal bist du meine Prinzessin«, beruhige ich sie und nutze die Gelegenheit ihr einen kurzen Schmatz auf den Mund zu geben. »Und zweitens kannst du mir gleich zu Hause noch zur Hand gehen.«

»Wunderbar, ich liebe es zu kochen, und mache das viel zu wenig, seit ich hier bin.«

Wir springen auf den Scooter und fahren kreuz und quer durch die Stadt in Richtung meines Appartements.

Plötzlich tippt mir Isabelle von hinten auf die Schulter und zeigt quer über die Straße »Da ist die Tel Aviv Fashion Mall!«

»Ja, ich weiß! Da wohne ich!«

»In der Mall?«, fragt sie verdutzt.

»Nein, nicht in der Mall, aber direkt daneben, im Gindi. Von dort aus führt ein Aufzug direkt nach unten in die Mall. Also wenn du gerne shoppst, kannst du dein Geld hier schneller unter die Leute bringen, als dir lieb ist.« Ich grinse.

»Was ist das Gindi?«, fragt Isabelle, als wir von meinem Scooter absteigen und diesen in das Foyer meines Wohngebäudes schieben.

»Ein Architektenbüro. Sie bauen in und rund um Tel Aviv hochwertige Appartementkomplexe. Die Mieten sind zwar etwas höher, aber dafür bekommt man eine erstklassige Wohnqualität.«

»Sieht auch wirklich sehr schön und vor allem sauber aus hier.«

»Ja, das war mir wichtig. Zu Beginn habe ich hier anders gehaust, aber darauf hatte ich schnell keine Lust mehr. Es gibt nichts Schlimmeres als ein ungemütliches Zuhause. Ich spare gern an anderen Dingen, aber wenn ich zu Hause bin, möchte ich mich wohlfühlen.«

Wir treten in den Aufzug und fahren nach oben. Als sich die Aufzugstür öffnet, höre ich bereits entspannte Musik durch unsere Wohnungstür.

Isabelle beginnt umgehend, zum Takt zu wippen. »Habt wohl eine gute Musikanlage, hm?«, mutmaßt sie, als ich die Tür aufschließe und uns, neben den leckeren Gerüchen von den Miso-Auberginen im Ofen, etwas lautere Bässe begrüßen.

»Hey, da sind ja die zwei Turteltäubchen!«, begrüßt uns Hay, dem ein Handtuch am Hosenbund hängt.

»Eidyot – Idiot«, zische ich und stelle meinen Scooter links von der Tür ab.

Fröhlich ignoriert er meinen Kommentar und zieht Isabelle in eine vorsichtige Umarmung zur Begrüßung. Anschließend beginnt er nahtlos lautstark zu erklären, was nun noch ansteht. Keine zwei Minuten später stehen wir alle drei in der Küche, und machen uns an die letzten Vorbereitungen.

Kapitel 16
הרשע שש

Isabelle

Die offene weiße Küche, in die man direkt von der Wohnungstür aus blickt, ist großzügig gestaltet. Direkt daneben befindet sich eine große Fensterfront, vor der ein riesiger Esstisch steht. An einer Stelle lässt sich die Glasfassade öffnen und führt auf einen der Balkone, die das Design des Gindi-Gebäudes von außen prägen. Rechts von der Fensterfront steht eine hellgraue Couch und an der Wand, gleich rechts vom Eingang hängt ein Fernseher.

Pragmatisch, sauber, einfach. Man merkt, dass hier keine Frau zu Hause ist, aber etwas anderes habe ich nicht erwartet. Mir gefällt es hier und ich bin sogar etwas überrascht. Nun muss ich über die anfängliche Angst, Eilon könnte am Gordon Pool »wohnen«, und gar kein zu Hause haben, schmunzeln.

Eilon hat ein sehr schönes Leben und es fehlt ihm offenbar an nichts, nicht einmal an einer Musikanlage. Erneut muss ich lachen, aber über die beiden. Auch wieder so etwas Landestypisches, das mir schon öfter aufgefallen ist. Während man in Deutschland eher darum bemüht ist, leise zu sein und am besten nicht aufzufallen, spielt dieser Aspekt hier offensichtlich weniger eine Rolle. Anstatt die Lautstärke der Musik zu regulieren, sprechen Hay und Eilon einfach lauter. Und selbst als Hay einen Anruf annimmt und seinen Gesprächspartner offensichtlich nur schwer verstehen kann, bevorzugt er es, immer wieder nachzuhaken und schließlich auf den Balkon auszuweichen, anstatt einfach die Musik leiser zu drehen.

Unter Eilons akribischer Anweisung, ich wusste gar nicht, dass er so penibel sein kann, schneide ich rote Beete, Karotten, Gurken, und Kohlrabi und richte alles um die Hummus-Schale herum auf einem großen Teller an. Eilon drapiert noch ein paar Cocktailtomaten dazu und würzt dann alles mit Salz und frischer Zitrone, die er direkt über dem Gemüse auspresst.

Dann schneidet er eine große Süßkartoffel in Scheiben, würzt diese mit Kurkuma, gemahlenem Kreuzkümmel sowie einer Prise Zimt, Salz und Pfeffer und schiebt auch sie in den Ofen zu den Auberginen.

»Fertig!«, sagt er und wäscht sich die Hände. »Jetzt werden gleich alle da sein. Soll ich dir noch schnell eine Room-Tour geben?«, fragt er und ich willige sofort ein.

Er nimmt mich an der Hand und zeigt mir das Bad, eine Art Haushaltsraum, Hays Zimmer und zieht mich dann schnell in sein Zimmer hinein. Eine türkisfarbene Wand an der einen und ein großes Fenster an der anderen Seite lassen sein Zimmer freundlich und hell erscheinen. Links von der Tür steht ein weißer Kleiderschrank und direkt an der gegenüberliegenden Wand ein sehr bequem ausschauendes Doppelbett mit weißen Bezügen. Zwischen Fenster und Bett lehnt eine Gitarre und vor der grünen Wand stehen ein paar Pflanzen. Das Zimmer ist gemütlich, verträgt aber einen kleinen Feinschliff. Ein Bild an der Wand über dem Bett wäre ein Anfang. Vielleicht ein paar

Vorhänge.

»Gefällt es dir?«, fragt Eilon und sieht mich erwartungsvoll an.

»Sehr gut sogar, ich finde dein Zimmer und die ganze Wohnung richtig schön!«, erwidere ich. Nun zeige ich auf die Glühbirne, die vogelfrei von der Decke baumelt, »gut, hier könnte ein schönerer Lampenschirm hängen, vielleicht etwas aus Korbgeflecht, oder so, und die Pflanzen könnten auf einem Regal stehen«, gebe ich zu bedenken, »aber ansonsten bin ich echt beeindruckt. Schön hast du es hier!« Ich lasse mich aufs Bett plumpsen.

»Freut mich, dass du dich hier wohlfühlst!« Eilon sieht erleichtert aus und setzt sich neben mich aufs Bett. Umgehend versinken wir in einem langen Kuss und ein paar weiteren zaghaften Streicheleinheiten, ehe es an der Wohnungstür klingelt und Eilon sich noch schnell entscheidet, unter die Dusche zu springen.

»Geh du ruhig schon vor, Hay ist ja da und Yarin kennst du schon«, ermutigt er mich, »ich komme sofort.«

Etwas schüchtern gehe ich den hellen Gang entlang nach vorn in den offenen Wohnküchenbereich. Es stehen bereits drei Leute im Raum. Einen davon erkenne ich direkt wieder: Yarin von der Smoothie-Bar an der Allenby Road. Noch bevor wir uns begrüßen können, klingelt es erneut an der Tür und ein Pärchen tritt herein. Das müssen Vitaly und seine Freundin Sara sein. Sie sieht nett aus! Hay übernimmt ungefragt Eilons Rolle und packt sein bestes Englisch aus. Mit Händen und Füßen versucht er den Gästen zu erklären, dass ich Isabelle aus Deutschland und Eilons Freundin bin, und stellt mir nacheinander alle vor.

Die zwei mir unbekannten Typen sind seine beiden Kollegen

Matan und Tamir. Ich muss über Hays lustige Art und Weise lachen, mit der er die Situation souverän meistert, und strecke jedem freundlich meine Hand entgegen. Alle begrüßen mich herzlich und schon mischt sich ein wildes Stimmengewirr unter die Musik.

Vitalys Freundin Sara stellt noch einen Schokoladenkuchen auf dem Küchentresen ab und wir kommen direkt ins Gespräch. Sara ist keine Russin wie Vitaly, sondern sie hat polnische Vorfahren, wie sie mir erklärt. Vitaly und sie sind seit vier Jahren zusammen und haben auch eine gemeinsame Wohnung. Sara betreibt ein eigenes Nageldesign-Studio im Haus ihrer Eltern und findet meinen Job und das Thema Wimpernverlängerung superspannend. Sie berichtet mir von zwei Welpen, die sie sich kürzlich angeschafft haben und zeigt mir dazu Fotos. Wieder einmal überrascht mich diese Stadt. Das Schabbat-Dinner, das ich mir eher ruhig und sehr besinnlich vorgestellt habe, entpuppt sich als ein lockeres Miteinander unter Freunden. Wenige Augenblicke später kommt auch Eilon aus dem Bad dazu und begrüßt alle lässig. An seinem Blick kann ich erkennen, dass er sich freut, dass ich mich angeregt mit Sara unterhalte, und er wirft mir einen Kuss durch die Luft zu.

Als Sara sich kurz auf die Toilette verabschiedet, flitzt er zu mir herüber und streicht mir über den Rücken. »Ich hoffe, du fühlst dich wohl unter meinen Freunden?«, fragt er.

»Natürlich, sie sind alle so nett. Und so locker und zugänglich. Wie sollte ich mich hier nicht wohlfühlen? Ich fühle mich sogar richtig wohl!«

Die Jungs und Sara verwickeln sich in eine Unterhaltung über die Himmelsrichtungen des Ausblicks vom Balkon und Eilon lehnt sich an den Küchencounter und zieht mich zu sich heran.

»Ich habe eine kleine Überraschung für dich.«

»Für mich?«, frage ich neugierig. »Warum?«

»Warum?«, wiederholt er meine Frage. »Einfach so, weil ich dich mag und ich noch mehr Zeit mit dir verbringen möchte!« Er grinst schelmisch.

Ich küsse ihn auf die Wange und setze meine Unschuldsmiene auf. »Verrätst du sie mir?«, bitte ich ihn und blinzle ihn neugierig an.

»Nein, ich sage dir nur, dass es morgen während unseres Trips stattfindet«, gibt er mir einen ersten Hinweis und schaut mich erwartungsvoll an.

»Du meinst den an das Tote Meer?« Mein Herz schlägt einen kleinen Purzelbaum. Ich fühle mich wie ein Teenager und nicht wie eine erwachsene Frau, die bereits Beziehungen hatte.

»Bingo!«, sagt er.

»Wann soll es eigentlich losgehen?«, frage ich.

»Lass uns gleich in der Früh losziehen, ich würde sagen so gegen neun? Wir haben so zirka zwei Stunden Fahrt vor uns und dann haben wir dort den ganzen Tag. Im Auto verrate ich dir dann die Überraschung.« Er zwinkert mir zu.

»Im Auto?«, frage ich verwirrt. »Woher hast du denn jetzt ein Auto?«

»Ich habe eins gemietet?«, stellt er mir die Frage zurück. »Dachtest du, wir fahren mit dem Scooter?«

»Depp.« Ich lache. »Ich dachte, mit dem Bus, oder so. Aber du bist eben echt toll, danke!«, flüstere ich ihm zu.

Dann entsteht allgemeine Unruhe und wir beginnen damit, die Speisen auf dem Esstisch anzurichten. Hay holt ein paar Stühle vom Balkon dazu, Eilon zaubert noch einen Klappstuhl aus dem Waschraum und Vitaly schnappt sich die Teller von der Anrichte. Nun wird darüber diskutiert, ob sie das Tischgebet sprechen wollen, aber nur Hay und Matan haben eine Kippa griffbereit. Als Eilon anmerkt, dass sie nicht einmal einen Wein dahaben, einigen sie sich auf eine sehr liberale Version, sprechen kurz das Gebet und verzichten auf den obligatorischen Schluck Wein aus dem gemeinsamen Glas. Anstelle der Kippa bedecken die anderen Jungs ihren Kopf dabei mit der Hand.

Anschließend lassen wir uns die Speisen schmecken. Alles ist einfach nur köstlich und die Stimmung ist ausgelassen.

»Heute gibt es ein veganes Menü bei uns«, sagt Eilon. »Eine einfache Form, um koscher zu essen. Uns Juden sind nur bestimmte Fleischsorten erlaubt und diese dürfen wir nicht mit Milchspeisen in Berührung bringen. Es gibt also Fleischspeisen und Milchspeisen. Zwischen dem Verzehr müssen mehrere Stunden liegen. Streng orthodoxe Juden haben sogar getrenntes Geschirr: welches für Fleisch und welches für Milch, das nie vertauscht wird.«

»Also kein Cheeseburger?«

»Genau das. Dem steht die Regel zugrunde, dass man das Böcklein nicht in der Milch seiner Mutter kochen darf.«

Wir sitzen noch eine Weile, in verschiedene Gespräche vertieft, räumen dann ab und folgen Yarins Aufruf zu einem kleinen Beach-Volleyball-Match am Hilton Beach. Es ist zwar schon nach neun Uhr, aber am Hilton Beach gibt es wohl gut beleuchtete Netze und alle haben Lust darauf, ein bisschen loszuziehen. Als wir aufbrechen, erfasst mich mit der warmen Abendluft eine tiefe Müdigkeit und mir fallen beinahe im Stehen die Augen zu.

Ehe ich mich versehe, holt Eilon seinen Scooter und fährt mich nach Hause ins Dan, ohne dass ich mich rechtfertigen muss. Er ist so aufmerksam und behandelt mich wirklich wie eine Prinzessin.

»Ich hole dich morgen früh ab, meine Izzybizzy«, sagt er sanft und gibt mir einen zärtlichen Kuss.

Dann hält er mir die Tür auf und braust zurück zu seinen Freunden. Als ich ins Bett falle, ist der vorletzte klare Gedanke, dass ich schon ewig nicht mehr so einen schönen geselligen Abend hatte. Und der letzte, dass ich mich auf den nächsten Tag mit Eilon freue.

Eilon

Als ich vom Zwielicht des neuen Tages geweckt werde, mache ich wie üblich mein heimisches Work-out. Für eine Runde Surfen ist die Zeit zu knapp, und heute, am Schabbat, hat mein Gym geschlossen. Ich muss ja auch bald schon los, den Mietwagen abholen. Ich nehme ein Taxi, das mich zum Hashalom-Bahnhof bringt. Da Schabbat ist, fährt heute bis zum Abend kein Bus. Gleich um die Ecke der Hashalom-Station ist die Autovermietung, bei der ich unser Auto für den heutigen Ausflug reserviert habe. Die Straßen sind leer und gute zwanzig Minuten später bin ich auch schon dort. Ich übernehme den Autoschlüssel durch einen Pin aus dem Briefkasten in der Parkgarage der Mietstation und steuere kurze Zeit später mit einem süßen klimatisierten Kleinwagen das Café Xoho an. Ich bestelle uns je einen der leckeren Frühstückswraps mit Pilzen von letzter Woche als Proviant für die Fahrt sowie zwei Cappuccini mit Hafermilch und mache mich auf den Weg zum Dan. Ich parke auf den Kurzzeitparkplätzen und flitze mit dem Aufzug hinauf ins Appartement. Als Isabelle auf mein Klopfen hin die Tür öffnet, fällt mir fast die Kinnlade herunter.

Sie grinst und dreht sich einmal im Kreis. »Nimmst du mich so mit ans Tote Meer?«, fragt sie mit einem schüchternen Lächeln.

Umgehend strecke ich ihr meine beiden Daumen entgegen.

»Perfekt!«

Sie trägt ein wunderschönes zitronengelbes Kleid und ihre Haare hat sie seitlich geflochten.

»Du siehst wundervoll aus!«, staune ich und mir fallen fast die Cappuccini aus der Hand, so schwach werde ich bei ihrem Anblick. Das Kleid verdeckt genau die richtigen Stellen, aber, Mann o Mann, ich darf mir gar nicht vorstellen, was genau sich unter dem wallenden, weichen Stoff befindet. Warum nur ist morgen schon der Wochenanfang? Sonst hätten wir so toll übernachten können und vielleicht hätten wir ja dann ...

»Findest du wirklich?«, fragt Isabelle.

»O Gott, ja. Hast du das neu? Ist das die Überraschung, die du aus Neve Tzedek hast?« Eigentlich eine blöde Frage, da ich ihren Kleiderschrank nun wirklich noch nicht kenne.

»Tatsächlich, ja! Ich hab mich für meine harte Arbeit belohnt und mir das gute Stück gegönnt.« Erwartungsvoll hält sie meinem Blick stand.

»Hast du gut gemacht«, lobe ich sie. »Das ist genau das richtige Outfit für einundvierzig Grad und Schwimmen im Salzwasser.« Isabelle stößt einen erleichterten Seufzer aus, »Dann bin ich ja froh! Ich wusste nun nicht, ob ich dort überhaupt einen Bikini tragen darf!«

»Warum denn auch nicht?«, frage ich stutzig. »Na keine Ahnung, ich dachte, das könnte eine sehr heilige Stätte sein und dann sollte man sich dort nicht gerade spärlich bekleiden«, gibt sie mir ihre Bedenken zu verstehen.

»Ach, so meinst du das. Da mach dir mal keine allzu großen Gedanken, du wirst überrascht sein.« Ich schmunzle, wohlwissend um den Tageseintritt im Hotel mit Poolzugang, den ich dort für uns gebucht habe. »Es ist ja nun auch nicht so, dass wir nach Bethlehem zur Geburtsstätte von Jesus fahren«, füge ich hinzu.

Isabelle verdreht die Augen und streckt mir die Zunge raus. »Dorthin darfst du mich ein andermal mitnehmen«, sagt sie keck.

»Freut mich, dass ich der Dame dienlich sein kann. Darf es vielleicht noch eine Speise sein?«

»Apropos Essen, meinst du, es hat irgendwo etwas geöffnet heute, so dass wir uns unterwegs etwas kaufen können?«, fragt Isabelle nun ernst.

»Hübsche, es ist für alles gesorgt, die Passagierin darf sich getrost zurücklehnen und das Zepter aus der Hand geben. Ab jetzt übernehme ich das Kommando für heute«, weise ich sie an und geleite sie zu unserem schmucken Mietwagen.

»Uh, so gefällt mir das!« Sie zwinkert mir zu und schenkt mir einen amüsierten Blick. Dann macht sie es sich bequem.

»Hast du schon Hunger?«, frage ich sie und reiche ihr die Papiertüte von der Rückbank.

Isabelles Augen beginnen zu leuchten. »Du hast uns Essen aus dem Xoho besorgt?« Jetzt kräuselt sie liebevoll ihre Nase. »Du bist toll!«

Ich tippe mit meinem Zeigefinger auf meine Wange, »Hier ist die Stelle für Dankesküsse jeglicher Art.« Isabelle lässt sich nicht zweimal bitten und platziert mir einen dicken Kuss auf die Backe. Wir essen unsere Wraps und lassen allmählich die Stadtgrenze hinter uns.

Kapitel 17
הרשע עבש

Isabelle

Noch immer kribbelt es in meiner Magengegend, wenn ich an unseren Tagesausflug heute denke. Werden wir uns heute noch näherkommen? Die ganze Zeit fast schon liegt seine Hand auf meinem Oberschenkel, der gerade so von dem sanften Stoff des luxuriösen Kleides bedeckt ist. Wenn er so ein guter Liebhaber wie Küsser ist, dann kann ich es jetzt schon kaum erwarten. Ich lächle ihn an und er lächelt zurück. Ob ihm dieselben Gedanken durch den Kopf gehen?

Wir hören landestypische Musik und hier und da erzählt Eilon mir kleine Anekdoten dazu. Als wir uns langsam der Region um das Tote Meer nähern, ähnelt das Gelände um uns herum mehr und mehr der Wüste und damit der Vorstellung, die ich ursprünglich von Israel hatte.

»Kannst du dir vorstellen, dass ich damals, als ich noch bei den Israeli Defence Forces war, hier mutterseelenallein ausgesetzt wurde, um mit einem Kompass und einem Rucksack, der mit dem nötigsten Hab und Gut ausgestattet war, neunzig Kilometer zurück ins Camp zu finden?«, fragt Eilon ein wenig später in die Stille und zeigt auf das Brachland, das uns umgibt.

Die Vorstellung lässt Unbehagen in mir aufkommen. »Ganz alleine?«, vergewissere ich mich,

»Ja, ganz alleine.«

»Warst du nicht erst achtzehn? Hattest du denn keine Angst vor wilden Tieren, die hier in dieser wüstenartigen Region umherstreunen könnten?«

Eilon wiegt den Kopf ein wenig hin und her. »Angst nicht, nur Respekt vor der Sache. Aber ich hatte ja meine Waffe bei mir.«

»Du hattest eine Waffe bei dir?« Etwas schäme ich mich dafür, wie wenig ich mich bisher über die politische Situation in diesem Land informiert habe. Ich weiß, dass ich das hätte schon viel früher tun müssen und dass ich womöglich dumme Fragen stelle.

Aber Eilon beantwortet mir alles geduldig und darum bemüht, mir die Situation zu erklären. Seine Antworten geben mir zu denken. Während ich ein wohliges Leben in Deutschland hatte und mich über anstehende Klausuren und meine Masterarbeit beklagt habe, war Eilon mehrere Jahre im Einsatz und hat sich auf die Verteidigung seines Landes vorbereitet, bis er schließlich schwer verwundet wurde, und sich zurück ins Leben kämpfen musste. Eine Tatsache, die man ihm nicht im Geringsten ansieht. Erst recht nicht seinem Körper.

»Es ist einfach so beeindruckend alles. Und so anders. Du kommst aus einer anderen Welt«, sage ich nachdenklich.

»Ich habe einfach getan, was zu tun war. Und ja, da gebe ich dir Recht. Ich glaube, Israel hat einen ganz besonderen Spirit, das Leben läuft hier anders als in Europa. Aber auch anders als in Asien, wozu das Land ja geografisch gehört.«

Wir schweigen eine Weile und bald schon passieren wir ein

Schild, auf dem Kamele prangen und ich halte meine Augen nach diesen faszinierenden Tieren offen. Und tatsächlich erspähe ich schon wenig später gleich mehrere auf der Spitze von einer der Sanddünen. Herrlich.

Ich zücke mein Handy und schieße Fotos. Kaum zu glauben, dass ich morgen wieder in meinem Büro in Ramat Gan sitzen werde.

Israel ist nicht nur das Land der Überraschungen, sondern definitiv auch ein Land der Kontraste. Hier trennen nur zweieinhalb Stunden Autofahrt die Wüste samt Beduinen von einer hochmodernen Stadt wie Tel Aviv.

»Schau mal hier!« Eilon tippt nun an seine Scheibe und ich kann dahinter ein blaues Schild im neben uns emporragenden Sandfelsen erkennen, auf dem auf Hebräisch, Arabisch und Englisch etwas geschrieben steht. »Wir nähern uns dem tiefsten Punkt der Erde!«, liest Eilon mir vor.

Ich klatsche fröhlich in die Hände. »Das heißt, wir sind schon bald da?«

»Ja«, versichert mir Eilon. »Ich denke noch so zehn bis fünfzehn Minuten, und du kannst deinen schönen Körper im salzigen Wasser erfrischen.« Nun lacht er. »Wobei ... du wirst gleich feststellen, dass das Ganze mit einer Erfrischung nicht wirklich viel zu tun hat«, warnt er mich.

»Das ist mir völlig egal! Ich freue mich so sehr, hier zu sein.« Ich blicke ihn intensiv an. »Mit dir.«

Eilon lächelt mich an und ich kann erkennen, dass er sich darüber freut, dass ihm seine Überraschung mit dem Tagesausflug gelungen ist.

»Ich werde heute Abend meine Oma anrufen und ihr ausführlich von hier berichten, sie wird begeistert sein.«

»Erzählst du ihr auch von mir?«

»Das weiß ich noch nicht«, gebe ich leise zu. Vermutlich nicht.

Wenige Momente später fahren wir an einem Aussichtsplateau vorbei und anschließend geht es weiter bergab. Unten angekommen liegt das türkisfarbene Wasser in absoluter Stille und ohne Wellengang direkt neben uns. Wüstenfelsen türmen sich zu meiner Linken, so weit ich blicken kann, und eine langgezogene Straße vor uns führt uns am Toten Meer entlang, das sich rechts von uns erstreckt. Ich öffne das Fenster ein Stück weit und spüre den warmen, trockenen Fahrtwind. Das Wasser liegt einfach nur da, ohne jegliche Bewegung und ich wundere mich ein wenig, wie das sein kann, bei einem Meer. Eine mystische Atmosphäre herrscht vor. Eine Stille der ganz besonderen Art, die durch die Ruhe des Wassers getragen wird. Ein bisschen fühle ich mich, als würde die Welt an diesem Ort den Atem anhalten.

»Wusstest du, dass das Tote Meer kein echtes Meer ist?«, fragt mich Eilon.

Ich schüttle den Kopf. »Nein, das wusste ich nicht, aber ich wollte dich gerade schon fragen, ob es sich eventuell um einen See handelt.«

»Du bist eben meine schlaue Izzybizzy«, neckt er mich und ich strecke ihm meine Zunge heraus.

»Du kannst froh sein, dass ich so schlau bin, sonst wäre ich nicht in Tel Aviv und wir wären uns wohl nie begegnet!«, kontere ich.

»Wie bitte?! Willst du mir hiermit etwa sagen, dass wir unser Aufeinandertreffen alleine dir zu verdanken haben?«, fragt er gespielt empört.

»Vielleicht schon!« Letztendlich habe ich es ja aber wohl

meiner Familie und ihrer Nachdrücklichkeit und Konsequenz zu verdanken.

»So so, und wer war so geistesgegenwärtig und hat direkt nach unserer zweiten Begegnung einen Brief an der Rezeption abgegeben?«

»Okay, wir sind beide daran schuld, dass wir jetzt gemeinsam hier im Auto sitzen.« Ich lehne mich wieder in meinem Sitz zurück. »Immer am Diskutieren, die Israelis!«

Eilon nickt mir rechthaberisch zu und grinst. »Baruch aba lisrael – willkommen in Israel!«

Eilon

»Wo sind wir hier?«, fragt Isabelle. Etwas skeptisch beäugt sie den schicken Hoteleingang. »Ich dachte, wir gehen ans Tote Meer?«

»Da sind wir jetzt ja auch, hast du ja gerade mit deinen eigenen Augen gesehen. Aber damit wir es richtig genießen können, habe ich uns einen Tageseintritt in diesem Hotel gebucht. Das ist die Überraschung, von der ich dir erzählt habe.«

Isabelles Augen weiten sich und sie schüttelt leicht den Kopf. »Ich wusste gar nicht, dass es so etwas hier gibt!«

»Da siehst du mal, jetzt weißt du es.« Ich bitte sie, schon einmal auszusteigen und wegen der Hitze in der Lobby auf mich zu warten, während ich den Wagen parke.

Als ich zu ihr hineinkomme, läuft sie mir direkt entgegen und schnappt sich meinen Arm. »Ich hoffe, du hast nichts dagegen, aber ich habe dir auch eine Massage gebucht«, haucht sie mir ins Ohr.

»Du mir?«, frage ich erstaunt. »Eigentlich wollte ich dir eine buchen«, beschwere ich mich.

»Ich habe uns beiden eine gebucht, keine Sorge, aber irgendwie möchte ich mich ja auch bei dir bedanken, für all das, was du ständig für mich tust. Mir ist schon klar, dass du mich gerne manchmal spontan sehen wollen würdest, oder öfter mal bei Tageslicht.«

Ich ziehe sie vorsichtig in meine Arme. »Ich bevorzuge dich bei Tageslicht, ja, aber ich nehme, was ich kriegen kann, und die Morgen und Abende waren bisher auch äußerst schön mir dir.«

»Du hast also noch ein wenig Geduld mit mir?«, fragt sie kleinlaut.

Ach, sie ist so süß, wenn sie so unschuldig schaut. Was soll ich jetzt dazu sagen? Natürlich finde ich es Mist, dass sie so viel arbeitet, aber nicht meinetwegen. Ich glaube einfach, dass es nicht das ist, was sie glücklich macht, aber das kann ich ihr ja so nicht sagen. Das wäre übergriffig. Und es ist nicht meine Aufgabe. Da muss sie selbst draufkommen und eine Änderung auch wirklich wollen. Von sich selbst aus. Nicht weil ich das so will. Deshalb sage ich: »Klar, du machst dein Ding und ich meins und wenn es passt, dann verbringen wir eine tolle Zeit miteinander und wenn nicht, dann halt ein andermal. So schnell lass ich dich jetzt nicht mehr los.«

Isabelle grinst und küsst mich auf die Wange. »Dann lass uns ins Wasser gehen, ich kann es kaum erwarten, mit dir darin zu schweben.«

Wir gehen eine große geschwungene Treppe mit breiten weißen Stufen hinunter und holen uns Badetücher. Anschließend treten wir durch die Terrassentür nach draußen und finden uns inmitten lauter Musik zwischen den anderen Hotelgästen neben dem großzügig angelegten Pool und verschiedenen Bars wieder. Isabelle nickt nur und grinst mich an.

»Akol tov – alles okay?«, frage ich sie.

»Ja, alles gut, ich muss nur immer wieder darüber staunen, wie oft mich Israel schon überrascht hat.«

»Dann hoffe ich sehr, dass du Überraschungen magst, denn hier wimmelt es nur so davon!«, warne ich sie.

»Ich liebe Überraschungen!«

Hand in Hand schlendern wir über das Poolareal und gehen in Richtung einer der Einstiege zum Toten Meer. Es gibt eine Art schlammigen Strand, aber auch einen kleinen betonierten Weg, der einen direkt ein bisschen weiter in den See hineinführt.

Wir gehen den Fels entlang, legen unsere Kleidung und unsere Handtücher auf einer Bank ab und klettern über die Salzkristalle in das Wasser. Sofort umschließt mich die wohlige Wärme.

Isabelle reibt sich mit den Händen über die Arme. »Faszinierend, wie ölig man wird, merkst du das auch? Fühl mal …«

Als ob ich nicht neben ihr wäre und es am eigenen Körper erleben würde, kommt sie ganz nah an mich heran und streckt sich mir entgegen.

Wie paralysiert fahre ich mit meinen Fingerspitzen über ihre Unterarme, dann wandere ich über die Oberarme, die Schultern entlang und gleite mit der Hand ihren Rücken hinab. Dabei schauen wir uns tief in die Augen und mir stockt der Atem.

Klar, ich hab sie schon am Strand in Tel Aviv im Bikini gesehen, aber jetzt ist die Spannung zwischen uns spürbar. Meine Finger streicheln ihr Kreuz, knapp über ihrem Höschen.

Ich schnappe nach Luft, als ich sie sich mit ihrem fast nackten Körper an mich drängt. »Ähh, Izzybizzy, das ist keine gute Idee, hier. Das … Vielleicht. Ich …«, stottere ich vor mich hin und schiebe sie ein wenig von mir weg.

Isabelle schaut ein wenig enttäuscht, blickt sich dann aber

mit verklärten Augen um. »Du hast recht, wir sind ja schließlich in der Öffentlichkeit.«

»Genau. Und ich brauche jetzt ein paar Minuten, in denen ich mich nicht einfach auf den Rücken legen kann, im Vergleich zu dir.«

Sie kichert, wird aber ziemlich rot. »Schade eigentlich, dass wir kein Zimmer hier haben, oder? Da sind wir schon in einem Hotel und können uns nicht zurückziehen. Aber heute ist halt Schabbat.« Sie lässt sich vorsichtig auf den Rücken gleiten und lacht dann. »Das ist ja total verrückt, ich schwebe wirklich auf der Wasseroberfläche, ohne unterzugehen.«

»Aus meiner Sicht spricht nichts gegen ein Zimmer«, sage ich, versuche aber an Dinge zu denken, die nichts mit uns beiden ohne Kleidung zu tun haben. »Ich kann spontan morgen freinehmen.«

»Ich weiß, es liegt an mir, aber wir haben da dieses wichtige Meeting und ... Ach, Eilon.«

»Ich hab nicht damit angefangen, Hübsche.«

»War blöd, ein dummer Gedanke. Tut mir leid. Ich hätte nur gern ... Egal.«

Als das Wasser allmählich anfängt, auf der Haut zu brennen, lassen wir uns zum Strandabschnitt treiben, wo sich einige Leute mit dem braunen mineralischen Schlamm einreiben.

»Das soll ja sehr gut gegen chronische Hautkrankheiten sein. Schuppenflechte und so Sachen«, erkläre ich, als ich Isabelles interessierten Blick sehe. »Wann haben wir eigentlich die Massagen?«

»Ups, ich habe die Zeit ganz vergessen, um dreizehn Uhr! Schaffen wir das noch?«

Ich schiele auf die Uhr am Pool und nicke. »Easy, wir können sogar noch etwas trinken, wenn du möchtest.«

Isabelle willigt ein, wir duschen das Salzwasser ab und machen es uns an einer der Poolbars gemütlich. Wir bestellen zwei Eiskaffee und beobachten das Treiben um uns herum, ehe es an der Zeit ist, das Innere des Hotels aufzusuchen. Wir tauschen unsere Handtücher und gehen zur Rezeption des SPA-Bereichs. Von dort aus führt uns eine Dame in einen Raum mit zwei Liegen und verteilt zwei Stoffunterhosen in Dunkelblau. Sie weist uns an, nur diese zu tragen, und verlässt den Raum.

»Was hat sie gesagt?«, fragt Isabelle neugierig.

»Du sollst deinen Bikini ausziehen und diese liebreizende Krankenhausunterhose anziehen«, fordere ich sie auf und strecke ihr eine der beiden Dinger hin.

»Na prima, darin sehe ich bestimmt phänomenal aus.« Sie lacht und zupft unschlüssig an der Vorderseite ihres Höschens herum. Dann flackert etwas in ihrem Blick auf und sie greift mit beiden Händen an den Verschluss ihres Oberteils.

Will sie den etwa vor meinen Augen öffnen? Aber dann werde ich nicht mehr die Finger von ihr lassen können. Außerdem kommt die Dame gleich wieder! Blitzschnell drehe ich mich um und streife mir meine Badehose ab und das blaue Monstrum über. Ohne in Isabelles Richtung zu schauen, lege ich mich auf die Liege und schon geht die Tür auf und zwei nette Damen treten herein.

Als die massierenden Hände ihre magischen Kräfte auf unserem Körper walten lassen, schlummere ich fast ein und genieße die wohltuenden Griffe auf meiner Haut. Die Zeit vergeht viel zu schnell, und als meine Masseurin fünfzig Minuten später sachte zum Ende kommt, sehe ich, dass Isabelle neben mir eingedöst ist. Vorsichtig weckt ihre Masseurin sie auf und leicht benommen schaut sie sich im Raum um. »Huch, habe ich etwa geschlafen?«, fragt sie mich ganz irritiert und setzt sich langsam auf.

»Scheint so.« Ich lächle. »Dann kann ich davon ausgehen, dass die Massage wohltuend für dich war?«

Isabelle seufzt leise und reibt sich die Augen. »O ja, sehr sogar!«

Die Damen verabschieden sich und verlassen den Raum. Wir wickeln uns in Handtücher und nippen an dem Tässchen Tee, das sie uns vor dem Hinaustreten gereicht hatten, und schweigen einträchtig.

Nach einer Weile sagt Isabelle: »Wollen wir noch etwas am Pool relaxen, gehen wir noch mal ins Meer oder müssen wir schon wieder los?«

»Na ja, wir müssen ja auch den ganzen Weg durch die Wüste zurück und morgen geht es ja auch früh wieder los.«

Mit der Nase in der Teetasse flüstert sie: »Ich wünschte, es wäre nicht schon vorbei.«

»Das muss es nicht sein«, raune ich. »*Being free is a state of mind.*«

Kapitel 18
הרשע הנומש

Isabelle

Die Massage hat mich in einen Zustand totaler Entspannung gebracht. In Kombination mit dem Bad im Mineralwasser und dem Tee bin ich so geschafft, dass ich am liebsten einfach genau hier sitzenbleiben würde. Zusammen mit Eilon, der das Handtuch ganz knapp um die Hüfte geschlungen hat. Ich kann seine eingeölten Muskelstränge erkennen, die im Dämmerlicht verheißungsvoll schimmern.

Vorsichtig greift er nach meinem Kinn. Nur zu gern gebe ich der Bewegung nach und schon berühren sich unsere Lippen. Immer mehr möchte ich in seinen weichen Lippen versinken und fühle mich fast schon benommen, als sich nun auch unsere Zungenspitzen treffen und sachte umspielen. *Das ist der allerschönste Kuss, den ich je mit jemandem geteilt habe.*

Aber das reicht mir nicht. Ich möchte mehr von ihm, ihn berühren, überall, wie vorhin im Wasser. Und ich möchte von ihm berührt werden. Und noch Zeit mit ihm genießen. Das Wochenende ist zu schön, um jetzt schon vorbei zu sein. Wenn ich nur nicht in dieses blöde Meeting morgen früh müsste. Verdammt. Aber eigentlich ist es genau, wie Eilon sagt: Freiheit ist das, was man daraus macht. Ich könnte einfach wie er morgen freinehmen. Total spontan. Ich könnte einfach Frau Watson eine Mail schreiben und mich abmelden. Es einfach mal gut sein lassen und mein Leben leben.

Ich wische alle Einwände zur Seite, die meine Familie in meinem Kopf gerade aufbringt. »Komm, wir buchen das Zimmer ...«

Eilons Augen leuchten. »Meinst du das ernst?«

»Das ist mein voller Ernst.«

»Izzybizzy wird morgen schwänzen?«

Ich kichere. »Ist wohl so.«

»Das gibt's doch nicht. Es geschehen noch Zeichen und Wunder.« Eilon springt auf und zieht mich mit sich zur Rezeption.

In Windeseile buchen wir für die Nacht und erhalten eine Schlüsselkarte. Als wir auf dem Bett liegen, küssen wir uns zärtlich, aber ich gähne immer wieder, dabei ist die Sonne noch nicht einmal untergegangen.

»Es tut mir total leid«, sage ich, während mir die Augen zufallen. »Das ist diese extreme Erholung, damit kennt mein Körper sich nicht aus.«

»Nein, Izzybizzy, dir muss nichts leidtun. Du machst jetzt deine hübschen Augen zu und wenn du aufwachst, schauen wir weiter.«

»Du bist echt lieb!«, murmle ich und lege meinen Kopf auf seine Schulter.

»Und du bist echt süß!«, erwidert Eilon.

Nur wenige Augenblicke später falle ich in einen Tiefschlaf. Als ich aufschrecke, ist vor unserem Hotelfenster schon tiefe Dunkelheit eingekehrt. Eilon liegt immer noch neben mir und schaut mich lächelnd an.

»Na, Dornröschen. Wieder fit?«

Ich reibe mir die Augen und gähne einmal herzhaft. »Ja, ich bin wieder okay, aber jetzt habe ich einen Bärenhunger.«

»Das habe ich mir schon gedacht und ein wenig im Internet gestöbert in den letzten Stunden. Es gibt hier in der Gegend einige Restaurants. Wir essen schon israelisch heute, oder?«

»Sehr gern sogar.« Als wir wenig später unser Hotel verlassen, um außerhalb in einem anderen Hotel zu dinieren, greife ich nach Eilons Hand. Diese Gegend habe ich mir ganz anders vorgestellt. Zumindest habe ich nicht diese großen Hotelkomplexe erwartet.

Es sind nicht viele, aber es ist schön, dass es sie gibt, und sie uns all ihre Annehmlichkeiten bieten. In einem typisch israelischen Lokal kehren wir ein und wählen einen gemütlichen kleinen Ecktisch. Eilon überlässt mir die Sitzbank und nimmt auf dem Stuhl neben mir Platz. So sind wir uns ganz nahe, studieren gemeinsam die Karte, die Eilon mir fleißig übersetzt, und bestellen uns dann je zwei Speisen zum Teilen. Als Eilon mir eine Gabel mit gefüllter Aubergine, Granatapfelkernen und Tahin in den Mund zu schieben versucht, komme ich mir dabei zuerst albern vor, aber lasse mich dann auf das Spielchen ein. Immer näher wandere ich mit meinem Fuß zu seinem Fuß unter dem Tisch und gebe ihm mit leichten Berührungen an seiner Wade zu verstehen, dass ich mich nach seiner Nähe sehne. Als die Nachspeise, bestehend aus einem Früchteteller mit Mango-Sorbet, kommt, gesellt Eilon sich zu mir auf die Bank. Unsere Knie berühren sich und ich freue mich jetzt schon darauf, auf dem Nachhauseweg wieder seine Hand zu halten.

Ich genieße den Moment und den Zauber, der dem heutigen

Abend innewohnt. Es ist so viel Schönes in meinen wenigen Wochen hier passiert.

Später auf dem Weg zurück gehe ich barfuß in Richtung Wasser und genieße den Sand unter meinen Füßen. Gibt es ein angenehmeres Gefühl von Freiheit? Ich laufe behutsam bis ganz vor zum Wasser, das sanft im Mondschein den Übergang vom Strand ins Tote Meer bespielt. Für einen Moment lasse ich das Wasser meine Füße umspülen und setze mich dann ein Stückchen weiter hinten in den Sand. Gerade so, dass meine Füße nicht mehr nass werden. Der Himmel ist klar und ich kann viele Sterne erkennen.

Kurz zögere ich, da ich mein sündhaft teures gelbes Kleid trage, aber dann lege ich mich dennoch auf den Rücken und betrachte einfach nur den unendlich tief scheinenden Himmel und das Funkeln der Sterne. All das sind ganz eigene kleine Inseln in unserem Universum und bilden eine eigene Galaxie für sich. Wie klein und unwichtig wir doch sind auf diesem Planeten und wie wunderschön ein jeder dieser Sterne den magischen Himmel erhellt. Die Entscheidung, morgen nicht arbeiten zu gehen, stellt sich für mich gerade als die beste heraus, die ich seit langem getroffen habe. Diese Nacht ist magisch.

Für eine Weile liege ich so da und erschrecke fast ein wenig, als Eilon sich mir vorsichtig nähert.

»Sorry!«, entschuldigt er sich umgehend, als er mein Zucken bemerkt.

»Akol tov – alles gut«, versichere ich ihm. »Ich war nur tief in Gedanken versunken.«

»Über was hast du denn nachgedacht, wenn ich fragen darf?«, hakt er nach und legt sich ganz nah neben mich in den Sand.

»Über den schönen Himmel, die Magie dieser Stadt, die Sterne und ein bisschen auch über dich!«, flüstere ich ihm zu und drehe meinen Kopf in seine Richtung. Das Gefühl, wie sich der Sand in meinem Haar verteilt, tut mir gut. Ich fühle mich umgehend noch mehr mit dem Augenblick und der Erde verbunden.

»Das klingt gut!«, stimmt Eilon zu. »Magst du die Sterne?«

Für einen Moment schauen wir beide wieder gen Himmel. »Ich habe sie mir bisher wenig angeschaut, aber heute Abend sind sie mir als besonders schön aufgefallen.« Ich lächle ihn an. »Ich glaube also, spätestens ab jetzt schon.«

»Dann hast du auch kein Problem mit dem *Stern,* den ich trage? Also, ich meine, mit der Tatsache, dass ich Jude bin?«, fragt er ungewöhnlich zaghaft. »Ich lebe das Judentum wie meine Generation eher modern und bin entspannt, was manche Vorschriften angeht, aber andere wiederum sind mir wichtig.«

Nun setze ich mich etwas auf und streiche mir den Sand aus dem Haar. »Warum sollte ich damit ein Problem haben?«

»Weil wir so unterschiedlich sind. Aber wenn du dich wohlfühlst an meiner Seite, dann bin ich glücklich.«

Ich nicke. »Ich fühle mich sogar *sehr* wohl an deiner Seite. Die Frage, die sich mir jetzt vielmehr stellt, ist eher die, ob du mich als Nicht-Jüdin überhaupt akzeptieren kannst? Ich muss gestehen, dass ich mir über dieses Thema noch nie Gedanken gemacht habe.«

Aber Eilon winkt nur müde ab. »Wenn ich damit ein Problem hätte, wären wir beide jetzt nicht hier, an diesem Ort, an dieser Stelle unter diesem Himmel. Ich glaube an eine höhere Macht da oben und allein die Tatsache, dass wir beide uns begegnet und einander direkt verfallen sind, gibt mir das

Okay.« Ohne eine weitere Antwort abzuwarten, nimmt er meinen Kopf zwischen seine Hände und küsst mich innig. Unsere Zungen umspielen sich, aber es ist nicht gierig oder leidenschaftlich, sondern unglaublich liebevoll und so, als würden sich unsere Herzen verbinden.

»Lust, nach Hause zu gehen?«, fragt er mich leise und löst seine Lippen dabei nur leicht von meinen. Ich nicke, greife nach meinen Schuhen und seiner Hand und wir machen uns auf den Weg ins Zimmer.

Dort angekommen, lassen wir das Licht ausgeschaltet, um aus der Fensterfront die Sterne sehen zu können, und wir erkunden ehrfürchtig mit den Händen den Körper des anderen. Ich helfe ihm, sein Shirt auszuziehen, und fahre dann mit meinen Fingerspitzen über die Muskelstränge, die ich bisher nur optisch bewundert habe. Er fühlt sich fest an, aber seine Haut ist dennoch glatt und weich.

»Du hast mich vorhin beinahe verrückt gemacht«, raunt Eilon. »Als du das Oberteil vor meinen Augen ausziehen wolltest.«

»Lass mich dich jetzt verrückt machen«, flüstere ich und lasse erst das Kleid von meinen Schultern rutschen, um dann den BH zu öffnen und durch das Zimmer zu werfen.

Eilon schaut mich an und das Mondlicht spiegelt sich in seinen Augen. Die Zärtlichkeit, die darin liegt, raubt mir den Atem. »Du bist wunderschön«, sagt er beinahe staunend. »Einfach perfekt.«

»Das ist das jahrelange Joggen.« Verlegen falte ich das Kleid, aber Eilon verschränkt seine Finger mit meinen.

»Nein, es ist deine Seele, die perfekt ist.«

Unsere Lippen treffen sich erneut und ich schmiege mich

an ihn wie im Wasser, nur dass uns diesmal niemand zuschaut. Eilon stöhnt leise und entledigt sich auch seiner letzten Kleidungsstücke. Als wir miteinander verschmelzen fühle ich, wie wichtig ich ihm bin, und mir wird klar, wie wichtig er für mich ist. In dem ganzen Universum haben wir zwei einander getroffen und miteinander funkeln wir heller.

✡

Am übernächsten Morgen wache ich wieder in meinem Hotelbett im Dan auf und reibe mir die Augen. Wieder lacht mich die Sonne an, wie fast jeden Tag. Hach, war das ein herrlicher Ausflug, unser verlängertes Wochenende. Einfach perfekt zum Abschalten und Relaxen. Heute ist Montag und ich muss leider wieder zur Arbeit.

Schnell ziehe ich mir meine Laufkleidung über und jogge zum LaMer. Ich habe Lust, den Tag mit einem schnellen Lauf zu starten. Bestimmt wird mir das helfen, wieder im Hier und Jetzt anzukommen und auch meinen Kopf für den Alltag richtig wachzumachen.

Als ich Eilons süßes Grinsen beim Betreten der Bar sehe, fliegen sämtliche Schmetterlinge durch meinen Bauch. Es hat mich wirklich voll erwischt mit ihm. Ich breite meine Arme aus und schnappe mir seinen Kopf. Ich platziere einen dicken Kuss auf seinen Lippen, die er mir nun ebenfalls zu einem Kussmund geformt entgegenstreckt, und schüttle meinen Kopf.

»Danke noch mal! Der Ausflug war inklusive Verwöhnprogramm einfach toll«, sprudelt es jetzt nur so aus mir heraus. Ich habe das Bedürfnis, am liebsten gleich alle meine Gefühle mit ihm zu teilen. »Ich glaube, ich habe mich gestern endgültig in dich verliebt, du hast es mir einfach angetan.«

Eilon schaut mich lächelnd an. Jetzt streicht er mit seinem Finger über meine Lippen. *Sag was!*, flehe ich ihn innerlich an, denn schon schäme ich mich ein wenig für meinen Gefühlsausbruch. Vielleicht hätte ich noch ein wenig warten sollen?

Endlich erlöst er mich. »Das sind die schönsten Worte, die ich je aus diesem kleinen Mund gehört habe!«, sagt er nun und küsst mich erneut. »Mir geht es genauso wie dir.«

Mein Herz schlägt einen Purzelbaum. Wir versinken in einer festen Umarmung und lassen erst wieder voneinander ab, als kurze Zeit später ein früher Strandspaziergänger mit seinem Hund auftaucht.

»Ich ruf dich an!«, gebe ich Eilon begleitend von einem Handzeichen zu verstehen und verschwinde wieder aus dem LaMer.

Der Weg nach Hause fühlt sich an, als würde ich fliegen und auch mein Kopf ist jetzt mehr als wach. Ich hüpfe unter die Dusche, ziehe Nylons und ein schwarzes Kleid an und mache mich in meinen flachen Wechselschuhen auf in Richtung Bus und Büro.

Als ich eine gute Dreiviertelstunde später auf meinem Bürostuhl Platz nehme, in die Heels schlüpfe und meinen Rechner anschalte, blinkt ein rotes Herzchen von Eilon auf meinem Handydisplay auf. Ich atme einmal tief ein und wieder aus und halte mein Handy an mein Herz, als könnte ich meines dadurch mit seinem verbinden. Ich sende ihm ein Herzchen zurück und mache mich an meine Aufgaben. Der Tag rauscht nur so dahin und ich vergesse die Zeit. Erst, als Tara um halb drei an meine Tür klopft und mich fragt, ob ich denn gar keinen Hunger habe, und ob es mir gutgeht, bemerke ich, wie hungrig ich doch bin, und suche nach meinem Proteinriegel in der Tasche.

»Hast du Lust, pünktlich Feierabend zu machen und dafür gemeinsam etwas essen zu gehen?«, bietet sie mir an. »Ich habe es heute auch nicht geschafft.«

Warum eigentlich nicht? *Being free is a state of mind.* Zweitens finde ich es lieb von ihr, wie geduldig sie stets versucht, mit mir in Kontakt zu treten, obgleich ich ihr das Interesse an ihrer Person nicht in demselben Ausmaß zurückgebe. Also nicke ich brav und versinke erneut in meiner Arbeit.

Als mein Handywecker mich um siebzehn Uhr an meinen Feierabend erinnert und ich gerade mein Büro verlassen möchte, tritt mir der Hausmeister samt einem kleinen Gefolge von Handwerkern entgegen, der sich gerade mit einem Klopfen an der Tür ankündigen möchte.

»Guten Tag, die Dame, ich hoffe, wir stören Sie nicht, aber wir wollten nun gern mit der Einrichtung des zweiten Arbeitsplatzes für Ihren Zimmerkollegen beginnen. Ginge das jetzt für Sie in Ordnung?«, fragt er höflich.

»Aber natürlich, das ist sogar perfekt, denn ich bin gerade am Gehen und sie können sich heute für den Rest des Tages allesamt hier austoben«, bestätige ich mit einem freundlichen Lächeln.

Er bedankt sich, ich verlasse den Raum und der Trupp der Männer huscht hinein. Ich klopfe an Taras Tür und stecke meinen Kopf hinein. »Ich würde sagen, wir haben ein gutes Timing, denn gerade, als ich mein Büro verlassen habe, kam der Hausmeister, um den Arbeitsplatz für Daniel einzurichten.«

»Na, wenn das mal kein Zufall ist.« Sie zwinkert mir zu.

»Du hast hier wirklich bei allem die Finger im Spiel, nicht?« Ich grinse.

»Wenn man das so sagen will ...« Sie nickt und greift nach ihrer Tasche. »Irgendjemand muss ja die Kontrolle über alles haben, wenn ihr lieben Manager auf allen Ebenen so beschäftigt seid.«

Da hat sie recht. Da Tara nur die Nase rümpft, als ich den Weg zur Bushaltestelle einschlage, bleiben wir bereits kurz nach dem Ausgang stehen und steigen bald darauf auch schon in das nächste Taxi.

»Also, dass du bei deinem Gehalt noch immer Bus fährst, das werde ich nie verstehen können«, legt Tara auch schon los, kaum, dass wir Platz genommen haben und sie dem Taxifahrer die Anweisung gegeben hat, an den Rothschild Boulevard zu fahren, um das Nobellokal GIGI anzusteuern.

»Ach, ich mag's!«, gebe ich zu. »Man bekommt so vieles von der Stadt mit, die Atmosphäre an den verschiedenen Haltestellen, die unterschiedlichen Gerüche und Menschen, die jeder Stopp mit sich bringt«, erkläre ich weiter.

»Ha, alles Dinge, auf die ich gut und gerne verzichten kann. Da bevorzuge ich die Düfte der Gäste aus dem GIGI gleich.«

Es ist bemerkenswert, wie sie es immer wieder schafft, mich auf der einen Seite dazu zu bekommen, mit ihr etwas zu unternehmen und sie wirklich sympathisch zu finden, und mich auf der anderen Seite umgehend dazu bringt, schleunigst die Flucht einschlagen zu wollen.

Ich schenke ihr ein gekünsteltes Lächeln und nutze die Zeit noch schnell, Eilon von meinem Abendprogramm zu unterrichten.

»Have fun!«, wünscht er mir, gefolgt von drei Küsschen. »Melde dich später, damit ich weiß, dass du gut zu Hause angekommen bist.«

Eilon ist einfach Zucker. Tara, der mein verliebtes Grinsen offenbar nicht entgeht, genauso, wie ihr auch sonst nichts entgeht, hebt die Augenbraue. »Na, ist das dein Typ?«

Ich nicke und ein Anflug von Missbilligung huscht über ihr Gesicht. »Hast du dir seinetwegen gestern freigenommen?«

»Ja, wir waren am Toten Meer.«

»Schön für dich«, sagt sie knapp und sogar der Taxifahrer wirft uns einen seltsamen Blick durch den Rückspiegel zu.

Ich beschließe, cool zu bleiben, und lenke die Aufmerksamkeit wieder zurück auf sie. Der Ausdruck in ihren Augen weicht einem breiten Lächeln, das mir verrät, dass sie mit dem Lipliner über den Lippenstiftrand hinausmalt, um noch voluminösere Lippen vorzutäuschen.

Zum ersten Mal verstehe ich, was Männer mit *zu viel Make-up* meinen. Tara atmet tief ein und beginnt, auf ihrem Handy zu tippen. Kurze Zeit später zeigt sie mir stolz ein Foto von Thomas, dem Mann aus der Rooftop-Bar, der an einem roten Sportwagen lehnt. »Das ist sein neues Auto«, erklärt sie dazu und zieht stolz ihre Nase kraus. »Du musst wissen, dass Importware hier das Vierfache kostet, im Vergleich zu anderen Ländern. Es ist wirklich verrückt, in Israel ist alles so entsetzlich teuer!«

Ich nicke anerkennend. »Da bin ich ja beruhigt, dass ich mir trotz dieser Tatsache keine allzu großen Sorgen um Thomas machen muss«, merke ich an und Tara kichert übertrieben.

Ich bin heilfroh, als der Taxifahrer uns Bescheid gibt, dass wir angekommen sind.

»Hopp, hopp«, fordert Tara mich nun wieder fröhlich auf, als wären wir unzertrennliche Freundinnen. »Wir sind da-ha und ich habe Hun-ger!«, flötet sie.

Beim Essen stellt mir Tara eine Menge Fragen, und nach einer Weile tut sie mir leid, denn ich kann spüren, dass sie sich nichts sehnlicher wünscht, als von einem Mann auf Händen getragen zu werden. Ich befürchte, dass dieser Thomas nicht der edle Ritter ist, den sie in ihm sieht, aber was soll ich tun? Ich kann sie schließlich nicht dazu zwingen, einmal genauer hinter die Fassaden zu blicken. Ich berichte ihr noch ein wenig von Eilon, dem Schabbat-Dinner und unserem Ausflug. Wie sie diese Informationen verwertet, kann mir egal sein, aber ich sehe es als meinen Beitrag, ihr etwas Gutes zu tun, auch wenn sie das heute vielleicht noch nicht verstehen kann.

Eilon

»Boker Tov, Izzybizzy, da bist du ja!«, begrüße ich Isabelle, als sie endlich das LaMer betritt. Es kommt mir vor, als wären die letzten Tage wie in Zeitlupe vergangen. Ich eile um die Theke herum und lege ihr liebevoll die Hände auf die Hüfte.

»Hallo, schöner Mann!«, begrüßt sie mich und schmeichelt mir damit mehr, als mir lieb ist.

»Na, na, na, keine Komplimente, die verwenden wir lieber für dich«, wiegele ich direkt ab und drücke ihr einen Kuss auf den Mund. »Hast du denn heute Abend schon etwas vor oder muss ich dich am Wochenende wieder auf einen Trip mitnehmen, um etwas von deiner kostbaren Zeit abzubekommen?«

Isabelle lächelt und kuschelt sich ein Stückchen in meine Umarmung hinein. »Ich habe heute etwas mit dir vor, ja!«

Ich lege mein Kinn auf ihrem Kopf ab und seufze. »Dann kann ich es kaum erwarten, bis es Abend wird, auch wenn ich mir dafür wünsche, dass meine wertvolle Lebenszeit schneller vorüber geht.«

»Du Spinner.« Sie grinst und macht einen Schritt zurück. »Du hast immer die süßesten Gedanken in deinem Gehirn parat!«

Ich zucke mit den Schultern. »Sie entspringen zwar meinem Gehirn, aber nur in Kombination mit deiner Erscheinung.«

»Papperlapapp, gut jetzt.« Sie lacht und hebt mir ihre Hand vor den Mund.

Obwohl sie lächelt und mit mir schäkert, spüre ich jedoch, dass sie etwas bedrückt. »Ich weiß, du musst schon wieder los, aber lass uns heute Abend drüber reden – soll ich dich abholen?«

Isabelle erschrickt. »Worüber reden?« Fragend hebt sie ihre Augenbrauen.

»Darüber, was dich belastet. Ich merke, dass dich etwas pikst.«

»Ach nein, es ist alles gut. Es ist nur gerade viel Arbeit, vor allem, weil ich den einen Tag frei genommen habe, und ich vermute, dass spätestens morgen der neue Kollege mit in meinem Büro sitzen wird.«

Isabelle wirkt nicht gerade sehr erfreut darüber.

»Aber das ist doch theoretisch ganz gut? Dann hast du vielleicht weniger Arbeit«, versuche ich sie aufzumuntern, aber es scheint noch etwas anderes in der Luft zu liegen, das sie belastet.

»Du hast recht, mich belastet etwas, ich erzähle es dir später. Ich muss jetzt dringend los.« Schon spitzt sie ihre Lippen zu einem Kussmund und streckt mir diesen mit geschlossenen Augen entgegen. Ich erwidere ihren Kuss und gebe ihr einen kleinen Klaps auf den Hintern, als sie sich abwendet, um zu gehen. »Soll ich dich abholen oder wollen wir uns einfach noch mal schreiben?«

»Ich weiß leider nicht, ob ich heute pünktlich rauskomme, ich melde mich um die Mittagszeit«, versichert sie mir und ist auch schon draußen.

Was es wohl noch ist, das sie betrübt? Ich bin mir sicher, dass es nichts mit mir zu tun hat. So gut kenne ich sie inzwischen. Ich beschließe mir nicht den Kopf darüber zu zerbrechen, sondern abzuwarten. Später wird sie es mir berichten.

Als ich mich nach der Schicht mit Vitaly zusammensetze, habe ich noch immer keine Nachricht von Isabelle und wähle ihre Nummer. Es tutet nur wenige Male, und schon nimmt sie ab.

»Hey, mein Schatz, sorry, dass ich mich noch nicht gemeldet habe, aber du kannst es dir nicht vorstellen, ich war den ganzen Tag Seite an Seite mit Daniel und habe ihn in alle Themen eingewiesen. Ich kam noch nicht einmal dazu, etwas zum Mittag zu essen«, entschuldigt sie sich umgehend.

»O je, du Arme«, bekunde ich leicht zynisch mein Mitgefühl. »Und wo bist du jetzt?« Den Hintergrundgeräuschen nach zu urteilen, ist sie bereits draußen.

»Ich habe soeben im Bus Platz genommen. Als ich gesehen habe, dass es bereits nach siebzehn Uhr ist, habe ich alles stehen- und liegengelassen und bin los. Ich sag dir, hätte ich jetzt nicht einen überstürzten Abgang gemacht, dann würde ich heute im Büro übernachten.«

Ich nicke, obwohl sie es nicht sehen kann. »Hast du gut gemacht. Und was heißt eigentlich *Schatz?*«

Isabelle kichert. »Ach, das sagt man so.«

»Und wann sagt man das so? Also kann ich das dann auch zu Vitaly sagen?«, versuche ich sie auf bessere Gedanken zu bringen.

Jetzt lacht sie. »Das kommt darauf an, also ein Schatz ist etwas ganz Kostbares ... Also etwas, das man nur selten oder nie findet«, erläutert sie nun weiter. »Ist jetzt die Frage, ob Vitaly ein Schatz für dich ist«, stellt sie mir frei.

Also, wenn ich meinen Hummus-Laden aufmache, dann möchte ich, dass er mit mir dort arbeitet. Es ist immer wichtig, jemanden an der Seite zu haben, dem man voll vertraut.«Hm, gewissermaßen ist er das, ja. Aber die Vorstellung, dass ich dein Schatz bin, gefällt mir besser.«

»Dann freut mich das. Neben dem Wort *Schnitzel,* welches du neulich erwähnt hattest, ist das schon das zweite Wort, das du nun kennst. Lektion eins erfolgreich gemeistert, würde ich sagen.«

»Wo ist dein Bus gerade?«, frage ich in der Hoffnung, sie unterwegs einfach aufsammeln zu können.

»Hashalom.«

»Okay, spring raus und warte vor dem Haupteingang, ich bin spätestens in zehn Minuten bei dir, dann können wir bei meiner Mall im Gregs was essen gehen, wenn du möchtest«, schlage ich ihr vor und freue mich, als sie einwilligt.

»*Deine* Mall klingt ganz schön fancy.« Sie kichert. »Ich will aber unbedingt mit dem Aufzug hinunterfahren und überprüfen, ob das auch stimmt, was du mir letztens erzählt hast.«

Gute zwanzig Minuten später stellen wir meinen Scooter im Appartement ab und machen uns auf den Weg in die Mall.

»Bereit für die Zauberfahrt?«, frage ich Isabelle, als wir im Hausflur vor den Aufzügen stehen, und eine der Türen sich öffnet. Wir betreten die Kabine, ich drücke den Knopf des untersten Stockwerks, und wie erreichen die TLV Fashion Mall.

Isabelles Augen leuchten tatsächlich wie bei einem Kleinkind, als sich die Aufzugtüren im Zentrum der Einkaufspassage wieder öffnen.

»Ich liebe es!«, sagt sie und schüttelt den Kopf. »Überraschung Nummer Ich-weiß-nicht-mehr-ich-zähl-nicht-mehr.«

Ich lege meinen Arm um ihre Schultern und spüre jetzt schon, wie die Anspannung ein wenig weicht, die sich seit heute Morgen bei ihr angestaut hat. Wir schlendern durch die erste Etage zu den Rolltreppen und ich geleite sie direkt zu *Greg's Café* im unteren Bereich der Mall.

Trotz der Größe des Einkaufscenters und der Tatsache, dass die Mall im Innenbereich rundherum über einen Innenbalkon verfügt und die Decke damit in unendliche weite Ferne rückt, schafft das Café ein sehr gemütliches Ambiente durch die Teakholz-Farbtöne an der Theke und den Tischen sowie den sesselartigen Stühlen.

Ich überlasse Isabelle die Platzwahl und wir machen es uns auf den türkisfarbenen Stoffsesseln bequem. Die Kellnerin kommt und wir bestellen einen Süßkartoffel-Salat mit Granatapfel und Feta und einen Thunfischsalat. Wenige Minuten später bringt sie auch schon warme Pita und ein Schälchen Tahin. Isabelle dippt ein Stück von ihrem Brot hinein und schiebt es sich genüsslich in den Mund.

»Ich liebe dieses Sesammus einfach. Es ist so köstlich und man bekommt es immer und überall«, schwärmt sie und ich muss ihr zustimmen. Das Essen hier in Israel ist stets frisch und so bunt und schmackhaft trotz oft einfachster Zutaten.

»Du solltest mal das Essen meiner Mutter probieren«, schwärme ich Isabelle vor. »Sie kocht das beste Essen nach marokkanischer Tradition.«

Isabelle nickt eifrig. »Klingt großartig!«

Für einen Moment halte ich inne. »Weißt du was? Lass uns bald mal für ein Wochenende zum Schabbat hinfahren.«

Nun erstarrt Isabelle und hört kurz auf zu kauen. »Ähem, du meinst wir, also uns beide?«, fragt sie vorsichtig. »Ich meine, wir kennen uns noch nicht lange und na ja, du weißt, ich bin keine Jüdin ...«, stammelt sie, aber ich winke direkt ab.

»Quatsch, mach dir keinen Kopf. Meine Familie wird dich mit offenen Armen empfangen. Wenn ich dich mag, dann mögen sie dich auch. Es wird keinen interessieren, ob du Jüdin bist, und wenn, dann ist das deren Problem«, gebe ich ihr selbstbewusst zu verstehen.

»Deine Familie?«, hakt sie nun nach und ihr Gesichtsausdruck wird immer unsicherer. »Ähem, wie viele sind das denn so?«

Ich muss lachen. »Meine drei Brüder plus zwei Partnerinnen und deren insgesamt fünf Kinder, meine Schwester und deren Mann, meine Mutter und wir beide. Macht fünfzehn.«

Isabelle, die gerade ihr Wasserglas zum Trinken angesetzt hat, stellt dieses schnell wieder ab und räuspert sich. »Fünfzehn?«

Noch mal versichere ich ihr, dass sie keiner auffressen wird und ich sie sehr gern zu Hause vorstellen möchte.

»Aber sie werden uns für verrückt erklären, wenn du mich nach so kurzer Zeit schon mit nach Hause bringst.«

»Glaub mir, sie werden dich lieben, außerdem können wir ja noch ein paar Wochen warten, wenn dir das lieber ist.«

Die Salate kommen und wir malen uns die lustigsten Geschichten über den gemeinsamen Besuch bei meiner Familie aus. Isabelle wirkt nun doch neugierig. Ich mag es, dass sie nach einer kurzen Schrecksekunde so unkompliziert ist, und stets offen für Neues. Isabelle möchte gern weitere Orte außerhalb Tel Aviv erkunden und ich zeige ihr meine kleine Heimatstadt Nähe Caesarea auf Google Maps.

Nachdem wir aufgegessen und uns auch noch ein kleines

Dessert geteilt haben, reibt sich Isabelle müde die Augen und gähnt.

»Was hältst du davon, wenn du heute bei mir bleibst und morgen früh einfach mal auf deine Runde an der Promenade verzichtest?«, schlage ich ihr vor.

»Bei dir bleiben klingt fantastisch, und einmal dafür auf meine Morgenrunde zu verzichten, werde ich auch verkraften, aber wie stellst du dir das vor? Ich kann unmöglich Morgen in derselben Kleidung im Büro aufschlagen wie heute!«, erklärt sie.

»Ich könnte dich vor meinem morgendlichen Besuch im Gym bei dir zu Hause rausschmeißen und dann hättest du sogar noch genügend Zeit, dich in aller Ruhe fertigzumachen und mit dem Bus nach Ramat Gan zu fahren.«

Isabelle neigt den Kopf und überlegt. »Okay!«, lautet ihre knappe Antwort und sie schenkt mir ihr süßes Lächeln.

Es gefällt mir, dass sie mit jedem Tag entspannter wird, und ich hoffe, dass sie das nicht nur mir zuliebe macht und sie sich für mich verbiegt. Ich bezahle und wir nehmen den Aufzug nach oben.

»Ich fühle mich wie ein Superstar mit diesem Aufzug, der mich von der Mall bis fast ins Bett befördert.«

Ich lege meine Arme um sie und ziehe sie zu mir heran. »Du bist mein Superstar!«, flüstere ich ihr ins Ohr. »Du hast mich absolut verzaubert.«

Kapitel 19
הרשע עשת

Isabelle

Nachdem die Trennung am Morgen schwerer war als erwartet, schleiche ich mich heute um siebzehn Uhr aus dem Büro und nehme mir vor, am Abend noch etwas von zu Hause zu arbeiten. Denn Eilon möchte mir heute unbedingt zeigen, wie man Stand-up-Paddel fährt.

Mit dem Bikini im Gepäck mache ich mich auf den direkten Weg zum Strand, wo Eilon bereits mit einem Leihboard auf mich wartet. Schnell ziehe ich mich in den Toiletten des LaMer um. Eilon sieht umwerfend aus in seinen Badeshorts, mit seinem wuscheligen Haar und den leuchtenden grün-goldenen Augen. Seine gebräunte Haut lädt mich direkt dazu ein, ihm leicht über den Arm zu streicheln, und Hand in Hand laufen wir zum Wasser. Das SUP klemmt unter seinem Arm, die Paddel trage ich.

Kichernd begeben wir uns ins Mittelmeer. Eilon bittet mich, mich zuerst einmal nur auf das Board zu knien. Dies klappt wunderbar und er hängt sich an das Ende des Boards. Gemeinsam treiben wir für eine Weile im Wasser und paddeln ein bisschen weiter hinaus. Wir warten einige Wellen ab, so dass ich ein Gefühl für das Board bekommen kann, und gerade, als ich mich sicher fühle und aufstehen möchte, kommt eine stärkere Welle und schmeißt mich direkt vom Board.

Lachend tauche ich wieder auf und schaue nach Eilon, der schon wieder auf dem Board hängt und ebenso lachen muss.

»Vollprofi.« Er nickt und streckt mir seinen Daumen entgegen. »Ich würde sagen, du bist voll und ganz in deinem Element.«

Nach einer Weile setzt sich Eilon zu mir aufs Board und wir lassen uns etwas treiben. Erst, als die Sonne fast im Meer versinkt, machen wir uns wieder auf den Weg zurück ans Ufer, und beobachten die letzten Strahlen der goldenen im Meer versinkenden Sonne von dort aus. Von der warmen Luft getrocknet, schmiege ich meinen Kopf an Eilons Schulter und genieße den Moment, ehe wir gemeinsam das Board zurückbringen und mit seinem Scooter zu mir düsen. Eine wohltuende, gemeinsame Dusche und ein kleines Sandwich aus meiner Küche später schicke ich Eilon schweren Herzens nach Hause, um noch einmal in meine Arbeit einzutauchen. Die Freiheit ist eben doch nur begrenzt.

✡

Die Wochen ziehen ins Land und das Leben an Eilons Seite macht Spaß. Mit einem Mal geht alles so einfach und so unkompliziert und jeder Schritt mit ihm fühlt sich an wie ein kleines Abenteuer. Die Arbeitszeit vergeht wie im Flug und wir verbringen jede freie Minute miteinander. Das sind nicht so viele, aber wir schaffen es irgendwie immer, irgendwo ein bisschen Zeit einzuschieben.

Anfang der Woche haben wir vereinbart, dass wir diesen Freitag noch vor Einsetzen des Schabbats den Zug von der Hashalom-Station in Eilons Heimat nehmen, und er mich dort vorstellen wird. Wir werden eine Nacht bleiben und am Samstag mit dem ersten Zug nach Ende des Schabbats zurück nach Tel Aviv fahren. Ich bin total nervös, aber freue mich auch, denn meine eigene Familie vermisse ich sehr. Am meisten natürlich meine Oma, mit der ich jede Woche telefoniere. Von Eilon habe ich ihr allerdings immer noch nichts erzählt, warum, weiß ich selbst nicht. Vermutlich befürchte ich, dass sie mir das ausreden wird, weil er mich von der Arbeit ablenken könnte. Aber die Zeit schreitet unerbittlich voran, und mein Herz wird mir schwer, wenn ich daran denke, dass ich mit jedem Tag an fleißiger Arbeit meinem Ziel, in New York zu arbeiten näher komme.

Am Donnerstag verlängere ich meine Mittagspause und nehme den Bus nach Neve Tzedek. In der nächsten Woche stehen zwei große Meetings mit externen Gästen im Büro an und ich möchte auf keinen Fall in einem meiner bisherigen Kleider dazu erscheinen. Die Vorstellung, auf etwaigen Zeitungsartikeln oder Internetseiten dieselben Stücke zu tragen, missfällt mir und entspricht auch nicht meinem Anspruch an mich, mit dem ich diese Reise angetreten habe.

Ich spüre, dass es an der Zeit ist, Tara und auch meinem neuen Kollegen Daniel ganz klar aufzuzeigen, mit wem sie es zu tun haben. Ich mag zwar einen waschechten Israeli daten, der nicht in einem der Hightech-Unternehmen in unserer direkten Nachbarschaft arbeitet, aber das heißt noch lange nicht, dass ich mich deshalb nicht in ihren Kreisen zu bewegen oder zu verhalten weiß.

Ganz zu schweigen von meiner erstklassigen Arbeit, die ich abliefere.

Gerade auch in dieser Woche hat Frau Watson die schönsten Lobeshymnen auf mich gesungen, als wir uns im Aufzug begegnet sind.

Ich springe aus dem Bus und kaufe mir bei Anitas einen Hafermilch-Cappuccino. Langsam schlendere ich die Gasse hinunter und beäuge die Auslagen in den Schaufenstern. Ein sandfarbenes elegantes Kleid sticht mir besonders ins Auge. Es sieht so ähnlich aus wie ein Kleid, das ich als Kind hatte. Ich schließe meine Augen und sehe mich vor meinem inneren Auge darin drehen. Ich drehe mich und drehe mich und das Kleid dreht sich mit mir. Meine geflochtenen Zöpfe, die meine Mutter mir so straff gebunden hat, fliegen um meinen Kopf herum und mein großer Bruder steht neben mir auf dem Spielplatz und lacht. Plötzlich erscheint mein Vater, wie immer mit dem ernsten Blick und mahnt uns, unsere Hausaufgaben zu machen. Wir ziehen die Köpfe ein und schleichen Hand in Hand nach Hause.

Als ich die Augen öffne, rinnt mir eine Träne aus dem Augenwinkel und urplötzlich überkommt mich der Impuls, meinen Bruder anzurufen. Viel zu lange haben wir nicht gesprochen, weil meine Familie mit ihm gebrochen hat.

Sofort spüre ich starkes Herzklopfen in mir aufsteigen. Ich suche mir eine Bank im Schatten und setze mich darauf. Als ich seine Nummer wähle, steigt mein Puls weiter an. Es tutet nur ein paarmal, und schon höre ich seine mir so vertraute Stimme.

»Belle«, sagt er sanft und erstaunlich unaufgeregt. Dennoch erkenne ich einen erfreuten Unterton. Ein Riesenkloß bildet sich in meinem Hals. »Isabelle?«, fragt er nun.

Ich gebe mir einen Ruck. »Lukas!«, erwidere ich endlich. »Hi, ähm, wie geht es dir?«, stottere ich zaghaft.

»Gut geht es mir, danke!« Ein Lächeln liegt in seiner Stimme, was mich ungemein erleichtert. »Rufst du deshalb an? Um mich zu fragen, wie es mir geht?«, fragt er. »Oder wollen unsere Eltern was von mir?«

»Nein. Ich habe einfach nur gerade an dich gedacht und …«

»Ich denke auch oft an dich, Belle.«

»Echt?!«

»Klar. Ist ja nicht so, dass du mir komplett egal bist«, erwidert er schnell.

Hm. »Das dachte ich irgendwie, weil unsere Eltern dir ja auch egal sind.« Ich schlucke und spüre, wie tief das Thema bei mir sitzt, obwohl ich es die letzte Zeit hier komplett verdrängt habe.

»Mir ist niemand egal, Isabelle«, mahnt er mich sachte. »Und du schon mal gar nicht.«

»Ach so? Aber warum dann diese ewige Stille?« Lukas räuspert sich kurz, ehe er langsam fortfährt. »Ich musste mich schützen. Mit Mama und Papa, das war einfach toxisch. Sie haben uns beiden das ganze Leben lang eingeredet, Erfolg haben zu müssen. Was immer ich getan habe, es war niemals gut genug. Und dann kamst du daher, der Überflieger in allen Hobbykursen, der Schule und im Studium. Isabelle hier, Isabelle dies, Isabelle das. Das hat mich einfach nur genervt«, erklärt er. »Du warst mir trotzdem immer wichtig und wir hatten ja auch immer eine gute Verbindung. Deswegen dachte ich, du verstehst mich wenigstens, als ich …«

»Als du nach Andalusien gegangen bist, um zu surfen? Nein! Wie sollte ich das denn verstehen? Du hast doch dein

Leben weggeschmissen! Und bist einfach abgehauen. Weil ich dir nicht wichtig war.«

»Nein, weil ich mir selbst wichtig war. Ich musste gehen, um mich nicht völlig zu verlieren. Sonst wäre ich an dem Druck von unseren Eltern kaputtgegangen. Und du lässt das weiterhin schön mit dir machen.«

Ich lasse den Kopf sinken.

»Ich habe Jolien kennengelernt, eine Ausbildung zum Surflehrer absolviert und plötzlich war ich jemand.«

Mein Bruder arbeitet inzwischen als Surflehrer in Andalusien? »So war das für dich?«, frage ich leise. »*Wir* haben dich fortgetrieben?« Jetzt rinnt mir eine Träne über die Wange und ich spüre ein seltsames Gefühl in mir aufsteigen. Ein Gemisch aus Schuld und Übelkeit. Den Kaffee stelle ich ab und meine Augen suchen bereits den nächsten Mülleimer.

»Euer Verhalten, das ganze System, das du vermutlich jetzt immer noch lebst.«

Für einen Moment schweige ich und denke nach. Ich erkenne mich augenblicklich in seinen Beschreibungen wieder und schäme mich. In diesem Moment begreife ich auch mein Verhalten gegenüber unseren Eltern glasklar. Immerzu möchte ich auch heute noch von ihnen das Gefühl bekommen, etwas ganz Besonderes zu sein, und stets sehne ich mich überall nur nach Anerkennung. Außer bei Eilon. Bei ihm bin ich irgendwie anders. Mir wird speiübel. Ich erinnere mich gerade selbst an Tara.

»Ich wollte demnächst auch den Kontakt zu dir aufnehmen, aber heute bist du mir zuvorgekommen. Ich mache mir Sorgen um dich. Lässt du dich denn immer noch von ihnen beherrschen, Belle?«

»Ich ... bin in Israel.«

»Oh, Israel, wie schön! Ich war letztes Jahr mit Jolien dort und ich habe es geliebt.«

Mir wird warm ums Herz. Welch eine schöne Verbindung zwischen uns! »Du warst hier, in Israel?«, frage ich und spüre, wie die Übelkeit wieder etwas von mir weicht.

»Ja«, bestätigt er. »Die Energie dort ist eine andere und womöglich hast du genau dies auch in deinem Urlaub gespürt. Ich bezweifle, dass du mich sonst anrufen würdest«, sagt er zögerlich. »Oder?«

Für einen Moment schließe ich die Augen und wische mir eine weitere Träne von der Wange. *Was macht dieses Land nur mit mir?* »Ich mache keinen Urlaub. Ich arbeite hier in einer sehr wichtigen Position.«

Eine lange Stille herrscht am anderen Ende, dann sagt Lukas nur »Verstehe«.

Ich schlucke schwer. »Ich möchte all die harte Arbeit der letzten Jahre nicht einfach über Bord werfen.«

Lukas Ton ist umgeschlagen. »Du wirst deinen Weg schon finden, Belle. Nur lass dir eins gesagt sein: Egal, was du tust, all deine bisherigen Bestrebungen und Mühen werden niemals umsonst gewesen sein, sonst wärst du jetzt nicht da, wo du gerade bist. Mit all dem, was du erreicht hast, deinen Ängsten und deine Sorgen. Du kannst Entscheidungen niemals gleichsetzen mit dem Gedanken, *etwas über Bord zu werfen.* Sieh es besser so: Du stehst mit all deinen Erfahrungen auf einem Schiff und kannst die Segel immer wieder neu setzen. Jede Erfahrung, die du im Leben gemacht hast, bringt dich weiter auf den richtigen Kurs. Und ich bin sicher, den findest du noch.«

»Jetzt spricht wieder mein großer Bruder alias Kapitän Lukas.«

Widerwillig kichere ich und erinnere mich daran, wie er ein Jahr an Fasching als Matrose verkleidet war. »Es war schön, mit dir zu reden, Luki.«

»Sehr schön. Lass uns bald wieder telefonieren.«

Nachdem wir uns verabschiedet haben, gebe ich mir einen Ruck und laufe zum Mülleimer, um den halb vollen Kaffeebecher hineinzuwerfen und trete anschließend in die Boutique ein. Ein angenehmer Duft von Lilien empfängt mich, und die kühle Luft der Klimaanlage bekämpft die letzten Überreste der nervösen Übelkeit, die das Gespräch mit meinem Bruder und der Kaffee in mir ausgelöst hatten.

Ein netter Herr bringt mir das Kleid in meiner Größe und zeigt mir noch ein anderes, auch sehr schickes Kleid. Der Preis ist überzogen hoch, aber ich entscheide mich zum Kauf von beiden. Ich weiß, dass ich großes Ansehen im Büro genieße und ich werde weiterhin alles geben, meine Kollegen zu beeindrucken. *Nichts über Bord werfen.*

Eilon

Gerade habe ich den After-Work-Snack mit Vitaly beendet, verspüre aber noch keine so rechte Lust, nach Hause zu gehen. Heute zieht es mich ans Wasser. Ich freue mich darauf, Isabelle am Samstagmorgen den Strand zu zeigen, an dem ich aufgewachsen bin. Morgen werden wir den Schabbat-Abend mit meiner Familie verbringen und am Samstag werde ich ihr dann ein paar Sachen außerhalb Tel Aviv zeigen. Meine Mutter war richtig überrascht und glücklich, als ich mitgeteilt habe, dass ich morgen zum ersten Mal seit meiner Trennung vor ein paar Jahren Damenbesuch mitbringen würde. Wie ich sie kenne, wird sie doppelt und dreifach aufkochen, entgegen all meiner Bitten, es nicht zu tun, und sich zu schonen.

»Was ist schon Arbeit am Kochen? Ich liebe es zu kochen, erst recht, wenn mein Kind aus der Stadt nach Hause kommt«, hatte sie vehement darauf bestanden. Es ist richtig schön, wie sehr sich immer alle freuen, wenn ich zu Hause auftauche. Tel Aviv ist zwar nicht weit entfernt, generell ist das ganze Land mit seinen nur neun Millionen Bewohnern sehr klein, aber es hat den Anschein, dass diese fünfundvierzig Minuten, die mich von meinem Heimatort trennen, viel ausmachen. In Tel Aviv tobt das Leben bei Tag und bei Nacht, während in dem Örtchen, dem ich entspringe, so schnell wie möglich die Gehwege hochgeklappt werden. An Israel liebe ich die Mischung aus beidem. Ich liebe es, mein Leben modern zu leben, aber ich respektiere die Sitten und fühle die Faszination dieses Stück Landes und den Hauch der Vergangenheit, die einen hier umgibt.

Ich verlasse das LaMer und laufe vor zu den sanften Wellen. Für einen Moment genieße ich das Wasser an meinen Füßen, lasse mich dann aber in den Sand plumpsen. Beim Blick auf die Uhr sehe ich, dass es schon nach achtzehn Uhr ist. Eine Zeit, zu der Isabelle sogar schon auf dem Heimweg sein könnte. Schnell tippe:

Hey, Isabelle, Schatz (Ich kann Deutsch!), hast du Lust, ein bisschen am Strand vorm LaMer zu sitzen und gemeinsam den Sonnenuntergang zu genießen?

Ich sende die Nachricht ab und kurze Zeit später blinkt schon ihre Nachricht auf dem Display auf.

Erev Tov, das hast du gut gelernt. Dein Vorschlag klingt super, aber leider sehe ich hier vor neun heute kein Ende. War am Nachmittag in Neve Tzedek und muss nacharbeiten.

Oh! Neve Tzedek, was hat dich dorthin verschlagen?

Ich brauchte neue Kleider.

Fancy fancy! Wurdest du fündig?

Frag nicht, leider ja ;p Aber ich habe auch seit langem Mal mit meinem Bruder telefoniert, das war sehr schön!

Das freut mich! Arbeitstag läuft gut?

Ich hatte eben ein Gespräch mit Frau Watson, aber das erzähle ich dir ein andermal.

Heißt das nun gut oder schlecht?

Beides.

Bin gespannt. Sehen wir uns morgen früh?

Überlege, morgen früh nicht zu laufen und lieber zu packen, so dass wir pünktlich loskommen? Dann komme ich nach dem Büro mit dem Bus zu Hashalom?

Schade, aber macht Sinn. Ich freue mich auf dich!

Ich mich auch auf dich! xox

Hmpf. Ich komme nicht drumherum, einen langen Seufzer auszustoßen. Irgendwie nervt es mich, dass Isabelle so eingespannt ist und dadurch immer wieder so wenig Flexibilität mit sich bringt. Ich hatte nach unserem Ausflug ans Tote Meer gedacht, dass ihr die Pause gutgetan hat, dass sie merkt, dass das nicht ihr Weg ist. Stattdessen stürzt sie sich mit der neuen Energie nur noch mehr in ihre Arbeit.

Wie gerne würde ich jetzt mit ihr im Arm den Sonnenuntergang bewundern. Um mich herum versammeln sich schon einige weitere Leute mit demselben Vorhaben und breiten ihre Decken und Snacks aus. Wenn wir zusammen sind, ist es einfach wundervoll, aber bis ich sie zu greifen bekomme, kann es sehr nervenaufreibend sein. Ich kenne das so nicht aus meinem Umfeld. Aber ich kenne auch niemanden, der in Ramat Gan arbeitet und in Neve Tzedek shoppen geht.

Ich ziehe mein T-Shirt aus und springe ins Meer. Wie erfrischend die ersten Züge sind! Ich schwimme ein wenig, spiele mit den Wellen und lasse meinen Körper anschließend von den letzten Sonnenstrahlen trocknen. Ich gehe zurück zum LaMer, um meine Habseligkeiten und den Scooter zu holen.

Spontan fahre ich auf dem Heimweg durch Neve Tzedek und schaue mir die Auslagen in den Schaufenstern einmal an. Mir wird schwindelig, als ich die Preise sehe. Viertausend Schekel und aufwärts für ein Kleid? Das ist ja fast so viel, wie ich im Monat Miete zahle. *Vielleicht solltest du doch die Finger von ihr lassen.* Diesen Lifestyle werde ich ihr weder jemals bieten können noch jemals selbst anstreben. Ich liebe mein Leben. Ein Leben der einfachen Dinge. Was ich brauche, kaufe ich mir, ich kann meine Zeit gut einteilen und das Wichtigste überhaupt: Ich bin gesund und lebendig.

»Was ist dir denn für eine Laus über die Leber gelaufen?«, ist Hays Begrüßung, als ich wenig später meinen Scooter in die Wohnung schiebe.

»Keine?!«, gebe ich muffig zurück und bereue es sofort, denn schließlich kann Hay nun wirklich überhaupt nichts für meine Laune.

Dieser nimmt es mir zum Glück nicht übel und hebt die Hände zu seiner Verteidigung. »Sorry, Bruder!« Er lächelt vorsichtig. »Magst du drüber reden?«

Ich seufze und fordere ihn mit einer Handbewegung dazu auf, mit auf den Balkon zu kommen.

»Hör zu, es geht um Isabelle.« Hay nickt gebannt. »Im Prinzip ist nichts, im Gegenteil, wir fahren sogar morgen über den Schabbat nach Hause und ich stelle sie meiner Familie vor.«

»Klingt doch super, aber was ist es dann?«, drängt Hay und hebt eine Augenbraue.

»Ich weiß es nicht, Mann. Ihr anderes Leben halt.«

»Was meinst du mit: ihr anderes Leben halt?«, fragt Hay ungeduldig und dröselt seine Frage noch weiter auf: »Ihren Job oder ihr Leben in Deutschland vielleicht? Du musst schon konkreter werden, wenn ich dazu etwas sagen soll«, fordert er mich auf.

Er hat ja recht. »Ich meine ihr Leben, das sie durch ihren Job hier lebt …«

»Ah, daher weht der Wind, verstehe.«

»Wie, du verstehst?«, frage ich nun neugierig. Was hält er davon, dass sie in Ramat Gan arbeitet, die teuersten Designerkleider aus Neve Tzedek trägt, und kaum Freizeit hat?

Hay lehnt sich auf seinem Stuhl zurück und lässt seinen Blick ein wenig über die Stadt schweifen. »Ich meine, dass du es hier verdammt guthast, und ein super Leben lebst. Bisher hast du dir über solche Dinge nicht einmal im Ansatz Gedanken gemacht. Du weißt, wer du bist, was du kannst und wo du herkommst. Ich meine, du solltest dir weder Gedanken über Ramat Gan machen noch über die Boutiquen in Neve Tzedek, in denen sie shoppt.« Er sucht meinen Blick. »Wenn ihr zusammen seid, habt ihr eine super Zeit und du spürst davon nichts … Die Tatsache, dass sie so wenig Zeit hat, ist doch das Einzige, das dich nervt, aber irgendwann wirst du darüber froh sein.« Er lacht laut los und beißt sich auf die Zunge, als er sieht, dass ich die Augen rolle.

»Eidyot – Idiot«, kontere ich, muss aber grinsen und denke für einen Moment über Hays Worte nach. Im Prinzip hat er Recht. Ich habe, wenn wir beisammen sind, die beste Zeit mit ihr und sie gibt mir nie das Gefühl, ich müsste ihr mehr bieten. »Weißt du, ich glaube, mich wurmt etwas anderes«, setze ich erneut an und versuche, meine Gedanken zu einem Satz zu sortieren. »Sie hat so einen Biss. So eine Motivation, starke Ziele. Vielleicht sogar aus meiner Sicht zu starke, aber ich fühle mich lotterig, wenn ich uns vergleiche. Ich könnte mir ruhig mal eine Scheibe von ihrer Willenskraft abschneiden. Oder?«

»Du warst verletzt. Du hast deine Zeit gebraucht zu heilen. Aber dann hast du es dir auf dem Krankenlager gemütlich gemacht. Du bist schon lange körperlich wieder bereit, neue Ziele in Angriff zu nehmen, Mann.«

»Ich glaube, jetzt bin ich auch mental bereit.« Ich springe auf. »Ich mach es wirklich! Ich mache den Hummus-Laden auf!«

»Ja, Mann!«, ruft Hay, springt auf und klatscht mich ab.

Eine unbändige Energie durchströmt mich und ich strahle. Ich werde es aber erstmal hüten, mein kleines Geheimnis, und ihr den Laden erst am Eröffnungstag zeigen. Damit sie merkt, wie gut sie mir tut und wie viel Kraft sie mir gibt. Ach, sie ist das Beste, was mir passieren konnte, und vielleicht ist genau sie der Stern, den mein Opa mir geschickt hat, um mich wieder auf den Weg zu leiten, den er mir gezeigt hat.

Kapitel 20
סירשע

Isabelle

Ich blicke auf die Uhr. Viertel vor vier. Mist, jetzt aber schnell los, bevor der nächste Bus ohne mich fährt. Wenn ich diesen nun auch noch verpasse, wird Eilon den letzten Zug Richtung Norden um kurz nach halb fünf alleine nehmen.

Eilig packe ich die Sachen auf meinem Schreibtisch zusammen und schnappe meine kleine Reisetasche. Beim Blick auf mein Handy sehe ich zwei verpasste Anrufe von Eilon.

Ich beschließe, ihn gleich im Bus zurückzurufen. Genau in dem Moment, als ich das Büro verlassen will, kommt Daniel hinein. Er war in einem längeren Meeting mit Frau Watson und beginnt umgehend, mir davon zu berichten. Die Zeit drängt und nervös schiele ich auf seine Uhr, die sich mit seinen erzählerischen Gesten wild bewegt.

Herrje, zwei Minuten noch, dieser Bus wird wohl auch ohne mich abfahren. Verdammt aber auch, ich hatte extra einen Puffer eingeplant und jetzt muss ich doch den aller-, allerletzten Bus nehmen, um damit durch den Feierabendverkehr nach Hashalom zu kommen.

Es ist doch zum Davonlaufen manchmal. Oder ist das ein

innerer Impuls, das Unvermeidliche hinauszuzögern? Ich hatte nämlich heute ein Gespräch mit Frau Watson, das meinem Leben, nein, unserem Leben, eine neue Wendung geben wird. Nur dass es nicht unbedingt gut ankommen wird.

Okay, cool bleiben, dir bleiben zehn Minuten, um es zum Bus zu schaffen. Dabei brauchst du nur zwei.

Ich zwinge mich, Daniel noch für wenige Minuten zuzuhören und ihn dann höflich darauf hinzuweisen, dass ich wirklich dringend losmuss. Als er erneut zu einem Thema ausholt und sich dabei auf seine Schreibtischkante setzt, unterbreche ich ihn abrupt, schnappe mir die Tasche und hetze los. »Sorry, ich habe total vergessen, dass draußen bereits seit zwanzig Minuten ein Taxi auf mich wartet«, rufe ich und werfe ihm ein verlegenes Grinsen zu.

Daniel winkt hastig. »Bis Sonntag«, sage ich schnell und eile aus der Tür. *Jetzt bloß niemanden im Flur treffen. Mach schon, mach schon, mach schon,* flehe ich die Aufzugstür an, über deren Anzeige ich deutlich erkennen kann, wie sich dieser mehrfach zwischen Stock vier und eins hin und her bewegt. *Meine Güte, jetzt aber.* Ich seufze erleichtert auf, als er nun endlich vor mir Halt macht und sich die goldenen Türen öffnen.

Die Mittagssonne hat die Luft erwärmt und die Hitze, die mich nach dem bisherigen Tag in dem klimatisierten Bürogebäude empfängt, erschlägt mich fast. Mit einem Blick nach links erkenne ich schon den Bus, der sich meiner Haltestelle nähert, und ich sprinte los.

Zwei Minuten später sinke ich verschwitzt in meinen Sitz. Uffz. Jetzt kann ich nur hoffen, dass wir in keinen Stau geraten. Erschöpft lehne ich den Kopf ans Fenster. Aber nur für einen Moment. Eilon! Ich muss ihn dringend zurückrufen, ich hoffe, es war nichts Wichtiges.

Ich wähle seine Nummer und checke parallel den Bildschirm im Bus, der die nächste Haltestelle ankündigt. Wenn ich das richtig erkennen kann, sollte ich in etwa zwanzig Minuten ankommen. Ich blicke auf die Uhrzeit vorne im Bus. Mir bleiben in etwa vier Minuten, um zum Gleis zu gelangen. Tränen der Wut steigen in mir auf.

Ich tue doch wirklich alles, um meiner Arbeit gerecht zu werden, aber immer, wenn es einmal schnellgehen soll, klemmt es vorne und hinten. Es tutet nur wenige Male und Eilon nimmt ab.

»Isabelle? Wo steckst du, wir waren doch vor einer Stunde am Bahnhof verabredet«, begrüßt er mich. Ich kann Enttäuschung erkennen, die in seiner Stimme mitschwingt. Etwas, das sonst nie passiert.

In mir zieht sich alles zusammen. »Ist es etwa schon zu spät? Haben wir den Zug verpasst?«

»Nein, aber vielleicht gleich, wir wollten doch noch gemeinsam was snacken hier, wo bleibst du?«

Ich hatte in meiner Hektik heute total vergessen, dass wir darüber heute Morgen geschrieben hatten und einfach nur die Abfahrtszeit des Zuges anvisiert. Ich spüre eine Träne der eigenen Enttäuschung über meine Wange laufen. In meinem Business-Alltag habe ich tatsächlich mein Privatleben vergessen. Umgehend setzt die Schleimproduktion in meiner Nase ein und ich schluchze und ziehe mir dabei die Nase hoch.

»Was ist los? Ist alles in Ordnung?«, fragt Eilon nun besorgt.
»Nein, es ist einfach zum Kotzen, es ist eine Gratwanderung zwischen Karriere und Glück und es tut mir total leid, dass du nun seit einer Stunde dort auf mich wartest und wir womöglich

nun sogar den Zug verpassen.«

»Das führt doch jetzt zu nichts, Izzy. Versuch, cool zu bleiben. Klar, ja, ich stimme dir zu, es ist etwas nervig, dass deine Bürozeiten gerne so dermaßen ausufern, dass sie uns einen Strich durch die Rechnung machen, aber noch ist alles offen«, versucht er mich zu beruhigen.

Ich wische mir eine Träne von der Wange.

»Okay, hör zu, wenn der Bus hält, gehst du direkt zu dem Securitycheck und dahinter stehe ich, ja? Die Tickets habe ich schon. Dann bleiben uns je nachdem maximal zwei Minuten, um runter zum Gleis zu kommen.«

»Sicherheitscheck?«, frage ich verwirrt, »Ja, ist hier so ne Sache, hier gibt es auch am Bahnhof einen wegen der politischen Situation.«

»Dann lass uns hoffen«, flüstere ich. »Ich habe meine Wechselschuhe an. Ich gebe mein Bestes!«

»Das weiß ich!«, bestärkt er mich.

Nachdem wir aufgelegt haben, greife ich nach meiner Tasche und stelle mich direkt an die Tür, um die Erste zu sein, die aussteigt, wenn wir gleich am Bahnhof ankommen.

Verrückt, dass man hier am Bahnhof Terroranschläge befürchtet, obwohl man sonst im Alltag nichts davon spürt. Vielleicht sollte ich das Busfahren noch einmal überdenken?

Endlich steuern wir Hashalom an und ich vermeide einen weiteren Blick auf die Uhr. Ich springe hinaus und haste zum Securitycheck. Mein Herz setzt einen Schlag aus, als ich direkt dahinter Eilon erkennen kann, der mir gestikuliert, noch schneller zu sein, mir aber beruhigend zulächelt.

Gott sei Dank sehe ich ihn wenigstens schon einmal.

Wie durch ein Wunder klappt nun alles reibungslos und

die Dame winkt mich durch die Kontrolle, ohne eine weitere Durchsuchung meiner Tasche. Eilon greift danach und gemeinsam rennen wir los. Zuerst quer durch die Eingangshalle, dann rechts die Rolltreppen nach unten. Bevor es hinab geht, steckt Eilon noch in aller Hektik unsere Tickets in den dafür vorgesehenen Automaten und wenig später finden wir uns zeitgleich mit der Zugeinfahrt ein Stockwerk tiefer am Gleis wieder.

»Was für ein Timing.« Ich stöhne, als wir den Zug betreten.

»Hallo!«, unterbricht mich Eilon und platziert seinen Kuss mitten auf meinem Mund, den ich gerade noch so gespitzt bekomme.

»Hallo!« Ich lache und schüttle fassungslos meinen Kopf. Vielleicht wird ja doch noch alles gut.

Wir suchen uns einen Platz und ich erzähle ihm, was heute alles dazu geführt hat, dass wir in dieser Situation gelandet sind. Eilon zieht mich verständnisvoll in seinen Arm und küsst mich auf den Scheitel. »Ich bekomme noch einen Herzinfarkt mit dir in meinem Leben«, mahnt er mich. »Aber du hast Glück, dass du einfach zu süß bist, um dieses Risiko nicht einzugehen.«

Richtig happy stimmt mich seine Aussage nicht, denn ich erkenne den unterschwelligen Appell darin, dass es ihn nicht gerade immerzu kalt lässt, dass ich stets so eingespannt bin und unsere Leben dadurch regelmäßig in ganz unterschiedlichen Bahnen verlaufen, aber ich bemühe mich darum, die Ängste darüber vorerst beiseitezuschieben. Ich möchte keine Diskussion anfachen, gerade jetzt, wo wir zum ersten Mal zu seiner Familie fahren und versuche mich auf ein schönes Wochenende mit ihm in seiner Heimat zu fokussieren.

Eilon

»Schön siehst du aus«, sage ich.

Sie schaut kurz auf und lächelt. »Danke dir!«, sagt sie leise, ehe sie den Kopf wieder auf meiner Schulter platziert. Sie tut mir leid, wie sie da so liegt. Sie wirkt erschöpft und müde und gleichzeitig so bemüht darum, ihre Fassung zu bewahren, ich merke es ihr an. Ihr schwarzes Businesskleidchen schimmert seidig und steht ihr ausgezeichnet. Nur dass sie darin immer mehr verkleidet für mich aussieht. Die Diskrepanz zwischen ihrem Erscheinungsbild und ihrem Charakter, so wie ich sie kenne, schreit förmlich.

»Ist das eines deiner neuen Kleider?«, frage ich.

»Ach das? Nein, das hatte ich schon in Deutschland. Die anderen beiden, die ich gekauft habe, werde ich nächste Woche bei zwei Firmenevents anziehen. Für dieses Wochenende habe ich legere Kleidung geplant. Ist in der Tasche.«

»Du kannst doch anziehen, was du möchtest, dir steht alles, wichtig ist mir nur, dass du dich wohlfühlst«, entgegne ich. »Vor allem auf dem ATV morgen.«

Jetzt schreckt sie auf und schaut mich an. »Wie ATV? Du meinst so ein vierrädriges Teil?« Zu meinem Erstaunen leuchten ihre Augen.

»Ja, genau so etwas.« Ich nicke zufrieden und voller Vorfreude darauf, damit quer über die Felder zu jagen.

»Wie cool!«, sagt sie und hält für einen Moment inne. »Meinem Bruder würde das sicher total gefallen! Er liebt Abenteuer. Ich dachte immer, dass das Ding Quatsch ist, weil du weder Motorrad fährst noch Auto, wenn du verstehst, was ich meine.«

Ich muss lachen. »Ich werde dir den Unterschied klarmachen, dann wirst du dir diese Frage gewiss nicht mehr stellen«, versichere ich ihr. »Apropos Bruder, Du hast ihn einmal kurz erwähnt, was macht er eigentlich in Andalusien?«

Isabelle seufzt. »Puh, lange Geschichte.« Sie berichtet mir ein bisschen was, aber dass er jetzt als Surflehrer in Andalusien lebt, gefällt mir am besten.

Mein Blick fällt auf die Mehrfamilienhäuser entlang der Gleise und ich erkenne, dass wir schon fast da sind. »Los geht's, da freuen sich schon ein paar Menschen auf dich, und die Spritztour auf dem Quad wartet«, frohlocke ich.

Mit einem verschmitzten Lächeln klatscht Isabelle in die Hände und steht auf. Wir begeben uns an die Tür. Als wir den Parkplatz betreten, kommt uns auch schon mein Bruder mit einem meiner Neffen entgegen. Herzlich begrüßen wir uns und ich stelle Isabelle vor.

»Das ist mein Bruder, Nir«, gebe ich Isabelle schnell zu verstehen. »Die beiden holen uns ab und bringen uns zu meiner Mutter, wir sehen sie dann später zum Schabbat-Dinner wieder.«

Omre, mein kleiner Neffe, beäugt sie schüchtern, aber Isabelle kniet sich gleich zu ihm hinunter und stellt sich ihm vor. Nir zwinkert mir zu und ich meine, Zustimmung in seinem Blick zu sehen.

Wir steigen in das klimatisierte Auto ein und fahren auch

schon wenige Minuten später bei meiner Mutter vor. Nir wirft uns raus und versichert, dass er gleich mit dem Rest der Familie nachkommen wird.

»Shalom!«, höre ich nun auch schon die laute Stimme meiner Mutter. Sie steht bereits im Hof, winkt und strahlt. Unser sandfarbenes Haus liegt hinter einer langen Mauer, die das ganze Grundstück begrenzt. Die Einfahrt ist stilvoll mit hellen Steinplatten gefliest, die ich dort einst mit meinem Bruder angebracht habe, und die bis zur Haustür führen. Diese befindet sich auf einer kleinen Veranda, die man über nur wenige Treppenstufen erreicht. Das war eine ganz schöne Arbeit. Durch die nicht gefliesten Bereiche wachsen Gräser, Büsche und sogar Palmen, deren Anblick ich schon immer liebe, und auch auf der Veranda steht seit Jahren derselbe, mit Mosaik-Steinchen besetzte Tisch mit ein paar Stühlen. Ein herrliches Refugium, das sich hinter diesen Mauern immer wieder auftut. Die weiße Holztür steht noch offen, als wäre Mama herausgeeilt und umgehend streckt sie nun auch die Hände nach Isabelle aus, geht dabei in eine kleine Tanzbewegung über und wiederholt ihr »Shalom!«, ehe sie Isabelle zu fassen bekommt.

Isabelle wirkt überrascht über die Offenheit und versucht zaghaft, die Tanzbewegung nachzuahmen, und streckt meiner Mutter auch die Arme zu einer Umarmung entgegen. Sie begrüßen sich herzlich und anschließend wendet sich meine Mutter mir zu.

»Sie sieht sehr sympathisch aus«, flüstert sie mir auf Hebräisch ins Ohr. »Wenn sie wirklich so lieb ist, wie sie aussieht, hast du einen tollen Fang gemacht.«

»Du bist unverbesserlich.« Ich lache. »Warum bist du dir so sicher, dass sie kein Hebräisch versteht?«, necke ich sie.

»Und wenn schon, dann weiß sie gleich, woran sie ist. Ehrlichkeit hat noch keinem geschadet.«

»Da mach dir jedenfalls mal keine Sorgen, sie ist ein Goldstück«, versichere ich ihr.

»Das kann ich mir schon denken, sonst hättest du sie wohl nicht mit hierhergebracht.« An Isabelle gewandt sagt sie nun auf Hebräisch: »Du bist der erste Frauenbesuch seit seiner Freundin.«

Isabelle schaut mich fragend an und lächelt freundlich. Noch während ich überlege, ob ich das überhaupt übersetzen muss, versucht es meine Mutter nun auf Englisch. »First girlfriend since old girlfriend!« Dabei zeigt sie abwechselnd mit dem Finger auf Isabelle und mich.

O Mann! Jetzt lachen wir alle und ich schnappe mir unsere Taschen und weise die beiden an, ins Haus zu gehen. Genug der interkulturellen Unterhaltungen auf dem Hof bei fünfunddreißig Grad. Im Kühlen angekommen, stelle ich die Taschen ab und zwinkere Isabelle zu. Sie scheint gelöst und wirkt entspannt.

»Ich bin so erleichtert, das glaubst du nicht«, flüstert sie mir zu.

»Aber warum sagtest du vorher nichts, du musstest doch gar nicht angespannt sein deshalb«, versuche ich sie nachträglich zu beruhigen.

»Ich weiß auch nicht. Weil das mit uns ...«

Die Küchentür öffnet sich erneut und der Rest der Familie tritt auf einmal an. »Shalom!«, rufen alle laut durcheinander. Groß, klein, alle begrüßen sich wild und es startet ein lautes Stimmengewirr. Jeder nimmt irgendwo Platz und binnen weniger Minuten haben sich alle kreuz und quer zwischen dem

Esstisch, der offenen Küche und dem sich daran anschließenden Wohnzimmer verteilt und quasseln wild. Isabelle sitzt mittendrin und ich lehne mich an die Eingangstür und beobachte für einen Moment die Szene. In diesem Moment empfinde ich Liebe und Stolz für meine Familie. Meine Lieben, die diesem Neubeginn offen gegenübertreten. Ich liebe meine Familie und werde sie ehren, indem ich das Erbe meines Großvaters weiterführe, und ich werde mich auch an das Datteleis wagen. Im Moment quillt mein Herz über vor Zuversicht.

Kapitel 21
דחאו םירשע

Isabelle

Leicht überwältigt davon, so unglaublich lieb in Eilons Familie aufgenommen worden zu sein, schmiege ich mich im Bett an ihn. Der Abend war toll! Alle waren so herzlich zu mir. Es ging sehr laut zu und manchmal konnte ich nicht unterscheiden, ob gestritten, diskutiert oder einfach nur miteinander geredet wurde. Hier und da übersetzte mir Eilon einzelne Fragmente und ab und zu schafften seine Verwandten und ich es, uns mit Händen und Füßen zu verständigen. Das üppige Essen war köstlich und an diesem Abend lief das Dinner sogar deutlich traditioneller ab, als an unserem ersten Schabbat-Dinner vor ein paar Wochen in Eilons Wohnung.

Die männlichen Teilnehmer trugen eine Kippa zum Eröffnungsgebet und Eilons Bruder Nir trug dieses aus einem Buch vor. Anschließend gab es ein Glas Wein, das herumgereicht wurde und jeder nippte daran. Eilons Mutter als Älteste zuerst, bis zum jüngsten Teilnehmer des Dinners, Eilons kleinem Neffen Omre, der uns am Mittag am Bahnhof mit abgeholt hatte.

Ja, sogar die Kleinsten nippten am Wein, was mich kurz stutzig machte, aber Eilons Erklärung zufolge zur Tradition gehört. »Sonst trinken wir hier alle nicht wirklich Alkohol«, beruhigte er mich. Anschließend gab es unzählige Salate, die Eilons Mutter und eine der Schwägerinnen auf dem Tisch verteilten und etwas Fisch. Der zweite Gang bestand dann aus all den Hauptspeisen, die Eilons Mutter seit dem Morgen auf dem Gasofen gekocht hatte. Marokkanisches Huhn, Couscous, Gemüse aus dem Ofen, gefüllte Auberginen und Zucchini sowie Kartoffeln, Reis und ein weiteres Fleischgericht aus Rind und scharfen Gewürzen. Das Ganze wurde abgerundet durch ein Dessert, bestehend aus einem großen Früchteteller, angerichtet mit Wassermelone, Pfirsichen und Mango sowie frischem Pfefferminztee und Nusskuchen. Was für ein Fest.

»Und das macht deine Mutter jeden Freitag?«, frage ich Eilon und hebe meinen Kopf von seiner Brust.

»Mhm.« Er nickt schon leicht schläfrig.

»Wow! Hut ab!« Ich bin beeindruckt. »Ich finde, das ist eine tolle Tradition, wenn auch mit sehr viel Aufwand verbunden«, nuschle ich.

Eilon drückt meine Schulter mit seiner Hand, die er um mich gelegt hat. »Ich finde sie auch toll, vor allem, weil es die Familie immer wieder gemeinsam an den Tisch bringt, egal was passiert. Du siehst es ja«, murmelt er schon fast. »Es wird gelacht, lautstark diskutiert und sich über die Politik im Land ausgetauscht, somit bleibt man irgendwie miteinander vereint, auch wenn man sich nicht immer sieht oder einig ist.«

Ich nicke. Eilon hat Recht. Würde meine Familie nicht nur an Ostern, den Geburtstagen und Weihnachten zusammenzukommen, wäre mein Bruder vielleicht nicht einfach gegangen, *ohne* sich weiter dazu zu äußern. In meiner Familie sprechen wir zwar auch, aber die Israelis sind direkter. Ich habe das Gefühl, zu Hause bleibt so vieles ungesagt. Ein schweres Gefühl überfällt mich und drückt die soeben noch empfundene Leichtigkeit von mir.

Zusätzlich muss ich Eilon noch etwas anderes Wichtiges sagen, nach dem Gespräch mit Frau Watson heute. Ich werde es ihm auf der Heimfahrt morgen sagen. Satt und mit schlechtem Gewissen kuschle ich mich an meinen mittlerweile schlafenden Freund und versuche ebenso in den Schlaf zu finden, kann aber nur schwer abschalten.

Als mich am nächsten Morgen Stimmen wecken, freue ich mich, dass ich wohl doch noch irgendwann weggedöst sein muss, erschrecke aber sofort, als ich feststelle, dass Eilon nicht mehr neben mir liegt und mir meine Handyuhr verrät, dass es bereits halb zehn ist. *O mein Gott, wie peinlich!* Es ist mir superunangenehm, offensichtlich als Einzige hier bis in die Puppen zu schlafen und mich als Gast nicht in irgendeiner Form einzubringen, nachdem seine Mutter gestern den gesamten Tag in der Küche verbracht haben muss.

Schnell springe ich aus dem Bett und husche direkt ins Bad. Ich wasche mir mein Gesicht und reibe mir die Augen. Erst jetzt wird mir bewusst, dass ich noch immer eine tiefe Müdigkeit und Erschöpfung verspüre. Ich habe das Gefühl, ich könnte noch für viele Stunden weiterschlafen. Ich streife mir meine Shorts und mein Top über und falte mein Schlaf-T-Shirt, das ich mir gestern einfach von Eilon geliehen habe. Ich liebe es, in seinen T-Shirts zu schlafen. Ich kann einfach nicht genug von ihm und seinem Geruch bekommen.

Langsam öffne ich die Badezimmertür und linse hinaus. Der Blick geht direkt in den offenen Küchen-, Ess-, und Wohnbereich, an den auch die Haustür grenzt. Ich liebe das Haus jetzt schon. Es ist ein richtig schöner Bungalow, mit genau dem richtigen Platz für alles, was man braucht.

Direkt vor dem Eingang befinden sich eine schöne überdachte Terrasse und ein Streifen Kunstrasen. Ich vermute, dass jeder Echtrasen bei dieser andauernden Hitze verbrennen würde. Die Klimaanlage im Haus tut gut und lässt mich einen kühlen Kopf bewahren. Den brauche ich jetzt auch.

Ich tapse aus dem Bad und laufe vor zur Küche. Ich hätte wetten können, dass von dort die Stimmen gekommen sind. Ob sie vielleicht draußen sind? Ich schlüpfe in meine Flipflops. Vorsichtig öffne ich die Haustür und da sehe ich die beiden. Eilon steht mit seiner Mutter an einer Palme und bindet daran Wimpel fest. Die Wimpel sind weiß und blau und stellen die israelische Flagge dar.

»Boker Tov, Izzybizzy, da bist du ja!«, begrüßt er mich sichtlich erfreut und auch seine Mutter kommt gleich fröhlich auf mich zugelaufen, als sie mich sieht.

»Boker Tov! Hungry you?«, fragt sie mich ganz bemüht in ihrem besten Englisch und macht eine entsprechende Essbewegung mit ihren Händen dazu.

»Guten Morgen«, beginne ich und setze umgehend zu einer Entschuldigung an, warum ich so lange geschlafen habe, aber das will hier keiner wissen.

»Ist doch toll, dass du hier die benötigte Ruhe finden kannst«, sagt Eilon nur in aller Ruhe. »Dann müssen wir ab und zu am Wochenende hierherkommen!« Er grinst mich lieb an.

Autsch. Er ist einfach Zucker. Gut, dass ich ihm erst morgen von den Neuigkeiten erzähle, die mir auf der Seele lasten.

»Was hängt ihr denn da Schönes auf?«, frage ich und begutachte die Girlande, die nun bis zum Hoftor gespannt ist.

»Es sind bald mal wieder Wahlen, die vierten in diesem Jahr, und meine Mutter ist sehr patriotisch, wie du wissen musst. Wir alle sind es, erst recht seit meinem Unfall.«

Ich nicke. »Schaut cool aus.«

Eilon lacht. »Na ja. Ich finde es irgendwie kitschig, aber ich mag es schon auch«, stimmt er mir zu.

»Hast du Hunger, wollen wir etwas frühstücken? Oder möchtest du lieber direkt mit dem ATV fahren?« Er zwinkert mir mit einer Kopfbewegung auf das Quad zu.

Eilons Mutter lacht auf und läuft kopfschüttelnd davon in Richtung Haustür. »Machine«, sagt sie nur. »Lo, lo!« Dazu wirft sie die Hände über den Kopf. »Lo« heißt nein, so viel verstehe ich Gott sei Dank schon. Gerade genug, um es dann bald mit der Angst zu tun zu bekommen. Nun werde ich allerdings immer neugieriger darauf, was es mit diesem Gefährt wohl so auf sich hat, und ich lasse mich direkt auf die morgendliche Spritztour ein. Das bringt mich auf andere Gedanken.

»Echt jetzt?«, ruft Eilon begeistert.

»Klar! Let's go!«

»Cool! Dann benötigst du jetzt nur noch feste Schuhe. Hast du deine Laufschuhe dabei?«, fragt er mit einem Blick auf meine Füße.

»Wozu das denn?«, frage ich verdutzt und schüttle leicht den Kopf.

Aber Eilon geht nicht weiter darauf ein. »Frag nicht so viel, einfach machen!«, befiehlt er mir und geht auch schon zu einem kleinen Schrank, der neben dem Haus unter dem Dach steht, um daraus zwei Helme hervorzuholen. Ich tue, was er von mir verlangt und bin wenige Minuten später wieder draußen bei ihm. Inzwischen hat er schon das Hoftor geöffnet und wartet vor dem Quad auf mich. Eilon reicht mir einen der Helme und versichert sich, dass ich meinen richtig geschlossen habe. Nun steigt er auf und startet das Quad.

Ich nehme hinter ihm auf dem Sitz Platz und umfasse mit meinen Händen seinen Bauch wie beim Scooter fahren. An der Handinnenfläche fühle ich seine Wärme und seinen Bauch durch das T-Shirt. *Das fühlt sich schön an.*

»Gut festhalten, okay?«

Ich nicke und stoße dabei mit meinem Helm an seinen. *Ups, peinlich!* Ich lache allein in den Helm hinein.

»Noch mehr festhalten als auf dem Scooter, ja?«

»Jaha!«, versichere ich noch einmal und dieses Mal ohne Nicken und schön laut. Und schon düsen wir los, durch das Tor hindurch und hinaus auf die Straße.

Eilon fährt die Straße seines Elternhauses hinab und weiter durch die Nachbarschaft. Nach ein paar Kurven stehen wir vor einer Art Feld, und ich sehe diverse Bewässerungssysteme, Gemüsepflanzen und schmale Wege. Alles wuchert hier nah am Boden und ich kann nicht klar ausmachen, welche Pflanzenart sich hier genau befindet, geschweige denn, was genau angebaut wird. Eilon weist auf Felder in der Ferne und erklärt mir, dass dort Melonen und Avocados wachsen. Spannend. Ich hatte mir noch nie darüber Gedanken gemacht, wo und wie diese Früchte wachsen.

»Bist du bereit?«, fragt er nun.

»Jetzt mach nicht so ein Tamtam, du tust ja gerade so, als wäre Quadfahren das Gefährlichste der Welt«, piesacke ich ihn.

»Dann kann es ja jetzt losgehen!«, ruft er und dreht urplötzlich das Gaspedal voll auf. Augenblicklich umgreife ich seinen Oberkörper noch fester mit meinen Händen und wir finden uns inmitten der Wege zwischen den Bewässerungsschläuchen und den Gewächsen wieder. Eilon fährt, was das Zeug hält, und driftet von Kurve zu Kurve. Immer wenn ich denke, er wird es nicht mehr schaffen, die nächste Abbiegung zu erwischen, gelingt es ihm, mit einer gekonnten Drehung unser Gefährt in die nächste Position zu manövrieren und anschließend wieder das Tempo voll anzuziehen.

Die Wasserladung einer der Bewässerungsschläuche erwischt uns und ich jauchze vor Freude, Angst und Schreck zugleich. Nun macht Eilon kurz langsam. Mein Herz schlägt bis zum Hals und ich bin dankbar über diese kleine Verschnaufpause nach diesem völlig unerwarteten Auftakt zu einer Feld- und Wiesen-Rallye. »O mein Gott, du bist ja völlig verrückt«, rufe ich durch meinen Helm nach vorn.

Jetzt greift Eilon nach meinem Knie und neigt seinen Kopf leicht nach hinten. »Gefällt es dir?«, fragt er und ich kann pure Freude in seiner Stimme erkennen.

»Ich weiß nicht so recht!«, rufe ich. »Ja und nein, ich glaube, ich habe Angst, aber ich liebe es auch zugleich, was du da tust! Es ist Wahnsinn, aber gleichzeitig pure Freiheit!«

»Vertrau mir einfach und unbedingt weiterhin gut festhalten. Ja, Izzybizzy?«

Sobald er wieder meinen festen Griff an seinem Bauch spürt, gibt er auch schon wieder Gas und rast weiter über die Felder.

Gerade in dem Moment, als ich beschließe, meine Augen einfach zuzulassen, spüre ich einen Ruck und ich finde uns auf den Hinterrädern wieder. Ich bekomme einen halben Herzinfarkt.

Ich schreie auf und bete inbrünstig, dass wir nicht beide

gleich auf unserem, *meinem* Rücken landen, mit dem ATV über uns.

Aber schon stehen wir wieder auf allen vier Rädern und Eilon heizt weiter unverdrossen über die Felder. Als wir wenig später wieder die Straße erreichen, macht mein Herz einen erleichterten Sprung.

Puh, mir reicht es fürs Erste! Ich bin völlig durchgeschwitzt.

»Kleine Pause gefällig?«, schlägt Eilon vor, zieht dabei seinen Helm ab und steigt vom Quad. Völlig außer Atem tue ich es ihm nach und schüttle vehement meinen Kopf.

»Ojemine! Ich wusste ja nicht, auf was ich mich da einlasse!« Ich stöhne halb im Glück, halb im Schock.

»Ich befürchte, ich muss dich enttäuschen, mir reicht es schon für heute!« Eilon grinst nur frech.

»Das musste jetzt mal sein!«

»Dreckspatz!«, schimpfe ich und Eilon streckt mir die Zunge heraus.

Für einen Moment muss ich erst einmal tief durchatmen und mich wieder sammeln. Urplötzlich aber steigt ein ganz sonderbares Gefühl in mir auf und ich komme nicht umhin, einen Schritt auf Eilon zuzugehen und ihn ganz fest zu umarmen. Es ist Freiheit und eine gewisse Glückseligkeit, es ist Adrenalin, aber gleichzeitig auch Wärme und Nähe. Ich kann es nur nicht genau in einem Wort formulieren.

Er erwidert die Umarmung und küsst mich ganz sanft. »Alles gut bei dir?«, fragt er vorsichtig, als würde ihn meine Reaktion überraschen.

»Ja«, flüstere ich. »Zu gut«, raune ich. »Mit dir ist alles so schön und durch dich begegne ich so vielen Gefühlen, die ich bisher nicht einmal kannte. Es ist fast so, als ob du ganz neue

Portale in mir öffnest!«

Eilon kratzt sich am Kopf. »Ich verstehe nicht ganz.«

»Na ja, das Vertrauen, das ich eben zu dir empfunden habe, als ich mit dir über diese Felder gerast bin und wusste, dass mein Leben gerade von deinem Können und Vertrauen in dich selbst abhängt, hat mir gezeigt, wie tief ich mich dir verbunden fühle.«

Eilons Augen werden groß und ich kann eines seiner Lider zucken sehen.

»Ganz zu schweigen von der Tatsache, wie du mich behandelst, und wie du mir begegnest«, füge ich hinzu. »Ach, ich kann es einfach nicht anders beschreiben.«

Eilon presst die Lippen zusammen und ich kann sehen, dass ihm mein so direktes Kompliment etwas unangenehm ist. »Das war doch nichts.«

Aber ich kann spüren, dass ihn meine Worte gefreut haben, und ich besiegle sie durch einen Kuss. »Können wir damit auch ans Meer fahren? Ich denke, mir würde eine Abkühlung guttun!«

Das lässt sich Eilon nicht zweimal sagen und schon sitzen wir wieder auf dem Quad und düsen dieses Mal aber auf geteertem Untergrund in Richtung Caesarea an den Strand.

Eilon

Ich beobachte, wie Isabelle sich ihre Kleidung abstreift und dabei ihr Bikini zum Vorschein kommt. Ich liebe ihren Körper. Nicht zu dünn, wohlgeformt, genau nach meinem Geschmack. Sie ist so unfassbar offen für alles und so unkompliziert. Das gefällt mir am meisten an ihr. Ich würde mir so sehr wünschen, dass sie sich selbst mehr Entlastung gönnt, aber das ist ihre Verantwortung. Im Leben muss jeder seine eigenen Entscheidungen fällen. Und es scheint, als wäre sie immer noch nicht bereit, obwohl ich kurz gehofft hatte, dass das Gespräch mit ihrem Bruder sie hat aufhorchen lassen. Als sie es beinahe nicht pünktlich geschafft hätte, dachte ich, dass es eher bergab geht mit unserer Beziehung, aber die Wolken sind nur vorübergezogen ohne einen Regenschauer.

»Kommst du mit rein?«, fordert mich Isabelle auf und ihre Augen funkeln mir im Sonnenlicht entgegen.

»Wie könnte ich da Nein sagen?«, antworte ich sofort und schnappe sie mir, ehe wir gemeinsam vor zum Wasser rennen. Die Wassertemperatur ist herrlich und gerade noch so erfrischend. »Am Vormittag ist das Wasser am schönsten!«, erkläre ich ihr. »Du kannst dir nicht vorstellen, wie viele Stunden ich schon hier an dieser Stelle verbracht habe.«

Isabelle, die bis zur Hüfte im Wasser steht und mit ihren

Händen darin planscht, schaut mich an. »Ich kann es erahnen«, antwortet sie und lässt sich nun endlich auch in die Wellen fallen. Als sie wieder auftaucht, streift sie ihre Haare nach hinten und ruft mir zu, dass sie am liebsten immer hierbleiben würde. Schön, dass ihr meine Heimat so gut gefällt. »Wenn du möchtest, können wir jederzeit für eine kleine Auszeit hierherkommen!«, flüstere ich ihr zu und nehme sie in den Arm. »Mit dir gefällt es mir hier auch gleich wieder viel besser«.

»Das ist eine wunderbare Vorstellung.« Sie seufzt nun. »Aber ich muss dir etwas sagen, Eilon.«

Ein Schrecken durchfährt mich. Sie sieht ernst aus. Total verletzlich. Sie schaut gequält und mein Herz stolpert. *Was jetzt wohl kommt? Noch mehr Überstunden können es ja wohl kaum noch sein.*

»Wollen wir uns in den Sand setzen?«, biete ich an, um das Gespräch nicht fast nackt zu führen. Außerdem denke ich, dass ich womöglich einen festeren Boden unter den Füßen gebrauchen werde.

»Gerne!«, stimmt Isabelle zu und wir waten durch die sanften Wellen nach draußen an den Strand.

»Was liegt dir denn auf dem Herzen?«, stoße ich das Gespräch vorsichtig an.

Isabelle zögert für einen Moment, rückt dann aber schnell mit der Sprache heraus. »Hör zu, ich wollte es dir auf der Heimfahrt sagen, aber ich kann es nicht länger verschweigen, weil das alles mit dir so unendlich wunderschön ist, dass es mich im Herzen fast zerreißt. Ich will es endlich loswerden.«

»Was ist denn los?«, frage ich und spüre allmählich eine Ungeduld in mir aufsteigen. Ich mag es nicht, auf die Folter gespannt zu werden. Das verheißt in den meisten Fällen nichts

Gutes.

»Es ist so«, beginnt sie wieder. »Ich hatte dir doch von meinem neuen Kollegen erzählt, und von meiner Mentorenrolle.«

Ich nicke. »Jetzt ist allerdings der werte Kollege McMatthews aus New York sang- und klanglos verschwunden und hat der Firma den Rücken zugedreht. Die einzige Kollegin, die sein Aufgabengebiet genauestens kennt, bin ich.«

Ich ahne Schlimmes. »Und das heißt jetzt?«, fordere ich sie auf, zum Punkt zu kommen.

»Frau Watson rief mich heute ins Büro und sie hat mir ans Herz gelegt, für unbefristete Zeit nach New York zu gehen, um seine Aufgaben zu übernehmen. Sie wünscht nun, da ich Daniel eingearbeitet habe, dass ich möglichst schnell McMatthews' Job in New York übernehme und für die Mentorenrolle planen sie nun eine gesonderte Stellenausschreibung zu schalten.«

Ich bin sprachlos. »Was interessiert mich diese blöde Mentorenrolle?«, platzt es aus mir heraus. »Was soll der Scheiß?«, stoße ich wütend hervor. Allmählich reißt mir der Geduldsfaden, den ich mir über all die letzten Wochen mühevoll bewahrt hatte.

Warum kommt sie mit mir hierher, lässt sie mich meiner ganzen Familie vorstellen, um sich dann, mir nichts, dir nichts, nach New York abzusetzen?

»Ich wusste, dass du das nicht verstehen würdest!« Sie schluchzt los, aber ihre Tränen lassen mich gerade kalt.

»Wie auch?«, frage ich. »Seit wir uns kennengelernt haben, kommen wöchentlich neue Dinge hinzu. Es wird immer mehr und mehr und mehr und die ganze Zeit warte ich geduldig ab und auf den Sankt Nimmerleinstag, an dem du etwas mehr Zeit findest. Und nun eröffnest du mir, dass du ganz fortgehst?«

Wütend stehe ich auf und kicke in den Sand. »Und vorhin faselst du was von Intimität und Vertrauen.« Ich kann nicht anders, als davonzulaufen und gehe, wohin meine Füße mich tragen.

Ich laufe barfuß am Strand entlang und habe das Gefühl, ich spüre, wie sich jedes einzelne Sandkorn in meine Haut drückt. Ich könnte rennen. Und schreien. Ich bin selbst etwas überrascht über meine extremen Signale, die mir mein Körper gerade sendet, aber ich fühle mich irgendwie hingehalten. Nach so langer Zeit als Single gebe ich alles, öffne komplett mein Herz, trotz aller Widersprüche und Zweifel um Isabelles zweites Leben, das sich wie ein Doppelleben anfühlt, und bekomme zum Dank die volle Klatsche ins Gesicht. Eiskalt wie eine Welle.

Ich gehe noch eine ganze Weile schnellen Schrittes, bis mich ein natürlicher Felsvorsprung stoppt, auf dem die Ruine des dort gebauten ehemaligen Amphitheaters aus alten Zeiten liegt. *Wollte ich Isabelle auch zeigen. Hach! Es bringt alles nichts. So eine Kacke!*

Ich beschließe umzukehren und trete immer noch festen Schrittes den Rückweg zu unserem Plätzchen an. Ich möchte trotz allem nicht, dass Isabelle nun auf ewig nass im Sand sitzend auf mich warten muss und sich womöglich im Stich gelassen fühlt. Wobei, im Moment habe ich das Gefühl, dass sie mich im Stich lässt. Als wäre dieser Job das Einzige auf der Welt, das sie glücklich machen könnte.

So ein Schrott. So ist es doch gar nicht. Meine Gedanken kontrollieren mich und ich muss aufpassen, nicht wie früher in eine zerstörerische Wut zu verfallen. Ich erinnere mich noch zu gut daran, wie ich noch vor meinem Unfall in solchen Situationen

Stöcke im Wald zerschlagen habe oder damit Löcher in Wände gekratzt habe. Vielleicht hatte mein Vater auch diese Wut, was nicht entschuldigen soll, dass er sie an uns ausgelassen hat. Das war unentschuldbar.

Ich besinne mich auf meine Atmung. Ich bin nicht den ganzen Weg gegangen, habe den gesamten Heilungsprozess durchlaufen, um mich jetzt, binnen kürzester Zeit so aus der Ruhe bringen zu lassen.

Es muss eine Lösung geben. Oder ein klärendes Gespräch. Es wird mir gerade klar, wie sehr ich die Dinge habe in mir anstauen lassen, die mich nerven.

Ich wusste ja, dass New York ihr Traum ist. Das hat sie mir doch gleich am Anfang gesagt. Aber irgendwie habe ich gedacht, wir hätten uns einander angenähert. Ich dachte, vielleicht haben sich ihre Träume geändert. Vielleicht habe ich gehofft, dass ich ihr Traum bin. Großer Unfug, das alles. Wenn ich nur verstehen könnte, warum sie diese Sache so durchzieht, dann könnte ich mich vielleicht damit aussöhnen, zurückgelassen zu werden. Ob es wirklich nur die bloße Genugtuung ist, sich überteuerte Kleidung kaufen zu können? Oder ist es das Ansehen in der Firma? Konnte ich ihr etwa nicht zur Genüge zeigen, dass es wahrhaftig wichtigere Dinge im Leben gibt als das bloße Streben nach Anerkennung? Ich dachte, ich hätte ihr die Sterne vom Himmel geholt. Aber es stellt sich heraus, sie will den ganzen Himmel erobern. The sky is the limit, sagt man wohl im Business-Slang.

Ich schüttle den Kopf. Sie kann da nur von selbst draufkommen. Ich habe alles gegeben, aber es hat wohl einfach nicht gereicht.

Von Weitem sehe ich Isabelle noch genauso dasitzen, wie

ich sie vor etwa einer Dreiviertelstunde verlassen habe.

Als sie mich sieht, steht sie auf und ich kann erkennen, dass sie mir entgegenläuft. Ein Funke Hoffnung sprüht in mir auf, dass sie mir gleich sagen wird, dass sie es sich anders überlegt hat. Aber dann wäre dies nur eine ängstliche Reaktion auf mein trotziges Verhalten und das möchte ich nicht. Als wir uns einander annähern und bald darauf gegenüberstehen, öffnet sie den Mund, um etwas zu sagen, schließt ihn dann aber wieder.

Ich bleibe bewusst ruhig. Ich möchte mich weder entschuldigen, noch ihr irgendetwas mitteilen. Ehrlich gesagt möchte ich einfach nur zurück nach Tel Aviv. Ich fühle mich leer und geschlaucht.

Erneut setzt Isabelle zum Sprechen an. »Hör zu, Eilon«, sagt sie vorsichtig und versucht, nach meinem Arm zu greifen.

Ich drehe mich leicht weg, in der Hoffnung, dass sie damit versteht, dass mir nicht nach Zärtlichkeiten zu Mute ist. Umgehend hebt sie ihre Hand entschuldigend in die Höhe und auch ihr Gesichtsausdruck verhärtet sich.

»Okay, dann nicht«, sagt sie erschöpft. »Ich denke, wir sprechen später im Zug noch mal, ich habe keine Lust, mich jetzt weiter im Kreis zu drehen.« Isabelles strenge Gesichtszüge werden weicher und ich spüre, dass auch sie nur eine Schutzhaltung aufrechterhält.

Ich streife mir mein T-Shirt über. Isabelles Bikini ist inzwischen getrocknet und auch sie zieht ihre Kleidung wieder an. Gemeinsam trotten wir zum Quad und die Stimmung ist eine komplett andere als zuvor, als wir damit hierherkamen.

Nun kann ich mich doch nicht zurückhalten. »Wie konntest du es zulassen, dass alles immer schöner und enger wird mit uns beiden und dieses Wochenende, diesen tollen Morgen, diesen Moment im Wasser mit so einer Neuigkeit zerstören?«, frage ich, um ihr näherzubringen, wie ich mich fühle.

Isabelle schaut verstohlen an mir vorbei. »Ich wollte es dir ja später sagen«, setzt sie zu ihrer Verteidigung an. »Ich konnte ja nicht wissen, dass du direkt so überreagierst«, wirft sie mir vor.

»Ich weiß, dass ich gerade extrem uncool reagiert habe, aber das hat auch seine Vorgeschichte«, rechtfertige ich mein Verhalten.

Wir erreichen den Parkplatz und kommen vor dem Quad zum Stehen. Isabelle sucht meinen Blick. Ein Windhauch weht ihr ein paar Haare ins Gesicht und ihre Gesichtszüge spiegeln ein Spektrum zwischen Wut und Traurigkeit. »Ich finde es superklasse, was du da leistest, und ich weiß auch, dass wir uns ohne deinen Job womöglich nie begegnet wären, aber wir leben so zwei gänzlich unterschiedliche Leben, im Hinblick auf unsere Visionen.« Isabelle hält meinem Blick stand.

»Und warum hast du dann überhaupt angefangen, mit mir auszugehen, wenn dich das von Anfang an gestört hat?«, fragt sie trotzig.

»Mein Fehler!«, gebe ich direkt zu. Ich kann ihr nicht sagen, dass ich die Hoffnung hatte, sie ändern zu können. Dass sie durch mich eventuell spürt, dass dieser extrem gut bezahlte Job nicht das ist, was sie glücklich macht, sondern die Verbindung zwischen uns. Und außerdem konnte ich ja nicht ahnen, welche Ausmaße das alles annehmen würde. Wie ernst es werden würde. »Ich hätte wissen müssen, dass New York dir alles bedeutet.«

»Das stimmt so nicht!«, widerspricht Isabelle vehement. »Ich war auch nicht gerade begeistert darüber, dass ich nun nach New York versetzt werden soll, gerade weil sich alles mit dir so wundervoll entwickelt! Aber dann dachte ich mir, wir könnten eventuell gemeinsam eine Lösung finden und etwas Tolles daraus machen, deshalb wollte ich auch in Ruhe mit dir sprechen. Im Zug. Nachdem wir das mit deiner Familie gemeistert haben.«

Ich schüttle meinen Kopf. »Das klingt ja alles schön und gut und natürlich können wir drüber sprechen, aber die Frage, die ich mir stelle, ist, ob unsere Werte in dieselbe Richtung gehen. Vielleicht sind wir uns begegnet und alles ist einfach magisch, ja. Wie kitschiges Sternenfunkeln und pappsüßes Datteleis. Aber vielleicht heißt das nicht automatisch, dass wir deshalb auch zwangsläufig eine gemeinsame Zukunft haben werden.« Ich hebe meine Schultern, lasse sie fallen und lehne mich an den Hinterreifen des Quads.

»Wie meinst du das?«, fragt Isabelle nun stutzig. »Willst du uns jetzt etwa schon wieder aufgeben, ohne auch nur etwaige Möglichkeiten durchzusprechen?«

Ein bisschen wird mir warm ums Herz, als ich spüre, dass Isabelles Entscheidung für den Job noch immer nicht automatisch die Entscheidung gegen uns und gegen mich ist, obwohl es sich für mich so anfühlt. »Nein, eigentlich nicht, es kam nur gerade sehr plötzlich. Gerade jetzt, wo ich mich dank deines Einflusses dazu fest entschlossen habe, den Hummus-Laden meines Großvaters neu aufleben zu lassen, und du wanderst mir ab in die USA und sehnst dich nach Kleidungsstücken, die ich mir selbst als Privatier nicht kaufen wollen würde.«

Isabelle nickt. Für eine Weile schweigt sie. »Du denkst also, wir passen nicht zusammen, weil ich andere Träume habe als du.«

Ich nicke.

»Also hattest du gehofft, du würdest mich schon umstimmen können?«, hält sie nun spitzfindig fest.

Mist, Volltreffer. Sie hat einen scharfen Verstand. Ich schweige.

»Ich wusste nicht, dass ich mich entscheiden müsste zwischen Karriere und Glück. Ich wollte alles so laufen lassen und schauen, wohin uns das Ganze führt. Und ehrlich gesagt war es genau deine Entspanntheit, die mich so sicher an deiner Seite hat fühlen lassen. Das Gefühl, mich nicht entscheiden zu müssen, sondern ich selbst sein zu dürfen.« Ich spüre, dass es ihr schwerfällt, die letzten Worte über ihre Lippen zu bringen.

»Bist du also du selbst in deiner Arbeit, oder bist du du selbst, wenn du bei mir bist? Beides gleichzeitig geht doch nicht.« Ich greife nach meinem Helm, der über dem Lenker hängt. Ich weiß, dass Isabelle diese Frage nicht beantworten kann, denn sie knabbert ja schon lange daran und ist im Zwiespalt. Ich wüsste nur zu gerne, was sie davon abhält, diese falsche Version ihrer selbst loszulassen. Isabelle kneift die Augen zusammen und greift nun auch nach ihrem Helm. Wortlos steigen wir auf und fahren wieder zum Haus meiner Mutter. Die Umarmung von Isabelle, als sie sich an mir festhält, fühlt sich anders an als zuvor.

Kapitel 22
עשרים ושתיים

Isabelle

Puh, endlich sitzen wir im Zug. Gut, dass wir die letzten Stunden bei Eilons Mutter gut über die Bühne bringen konnten, ohne die Aufmerksamkeit auf unsere Auseinandersetzung zu lenken. Eilon hatte sich um die Reinigung des Quads bemüht und ich habe mich geduscht und ging seiner Mutter in der Küche zur Hand. Nach einem gemeinsamen späten Mittagessen, bei dem es die Reste von Schabbat-Dinner gab, fuhr Eilons Mutter uns zum Bahnhof und verabschiedete uns herzlich auf ein baldiges Wiedersehen, was mir noch immer einen Stich versetzt.

Gerade rollt der Zug an, und alles kommt mir unwirklich vor. Neben mir hockt ein Eilon, den ich so bisher nicht kannte. Seine Arme liegen verschränkt über seinem Bauch, ein klares Signal von Abstand. Sein Blick zeigt nach draußen. Für den Moment ist mir dies ganz recht, denn ich bin selbst verwirrt. Wie kann es sein, dass ich mein Leben lang auf den größten Erfolg hinarbeite, dabei auf Eilon treffe, der mir den Himmel auf Erden bietet, und mir dann den letzten Schritt zum Gipfel meiner Karriere ausreden will? Vielleicht sollte ich mich von

Eilon fernhalten und mich mit Menschen umgeben, die dieselbe Vision leben wie ich? Vielleicht bin ich es selbst, die sich das Leben schwermacht? Ich bin unentschlossen und ich kann gerade keine Lösung dafür finden. Die Idee, Eilon zu fragen, ob er nicht einfach mitkommen möchte nach New York, fühlt sich plötzlich schwachsinnig an. Warum sollte er auch? Er ist glücklich hier, hat Pläne, den Strand vor der Nase und ein gutes Leben.

Aber ich habe auch Pläne. Warum sollte ich die meinen für seine aufgeben? Ich wollte nun mal Karriere machen. Ist es nicht immer so, dass man auf dem Karrierepfad Stolpersteine hat? Das zumindest hat mein Vater mein ganzes Leben lang gesagt. Ist das vielleicht die Schule, die es zu durchlaufen gilt, um wahrhaftig an die Spitze zu gelangen? In Gedanken nickt mein Vater eifrig. In diesem Moment wird es mir klar. Nein! Ich werde meine Träume nicht hier im Sand begraben. So sehr ich Eilon in mein Herz geschlossen habe, und so sehr ich Israel liebe, ich bin nicht bereit, meine Träume aufzugeben, ohne für sie losgezogen zu sein.

Ich bin nach Tel Aviv gekommen und wurde belohnt, und ich werde nach New York gehen und auch dort belohnt werden.

Ich räuspere mich vorsichtig und gerade so, dass Eilon erkennen kann, dass ich etwas zu sagen habe. Sein Blick wandert vom Fenster zu mir. Die Traurigkeit, die ich in seinen Augen erkennen kann, schmerzt mich und lässt mich ihm für den Moment gleich wieder näher fühlen. Erneut räuspere ich mich und lege mir meine Worte zurecht. Sein Blick lässt meinen Groll, den ich hege, etwas schwinden und zugleich den starken Wunsch nach Nähe aufkommen. Die Hoffnung darauf, dass wir es doch schaffen, uns gemeinsam eine Zukunft zu gestalten, treibt meinen Herzschlag nach oben und Tränen in meine Augen. »Könntest du dir denn wirklich überhaupt nicht vorstellen, mit mir mitzukommen?«, frage ich.

Aber Eilon schüttelt den Kopf. »Theoretisch schon, aber es ist alles nicht so einfach, wie es aussieht«, beginnt er.

»Man muss es aber auch nicht unnötig schwerer machen«, unterbreche ich ihn. »Mein Gehalt reicht für uns beide und ein Appartement bekomme ich wieder gestellt. Es ist ja nicht so, dass du deinen Job im LaMer nicht für ein paar Monate pausieren könntest, oder etwa nicht?«

Erneut schüttelt Eilon den Kopf. »Auch das ist es nicht. Es hat ganz andere Gründe. Ich habe keinen deutschen Pass wie du, der einem ganz automatisch in allen Herren Ländern die Türen öffnet, du vergisst, dass ich Israeli bin. Ich bekomme womöglich nicht einmal ein Visum für die USA.« Er lacht gezwungen und kräuselt die Stirn, während er auf meine Antwort wartet.

»Du benötigst ein Visum für die USA?«, frage ich und schäme mich ein wenig, dass ich ohne mein Zutun dazu privilegiert bin, mehr zu reisen als er.

»Ja, nicht nur für die USA«, fährt er fort. »Es gibt etliche Länder, in die ich nicht einfach einreisen darf. Und ich hatte letzten Sommer die Idee, mit Hay nach Kalifornien zu fliegen, einen Freund zu besuchen, der dort seit ein paar Jahren lebt. Ich hatte einen Antrag gestellt, fünfhundert Schekel bezahlt, aber leider kein Visum für die Reise bekommen. Ich *darf* also gar nicht unbedingt einreisen, selbst wenn ich wollte.«

An so etwas hatte ich nicht im Entferntesten gedacht. Vorsichtig lege ich meine Hand auf seinen Schoß und schaue ihn traurig an. »Das tut mir leid, ich konnte ja nicht wissen, dass dies zusätzliche Wunden schürt«, entschuldige ich mich.

»Schon gut, wie auch.« Eilon winkt ab. »Also du siehst, das alles würde auf eine Fernbeziehung hinauslaufen. Und bitte verstehe mich nicht falsch, Isabelle, du bist mir in dieser kurzen Zeit enorm ans Herz gewachsen, deshalb hat mich das Ganze ja auch so getroffen heute, aber ich möchte keine Fernbeziehung führen. Vor allem nicht in dem Wissen, dass es völlig ungewiss ist, wie sich unsere Leben entwickeln werden«, erklärt er. »Ich möchte hierbleiben, einen Laden eröffnen, und du fühlst dich zu einer anderen Welt hingezogen. Ich möchte dir und deinen Träumen nicht im Wege stehen. Du würdest dich immerzu fragen, was gewesen wäre, wenn ... Und ich möchte das nicht. Auch für mich nicht. Ich möchte mich frei fühlen. Nicht frei als Mann und durch die Clubs ziehen, sondern einfach frei mit meiner Seele, in meinem Handeln, ohne permanent den Druck zu spüren, dir nicht genug bieten zu können, wenn du dann alle paar Wochen von deinem Jetset-Leben in New York hierherkommst, um mich zu sehen, weil ich dich ja nicht einmal, wenn ich das wollen würde, besuchen kommen darf.«

Frei in meiner Seele. Being free is a state of mind. Ich seufze und spüre, wie eine dicke Träne sich einen Weg aus meinem Auge und über meine Wange bahnt. Scheiße. Wie konnten wir in diese ausweglose Situation gelangen? In meinen Gedanken gehe ich die vergangenen Monate durch. Unsere Glücksmomente, die unsere Zeit miteinander prägten: unsere gemeinsamen Fahrten auf Eilons Scooter, unsere Morgen im LaMer und die immer wieder so wunderschönen Momente der Zweisamkeit.

»Es tut mir leid«, sage ich nur und spüre eine große Leere in mir aufsteigen. »Es tut mir so leid!«

»Du bist wohl nicht von deinem Kurs abzubringen, oder?«, fragt er und ich sehe, wie sehr er mit den Tränen kämpft.

Ich spüre das Verlangen, Eilon in meinen Arm zu nehmen und ihn zu riechen, ihn überall zu küssen und seine Haare zu berühren. Vorsichtig nähere ich mich ihm an, aber Eilon stößt mich sachte weg und gibt mir damit eindeutig zu verstehen, dass er für ein Hin und Her nicht zu haben ist. Ich kann ihm keinen Vorwurf machen. Sowieso stehe ich völlig neben mir und fühle mich wie eine Kopie meiner selbst. Als der Zug wenig später an der Hashalom in Tel Aviv einfährt, kann ich es nicht glauben, dass zwischen der abenteuerlichen Hetze zum Bahnhof und diesem ernüchternden Moment nur knapp vierundzwanzig Stunden liegen. Ich fühle mich wie in einer Sackgasse. Wir trotten wortlos zur Bushaltestelle.

»Wann soll es eigentlich losgehen?«, fragt er leise, als wir auf meinen Bus warten.

»Ende nächster Woche schon. Wie gesagt, mein Kollege ist weg und …«, setze ich zu einer Erklärung an, in der Hoffnung, Eilon und vielleicht damit auch mir den Ernst der Lage dadurch klarzumachen, aber Eilon hält seinen Zeigefinger auf meine Lippen.

»Schhh«, flüstert er. »Ich brauche keine weiteren Erläuterungen.« Mein Bus naht und wir verabschieden uns mit einer langen, festen Umarmung, ehe ich einsteige.

Eilon möchte die wenigen Kilometer zur Tel Aviv Mall zu Fuß gehen und ich sehe ihn die Straßenseite überqueren, als der Bus anfährt.

Er ist so wunderschön, er riecht so unwiderstehlich, er ist so ein besonderer Mensch. Was zur Hölle ist mit mir los? Wie in Trance lehne ich mich auf meinem Sitz zurück und fühle mich unendlich leer. Als sich der Bus dem letzten Stück meines Heimweges, der Promenade nähert, steht die Sonne schon etwas tiefer am Horizont. Ich steige aus dem Bus und kann meine Füße kaum voreinander setzen. Sie fühlen sich an wie Betonklumpen. Mein Blick schweift umgehend nach rechts, in Richtung LaMer. Ein Stich jagt mir durchs Herz. Ich befürchte, dass ich dort morgen früh nicht erwünscht bin. Ich schlurfe durch die Lobby, zum Aufzug und nach oben in mein Appartement. Eigentlich hatte ich vorgehabt, noch einmal hinunter an den Strand zu gehen, um dort der Sonne dabei zuzuschauen, wie sie im Meer versinkt, aber meine Kräfte lassen nach und ich sinke weinend auf meinem Bett zusammen. Nach einer Weile falle ich in einen unruhigen Schlaf. Mitten in der Nacht wache ich auf und entledige mich meiner Kleidung. Der Versuch, noch einmal einzuschlafen, mag mir nicht gelingen. Unruhig wälze ich mich im Bett hin und her und warte auf den Sonnenaufgang. Als es endlich hell wird, gehe ich mich duschen, streife mir eines meiner neuen Kleider über und mache mich früher als gewohnt auf zur Arbeit. Auf in meinem neuen Lebensabschnitt voller Erfolg und Anerkennung. Ich bin so kurz vor dem Höhepunkt meiner bisherigen Karriere.

Eilon

Seit den frühen Morgenstunden sitze ich am Wasser und werfe immer wieder einen der kleinen weißen Steinchen, die sich zwischen den feinen Sandkörnern finden, weit nach vorne in die Wellen. Die Ebbe hat das Wasser ein Stück zurückgezogen und der Mond scheint hell. Immer wieder fällt mein Blick nach links auf den Hotelkomplex des Dan Panorama, in dem Isabelle gerade schlummert. Die Nacht war unruhig und nachdem ich mich bis drei Uhr in der Früh schlaflos hin und her gewälzt habe, habe ich um halb vier eine Dusche genommen und beschlossen, hierher zu kommen. Das Meer ist immer ein guter Ort zum Nachdenken, erst recht, wenn man es noch ganz für sich alleine hat. Es trägt heimlich, still und leise die Gedanken davon, die man einer jeden Welle mitgibt und erwartet keine Gegenleistung.

Ich war lange nicht so traurig und getroffen wie jetzt. Hay war bereits zu Hause, als ich gestern Abend nach Hause gekommen bin, und ich konnte meinen Gemütszustand nicht verbergen. Wir haben lange auf dem Balkon gesessen und ich habe ihm von Isabelles Vorhaben berichtet, in die USA zu gehen. Hay sagte eigentlich nicht viel dazu, war aber einfach für mich da. Wie ein guter Freund eben. »Isabelle ist eine super Frau, sie folgt aktuell nur dem falschen Ruf. Gib ihr Zeit, sie wird bald spüren, wo sie hingehört«, sagte er, aber will ich das? Will ich darauf warten, bis Isabelle weiß, was sie möchte, oder sollte ich von ihr erwarten, dass sie dies bereits wissen sollte? Ist es egoistisch, das von ihr zu erwarten?

Achselzuckend rieb Hay sich das Kinn. »Womöglich schon«, sagte er. »Wenn die Liebe so einfach wäre. Manchmal sind es die Hürden, die man nehmen muss, die einen voranbringen.«

Aber hatte ich in meinem Leben noch nicht genug Hürden genommen?

»Du schon, Bruder. Womöglich Isabelle allerdings nicht.«

Das gab mir zu denken. Isabelle hatte in ihrem Leben nie ums Überleben kämpfen müssen, auch verteidigen hatte sie weder sich noch ihr Land je müssen. Isabelles Hürden bisher bestanden aus einem familiären Konflikt mit ihrem Bruder, der sich inzwischen aufzulösen schien, und einem Konflikt, den sie schon ihr Leben lang mit sich selbst austrug: *besser sein wollen*.

Die Gedanken waren wiederkehrend in meinem Kopf gekreist, bis ich beschlossen hatte, ihnen durch die Dusche ein Ende zu setzen, und wie ich es früher getan hatte, hierher ganz nah ans Wasser zu kommen, um den Wellen meine Gedanken mitzugeben.

Die Sonne macht sich daran, sich zu erheben, und allmählich kommen die ersten Surfer an den Strand. Es ist 5.30 Uhr und mir bleiben noch anderthalb Stunden bis zum Schichtbeginn. Nachdem ich gestern Abend keinen Appetit verspürt und nichts mehr gegessen hatte, merke ich nun umso deutlicher, wie sich nach meinem fast schon meditativen Start in den Tag der Hunger in mir breitmacht.

Ich werfe das letzte Steinchen in die Fluten und gehe an die Promenade zurück. Dort entsperre ich meinen Scooter, den ich am Außenbereich des LaMer angeschlossen hatte, und gondele langsam in Richtung Rothschild Boulevard. Lange war ich nicht hier im Café. Rund um die Uhr warme Küche. Ich bestelle mir eine Portion Pancakes mit Früchten und einen doppelten Espresso mit Mandelmilch. Während ich auf das Essen warte, ziehen unendlich viele Gedanken und Erinnerungen an meinem inneren Auge vorbei. Von meiner Zeit vor Isabelle hier in Tel Aviv, als ich die Nächte durchgemacht habe. Eine coole Zeit, die ich nicht missen möchte. Der Kellner serviert mir mein Frühstück. Der Kaffee tut gut, denn allmählich spüre ich die Müdigkeit in mir aufsteigen. Ich habe schon vieles überstanden in meinem Leben, vieles erleben dürfen, und ich blicke auf tolle Momente mit Isabelle zurück. Ich möchte mich für kein anderes Leben als dieses entscheiden müssen. Ich bin froh, dass ich Isabelle begegnet bin, ein bisschen hat sie mich trotz all meiner Erfahrung auch zu dem gemacht, was ich heute bin. Sie hat mir die Stärke und Zuversicht gegeben, den nächsten Schritt in Angriff zu nehmen, den Laden meines Großvaters auf jeden Fall in die nächste Generation zu überführen.

Nach vorne schauen ist angesagt, und wer weiß, womöglich hat Hay gar nicht so unrecht mit dem, was er über Isabelle sagt. Vielleicht ist ihre Hürde, die sie nehmen muss, der Umweg über die USA und vielleicht wird auch sie eines Tages feststellen, was sie wirklich vom Leben möchte. Vielleicht wird sie dort ihr großes Glück erleben, aber wer weiß, vielleicht wird ein Funke meines Sternes sie begleiten und sie hierher zurückbringen.

Ich spüre direkt wieder einen Kloß in meinem Hals aufsteigen, und schlucke diesen hinunter. Kacke. Ich sehne mich nach ihr. Ein Gefühl der Schwere befällt mich bei dem Gedanken daran, dass sich die Situation zwischen uns so plötzlich geändert hat. Noch wirkt es alles so unwirklich und ich habe das alles so nicht kommen sehen. Ich seufze und versuche meinen Appetit zurückzugewinnen, was mir mehr schlecht als recht gelingt. Dennoch vertilge ich die Pancakes binnen weniger Minuten. Anschließend trinke ich ein Glas Wasser und greife nach meinem Handy. Ich durchsuche mein E-Mail-Postfach und werde schnell fündig. Da ist er: mein Antrag vom März letzten Jahres auf die Pacht des Ladenlokals in der Allenby Road 99 nach vollständiger Sanierung.. Ich suche nach der Telefonnummer auf dem Bestätigungseingang des Antrags und wähle. Nur wenige Momente später meldet sich eine freundliche Dame am anderen Ende der Leitung. Ich möchte schon beginnen zu sprechen, ehe ich realisiere, dass es erst 6.40 Uhr ist und ich es mit einem Anrufbeantworter zu tun habe.

Zeit zum Aufbruch, in zwanzig Minuten beginnt meine Schicht. Ich hinterlasse eine Rückrufbitte, bezahle und schwinge mich auf meinen Scooter. Wäre doch gelacht, wenn ich das nicht in die Wege geleitet bekomme.

Und wenn Isabelle es sich anders überlegt, kann ich sie bei mir anstellen. So eine taffe, schlaue Frau kann man immer gebrauchen, wenn man selbstständig ist. Israelische Küche trifft auf deutsche Genauigkeit, na, wenn das nicht nach einem Erfolgsrezept schreit. Ich düse die Allenby Road entlang und schüttle meinen Kopf. *Genug geträumt, Junge, reiß dich zusammen. Was immer die Zukunft bringt, du tust das für dich.* Die letzten Meter auf der Promenade zwinge ich mich, nicht nach Isabelle Ausschau zu halten und verschwinde wenige Augenblicke später im Inneren des LaMer, wo ich meine Arbeit aufnehme.

Als ich gerade nach draußen möchte, um meinem Kaffeeritual

nachzugehen, klingelt mein Handy in der Hosentasche. Im ersten Moment hoffe ich, es ist Isabelle, aber es ist die Nummer aus dem Büro, der ich vorhin eine Rückrufbitte hinterlassen habe.

Na, läuft doch. Ich nehme ab und die Dame am anderen Ende der Leitung berichtet mir, dass die Arbeiten noch diesen Monat abgeschlossen werden, und bestätigt mir nach kurzer Prüfung, dass meine Bewerbung auf das Ladenlokal noch im System ist. Sie möchte wissen, ob es dabei bleibt. Ich bestätige und wir vereinbaren einen Besichtigungstermin am Ende der Woche, um weitere Einzelheiten zu besprechen.

Zufrieden stecke ich mein Handy wieder in die Tasche und beschließe, mein Gym-Training nach der Schicht nachzuholen. *Keine Zeit für trübe Gedanken.* Als ich am Abend nach Hause komme, berichte ich Hay von meinem Telefonat und wir lassen den Abend auf dem Balkon ausklingen.

Ich bin froh, dass wir zusammenwohnen. Beim Gedanken daran, jetzt alleine zu sein, überkommt mich eine starke Sehnsucht nach Isabelle und ich erkenne, dass der einzige Weg für mich aktuell ist, meine Energie auf alles andere zu fokussieren als auf sie, um nicht verrückt zu werden. Ohne meine Familie in die aktuelle Situation mit Isabelle einzuweihen, kündige ich mich zu einem erneuten Besuch schon am kommenden Wochenende an, und verabrede mich mit meinem Onkel, der früher viel im Laden meines Opas ausgeholfen hat.

Ich möchte meine Aufmerksamkeit von jetzt an ohne weitere Verzögerungen auf dieses Projekt richten. Und wer weiß, vielleicht fällt mir ja die Tage noch ein cooler Name für meinen Hummus-Kiosk ein. *Hummus und mehr,* wie der Laden noch zu Großvaters Lebzeiten geheißen hatte, ist heute nicht mehr en vogue, um hungrige Gäste aus nah und fern herbeizulocken, da muss schon etwas Spannenderes herhalten.

Wenn ich nur jemanden aus dem Marketing kennen würde …

Kapitel 23
שולשו םירשע

Isabelle

Das Aufstehen und die Dusche gelingen mir noch ganz gut, von da an geht es jedoch leider steil abwärts mit meiner Laune. Als wäre die Lobby eine Segnungsstätte von Eilon, erinnert mich dort jede Ecke an ihn. Vor dem Hotel suche ich unterbewusst alles nach seinem Scooter ab und auf dem Weg zur Bushaltestelle kann ich nach nichts anderem als dem LaMer Ausschau halten.

Als wären der ganze Strand und die ganze Promenade ein reinstes Eilon-Reich ... Ich fühle mich, als wäre ich in einer Blase. Verdammt, ist das schwer.

Es war mir klar, wie unendlich viel er mir inzwischen bedeutet, aber dass es so hart werden würde, die nächsten Schritte wieder ohne ihn zu wagen, hatte ich nicht vermutet. Wir sind in den letzten Wochen zusammengewachsen und Eilon ist binnen kürzester Zeit hier ein Teil von mir geworden. Ein Stück Heimat, das ich so selbst von zu Hause nicht kenne.

Als ich eine gute halbe Stunde später im Büro vorfahre, und die wenigen Schritte von der Bushaltestelle zum Bürokomplex laufe, versuche ich mich noch einmal ganz und gar auf die

Atmosphäre einzulassen. Das Glas, in dem sich der strahlend blaue Himmel spiegelt, das hohe Gebäude, das allein durch seine starre Präsenz Wachstum symbolisiert, der edle Eingangsbereich und der gute Duft in der angenehm kühlen Lobby.

»Boker Tov, Miss Steden«, ruft der Page freundlich wie jeden Morgen, und ich grüße zurück. Ich hoffe, er sieht mir meine durchweinte Nacht nicht an.

Langsam schreite ich zum goldenen Aufzug, um auch diesen noch einmal in aller Ehrfurcht zu genießen. Das Gefühl, in die schicken Büroräume zu fahren, in denen mein Wirken wichtig ist und mein Ich gefragt ist, genieße ich sehr. Ja, es ist ja sogar noch viel mehr als das. Ein Büro, in dem man solch große Stücke auf mich hält, dass man mich bereits nach kurzer Einarbeitungszeit nach New York abberuft, um eine verantwortungsvolle Position zu besetzen. Ich spüre ein leichtes Zucken um meine Mundwinkel und Stolz steigt in mir auf. Es tut gut, sich einmal wieder ganz und gar auf dieses Gefühl einzustimmen, mit dem ich angekommen bin.

Ich habe mich entschieden. Es ist wahrlich nicht einfach und ich spüre, dass ich Eilon vermisse, aber nachdem er mich gestern so vor die Wahl gestellt hat, bliebt mir nichts anderes übrig. Ich habe meinem neuen Job noch keine Chance ohne Ablenkung gegeben. Ich habe mich in Eilon verliebt, aber seine heftige Reaktion gestern hatte mich auch etwas erschreckt. Natürlich habe ich diese besser verstehen können, als er mir davon berichtete, dass er kein Visum für die USA bekommen kann und aus unserer bisher recht kurzen Affäre dann eine Fernbeziehung werden würde, die er nicht möchte, aber stehen seine Wünsche und Bedürfnisse über meinen?

Muss ich mich gegen eine große Chance im Job entscheiden,

weil er sich, ohne gemeinsam mit mir darüber nachzudenken, gegen eine Beziehung auf Distanz entscheidet? Je öfter ich mir diese Tatsache vergegenwärtige, desto besser komme ich mit meiner Entscheidung klar.

Der Tag startet gut und ich komme trotz der Müdigkeit gut mit meinen Aufgaben voran. Tara lobt mein Kleid und die Vorbereitungen für die Events laufen auf Hochtouren. Ich erspähe ein paar weitere neue Gesichter, die, wie mir Tara erklärt, für die Design-Gestaltungen der Marketingkampagnen eingestellt wurden, und ich freue mich auf Ablenkung und darauf, alle besser kennenzulernen.

Unterbewusst denke ich sofort an Eilon und schaue immer wieder auf mein Handy, um zu checken, ob er mir nicht doch eine Nachricht geschrieben hat, aber Eilon kann offenbar genauso stur sein wie ich und ich erhalte kein Lebenszeichen.

Als ich um 18.30 Uhr Frau Watsons Büro betrete, bittet sie mich, die Tür hinter mir zu schließen und deutet auf den Stuhl vor ihrem Schreibtisch. »Wir hatten ja bereits darüber gesprochen, dass ich Sie gerne in unserem Department in New York sehen würde«, beginnt sie und ich nicke. »Nun, wie Sie wissen, hat der werte Mister McMatthews uns ein paar ungelöste Aufgaben hinterlassen«, fährt sie fort. Erneut nicke ich und bin gespannt, worauf sie hinausmöchte. »Ich hatte Tara gebeten, sich schon einmal nach einem Appartement für Sie umzuschauen, das Arbeitsvisum vorzubereiten und nach Flügen zu schauen. Die Situation stellt sich nun so dar, dass Sie bereits am kommenden Samstag die Reise antreten können.«

Ich seufze tief. Puh, das geht ja alles noch rasanter als gedacht. Also werde ich noch schneller meine mir inzwischen so lieb gewonnene Stadt verlassen. Meine Hände beginnen zu zittern und mein Mund wird trocken. Ja, ich habe vorher bereits gewusst, dass ich gehen würde und ich habe mich bewusst dazu entschieden. Aber der Gedanke, dass ich tatsächlich schon so bald Tel Aviv und damit Eilon den Rücken kehren soll, schmerzt mehr, als ich es mir zuvor ausgemalt hatte. Widerwillen steigt in mir auf, obwohl das doch mein großes Ziel ist. Eigentlich müsste ich hier sitzen und jubeln und fragen, ob ich nicht schon eher loskann.

»Ähem, das geht jetzt in der Tat wirklich schnell«, setze ich zu einer Antwort an. »Ich hatte gehofft, hier noch ein paar Dinge fertig machen zu können, ehe ich gehe, damit wir hier nicht vor einer ähnlichen Situation stehen, wie unsere Kollegen in New York gerade«, versuche ich etwas Zeit für mich herauszuschinden.

Ich spüre einen enormen Druck in mir aufsteigen und fühle mich von der Situation überrannt. Während ich einfach vor mich hinstarre, erklärt mir Frau Watson, dass es für mich keinen Grund zur Sorge gäbe, da es bereits einen Anwärter auf meine aktuelle Stelle gäbe, der bereits in den Startlöchern stehe, und Daniel, mein Kollege bereits bestens mit seinen Aufgaben vertraut sei. Ich schlucke und spüre, dass die Würfel gefallen sind.

Aktuell sieht es danach aus, als gäbe es hier am Standort keinen Platz mehr für mich und ich habe die Wahl zwischen New York und einer Kündigung. Aber das kommt nicht infrage. Ich möchte den Erfolg, den ich mir die letzten Jahre so hart erkämpft habe.

Ich atme tief durch und schließe für einen Moment meine Augen. »Okay«, sage ich entschlossen. Frau Watson greift zum Telefon und wählt die Schnelldurchwahl zu Tara. In wenigen

Sätzen unterrichtet sie diese über unsere »Einigung«, und dass sie bitte bis morgen Abend alle Dokumente und Reiseunterlagen vorbereiten sowie alle weiteren Dinge in die Wege leiten soll.

Mir wird schwer ums Herz und ich spüre, wie mir das Mittagessen in meinem Hals aufzusteigen droht. Ohnehin war es mir heute schwer im Magen gelegen. Appetit hatte ich keinen verspürt. Wir verabschieden uns und ich laufe wie in Trance zurück in mein Büro, welches ich mir inzwischen mit Daniel teile. Seinen Schreibtisch hat er für heute schon verlassen, was mir sehr recht ist, und ich schließe die Tür hinter mir. Wie ferngesteuert laufe ich an meinen Schreibtisch und lasse mich auf meinen Stuhl plumpsen. *Fühlt sich so der nächste Karriereschritt an?* In Zeitlupe packe ich meine Sachen zusammen und schalte meinen Bildschirm aus. Gerade als ich aufstehen möchte, klopft es kurz an der Tür und Tara steckt ihren Kopf herein.

»Hey, Miss America, alles okay bei dir? Ich habe vorhin gesehen, wie du so bedröppelt an meinem Büro vorbeigelaufen bist, das passt so gar nicht zu dem feierlichen Anlass, oder?«, flötet sie in Tara-Manier.

Obgleich mir nicht der Sinn nach einer Unterhaltung steht, fühle ich mich in diesem Moment von ihr aufgefangen und frage sie, ob sie denn schon etwas vorhat. Sie verneint und ich schlage vor, wieder gemeinsam die Rooftop-Bar in der Allenby Road aufzusuchen, um noch einmal die Lichter der Stadt und die warme Abendluft zu genießen. Tara ist sofort dabei und der Gedanke, jetzt nicht allein zu sein, tut mir gut. Gemeinsam verlassen wir das Büro und als wir den Aufzug betreten, sucht mich das schwere Gefühl heim, als hätten meine Sorgen dort den ganzen Tag über tapfer darin auf mich gewartet. Ich checke erneut mein Handy, sehe aber keine Nachricht von Eilon und auch keinen verpassten Anruf. Ich beschließe, alle quälenden Gedanken beiseitezuschieben und nutze die Taxifahrt, um Tara über Thomas auszuquetschen. Wer weiß, vielleicht machen die beiden ja doch eine Entwicklung miteinander durch, die inspirierend sein könnte.

Tara winkt ab und erklärt mir, dass er gerade mit seiner Jacht in Zypern sei und sie keine Lust habe, immer darauf zu warten, dass er sie nur zum Essengehen abhole. Sie wünsche sich mehr Abenteuer. Ihre Aussage macht mich stutzig. War sie es nicht, die die ganze Zeit darauf gepocht hat, wie wichtig ihr tolle Autos und sein Luxus sind?

Umgehend muss ich an Eilon denken und unsere Strandspaziergänge, unsere Unterhaltung über Bamba, Gott und die Welt. Und sogar an seinen Freund Yarin, der mir direkt beim ersten Treffen die *interessante* Dattel geschenkt hatte. Ich muss kichern.

»Warum lachst du?«, fragt Tara neugierig und wirkt mit einem Mal wieder deutlich kontrollierter.

»Nur so, mir kam gerade eine lustige Erinnerung in den Sinn.« Schnell lenke ich wieder von mir ab. »Ach schade, dann bist du gerade quasi Single?«

Mein Plan geht auf und Taras Augen beginnen zu leuchten »Keine Zeit für Langweiler, ich warte auf den Tag X, an dem mir mein edler Ritter auf einem weißen Ross am Strand begegnet und mich in seine Welt entführt«, sagt sie theatralisch.

»Verstehe.« Ich nicke und lenke das Gespräch dann doch lieber gezielt weiter auf New York und darauf, was diesbezüglich noch zu tun ist. Als wir an der Bar ankommen, bestelle ich mir einen Virgin Colada und es gelingt mir immer wieder, das

Gespräch von meiner privaten Situation fernzuhalten. Erst am Ende, als wir uns im Taxi vor dem Dan Panorama verabschieden, kann sie es nicht länger unterlassen, mich nach Eilon zu fragen, und ich erkläre ihr, dass ich mich nun auf New York fokussieren möchte.

New York City. Das aufgeregte Gefühl, das sich bei dem Gedanken daran noch vor ein paar Monaten eingestellt hätte, bleibt aus, aber ich rede mir ein, dass eine ordentliche Portion Schlaf mir guttun wird. Als ich mich ins Bett lege, checke ich erneut mein Handy, aber ich habe nach wie vor keine Nachricht von Eilon.

Eilon

Frustriert starre ich zum gefühlt hundertsten Mal heute auf das Handy, aber kein Lebenszeichen von Isabelle. *Sie zieht das echt voll durch.* Ob sie wohl trotzt? Oder ob es ihr wie mir ergeht, und sie sich zwingt, sich nicht zu melden und dabei auf mein Lebenszeichen wartet? Aber was soll's. Wir sind beide erwachsen und die Karten liegen auf dem Tisch. Es steht Entscheidung gegen Entscheidung und das sind Fakten.

»Was wäre dir denn lieber?«, unterbricht Hay die Stille, als der Abspann über den Bildschirm läuft. Sehr wahrscheinlich ist es ihm nicht entgangen, dass ich permanent auf mein Handy schaue.

Wir sind heute Abend bei einer Dokumentation im Fernsehen hängengeblieben, aber so recht konzentrieren konnte ich mich nicht darauf.

»Wenn ich das wüsste«, gebe ich vor, obgleich ich das exakt weiß. Dann bricht es doch aus mir heraus: »Ich kann sie nicht gegen ihren Willen zwingen, hierzubleiben, wie stellst du dir das vor?«

Umgehend steigt mein Puls. »Ich kann ihr nicht verübeln, dass sie Karriere machen möchte, aber sie opfert damit diese Sache zwischen uns«, stoße ich hervor.

»Na ja, sie hatte dir ja angeboten mitzukommen. Es ist nicht so, dass sie dich vor vollendete Tatsachen gestellt hat, so wie du mir das berichtet hast.«

Ich schüttle den Kopf und winke ab. »Na ja, aber so gut wie!«, entgegne ich trotzig. »Sie konnte nicht wissen, dass ich kein Visum bekommen würde und damit auch nicht mitkommen kann, aber sich danach dennoch einfach für diesen Schritt zu entscheiden, ist eine klare Entscheidung gegen mich.«

Hay wiegt den Kopf hin und her. »Vielleicht steckt sie nun in derselben Zwickmühle wie du und hatte sich ihre Lösung auch anders zusammengedichtet. Sie ist halt eine richtige busy Izzy, Izzybizzy wie du sie nennst. Dann seid ihr zwei Starrköpfe aneinandergeraten und nun liegt hier eine Entscheidung vor, die meines Erachtens einfach nur aus dem Affekt gefällt wurde.«

Ich rolle meine Augen. Ausnahmsweise muss ich Hay mal recht geben. Wenn er so weiter analysiert, habe ich gute Hoffnung für ihn, dass auch er bald einmal eine vernünftige Beziehung zustande bringt.

Ich stehe auf, um ins Bett zu gehen. Die letzte Nacht steckt mir in den Gliedern.

»Im Ernst, Eilon, gib nicht kampflos auf, das ist nicht deine Art.« Hay schaut bedeutungsvoll.

Das sitzt und ich werfe ihm einen nachdenklichen Blick zu. »Erev Tov, mein Freund«

Als ich mich schlafen lege, erwäge ich, Isabelle zu schreiben, entscheide mich aber für heute dagegen und für eine Portion dringend benötigten Schlaf. Kampflos aufgeben, was heißt das schon. Vielleicht konzentriere ich mich gerade jetzt auf meine eigene Karriere, der allerdings mit meiner Familie zu tun hat und im Vergleich zu ihrer eine gute Work-Life-Balance verspricht, zumindest irgendwann, wenn der Laden brummt.

Auch am nächsten Tag melde ich mich nicht bei Isabelle, und als sie auch am Mittwochmorgen nicht im LaMer erscheint, fühle ich mich darin bestärkt, weiter auf Abstand zu gehen. Obgleich sich meine Gedanken permanent um sie und ihre baldige Abreise drehen, kann ich mich nicht dazu durchringen, sie anzurufen, geschweige denn aufzusuchen.

Die Angst davor, sie zu sehen, und dabei so stark für sie zu empfinden, wie ich es ohnehin tue, auch wenn ich sie nicht sehe, macht mir einen Strich durch die Rechnung. Ich habe keine Lust darauf, mich wie ein Häufchen Elend zu fühlen. Und ich würde mich so fühlen. Ich fühle mich so schon kacke. Soll ich dem Ganzen noch die Krone aufsetzen und zu ihr hingehen, mir erneut ihre Entscheidung erklären lassen und sie bestenfalls noch zum Flughafen fahren? *Fragt sich eh mit welchem Gefährt.*

Ich fokussiere mich auf den anstehenden Termin mit der Maklerin und schmiede Pläne für das Treffen mit meinem Onkel am Wochenende. So werde ich auch gleich weniger dumme Fragen zu Isabelle kommen. Ich muss mich ablenken. Alles andere macht keinen Sinn.

Als ich am Donnerstag nach der Schicht zum verabredeten Termin mit der Maklerin in die Räumlichkeiten Allenby Road komme, kann ich meinen Augen kaum trauen. Die Lokalität ist kein Vergleich zu vorher und auch von außen erstrahlt das schöne Gebäude in ganz neuem Glanz. Der Balkon, von dem aus man das Treiben auf der Allenby beobachten kann, und der direkt auf die Synagoge auf der anderen Straßenseite zeigt, ist nicht mehr marode, sondern wunderbar als Außenfläche nutzbar und auch der Innenbereich ist komplett saniert. Der abgeblätterte Putz an den Wänden ist frischem Putz gewichen, der alte Holzboden wurde komplett neu aufbereitet und die alte Theke, die unbrauchbar war, ist durch eine kleine Küchenzeile ersetzt worden. Ich bin beeindruckt.

»Sie haben mich wirklich zum perfekten Zeitpunkt kontaktiert«, erklärt die Dame. »In zwei Wochen wollten wir in die erneute Ausschreibung gehen und ich muss gestehen, dass mir ihr Antrag ohne ihren Anruf durchgerutscht wäre. Ich hatte ihn zwar im System, aber er war nicht aktiv geschaltet. Erst nach ihrer Kontaktaufnahme, kam mir wieder die Erinnerung daran, dass hier einst das berühmt berüchtigte *Hummus und mehr* angesiedelt war, der Dreh- und Angelpunkt der Allenby Road. Während der langen Sanierungsmaßnahmen hatte ich Sie als Enkel des damaligen Pächters leider vergessen. Also gut, dass Sie sich gemeldet haben.«

Ich nicke und spüre Aufregung in mir aufsteigen. »Ich bin definitiv daran interessiert, dieses Objekt wieder aufleben zu lassen und das Werk meines Großvaters fortzuführen.«

»Das ist wirklich wundervoll. Das ist so ein schönes Zeichen an Ihre Vorfahren und so eine glückliche Fügung.« Die Maklerin nickt begeistert.

Wir vereinbaren einen weiteren Termin zur Klärung aller weiteren Anträge und Formalitäten in der nächsten Woche.

»Wenn alles nach Plan läuft, können Sie bereits in drei Monaten eröffnen.«

Ich rechne kurz nach. »Sie meinen, noch dieses Jahres?«, vergewissere ich mich.

»Ja, genau«, bestätigt mir die Dame.

Beflügelt von all den neuen Möglichkeiten und Aufgaben, die sich gerade vor mir auftun, verabschiede ich mich von ihr, und düse mit meinem Scooter ein Stück die Straße hinunter zu demselben Falafel-Laden, bei dem ich auch mit Isabelle war, und lasse mir mein Sandwich im Pitabrot auf der Bank davor schmecken.

Im Grunde genommen ist die Situation nicht so, wie ich sie gerne hätte, nämlich, dass Isabelle hierbleibt, aber ihre positive Energie hat Auswirkungen auf mein Leben, die nachhallen.

Sie birgt fantastische neue Chancen für mich. Izzy hat mich dazu gebracht, zu handeln, und nicht nur zu träumen. Und dafür werde ich ihr immer dankbar sein. Ein extremes Glücksgefühl überkommt mich und zugleich auch ein Gefühl der Freude auf das, was wird. Jetzt ist alles spruchreif.

Ich spüle den letzten Bissen meines Sandwiches mit meinem Getränk hinunter und wähle Hays Nummer. Es dauert nicht lange und er meldet sich. »Hay, Bruder, hör zu, ich habe megatolle News!«, platzt es direkt aus mir heraus.

»Lass hören, Junge!«, fordert er mich auf. »Hat Isabelle sich etwa gemeldet?«

»Nein, Mann,« entgegne ich direkt. »Aber es ist durch sie etwas anderes Wundervolles passiert. Du weißt, ich liebe meinen Job im LaMer, aber ich sagte vom ersten Tag an, dass dieser nur eine Zwischenlösung sein sollte. Und jetzt ist es so weit! Ich mache wirklich den Laden auf! Jetzt traue ich mir gerade alles zu!«

»Den Laden von deinem Opa, von dem du immer geträumt hast?« Hay rastet aus vor Freude. »Das sind ja unfassbare Neuigkeiten, Mann. Glückwunsch, Bruder! So gefällst du mir wieder!«

»Wahrscheinlich brauche ich in den nächsten Wochen deine Hilfe bei der Einrichtung des Ladens und der Installation der

Geräte.«

»Ehrensache. Dafür bin ich da, ist mein Job«, scherzt er und ich muss lachen.

Es ist toll, einen Freund wie ihn zu haben. Und es spornt mich an, zu sehen, wie sehr er in seiner Selbstständigkeit aufgeht. Jetzt heißt es Hummus-Rezepturen testen, verfeinern und ein ordentliches Konzept auffahren. Vielleicht sollte ich Isabelle nun doch kontaktieren und ihr von den tollen Neuigkeiten berichten? Ich blicke auf die Uhr, aber die Zeit ist knapp. Ich hatte Jardon versprochen, heute Abend ein paar Stunden seiner Schicht zu übernehmen, damit ich morgen, am Freitag, gleich einen frühen Zug in die Heimat nehmen kann und nicht mit allen anderen kurz vor dem Schabbat im Wochenendverkehr stecke. Jetzt, wo ich weiß, dass die Aussicht bald ein Ende hat, werde ich die Arbeitstage im LaMer umso mehr genießen.

Kapitel 24
עבראו סירשע

Isabelle

Eilon ist normalerweise immer am Freitagmorgen im LaMer. Warum, um alles in der Welt, war da heute dieser andere Typ? Ich habe dort noch nie in der Früh jemanden anderen angetroffen als Eilon. Schnell bin ich wieder hinausgehuscht, noch bevor der andere mich sehen konnte, und nun sitze ich weinend im Bus nach Ramat Gan.

Die Woche ist wie im Flug vergangen und ich habe jeden Tag auf eine Nachricht von ihm gehofft, aber Fehlanzeige. Die Schwere, die durch unsere plötzliche Distanz auf mir lastet, war unerträglich und alle Ablenkungsmanöver haben nur dazu geführt, dass ich Eilon noch mehr vermisste.

Selbst bei meinem Abschiedsspaziergang durch Neve Tzedek gestern am späten Nachmittag habe ich ihn vermisst, obwohl wir nicht einmal gemeinsam dort waren. Sehr lange stand ich vor dem Haus mit der Aufschrift *Being free is a state of mind*, von der Eilon mir das Foto gezeigt hatte. Bevor ich ging, schoss ich ebenfalls ein Bild davon.

Die Kleider in den Schaufenstern hatten ihren Glanz verloren und auch das Eis, das ich mir bei Anita gegönnt habe, konnte mir kein so rechtes Geschmackserlebnis bescheren. All dies waren schlussendlich genügend Gründe für mich, heute Morgen vor der Arbeit über meinen Schatten zu springen, und das LaMer aufzusuchen, um mich von Eilon zu verabschieden.

Ich hatte mich auf den größten Schmerz eingestellt, falls er sich nicht freuen sollte, mich zu sehen. Der Schmerz, ihn nun gar nicht dort angetroffen zu haben, ist jedoch noch viel größer.

Das soll es schon gewesen sein? Die ganze Sache mit Eilon? Werden wir uns niemals wiedersehen? Das Taxi, das mich morgen früh zum Flughafen bringen soll, ist auf acht Uhr bestellt. Züge fahren keine, da heute Abend der Schabbat beginnt, was mir ohnehin ganz recht ist, da ich doch einiges an Gepäck habe. Das Appartement zu verlassen, wird mir schwerfallen. Neben den schönsten Sonnenauf- und -untergängen habe ich dort innige Momente der Zweisamkeit mit Eilon erlebt.

Ich erinnere mich an den ersten Morgen und das Gefühl, als ich zum ersten Mal durch die Jalousien nach draußen gelinst habe. Ein Schauer läuft mir über den Rücken und ich spüre schon wieder einen dicken Kloß in meinem Hals aufsteigen. Irgendwie bin ich in dieser Stadt sofort zu Hause gewesen. Von heute auf morgen hat sich alles gefügt und ich war angekommen.

Ist es Schicksal, dass ich Eilon nicht noch mal begegnet bin? Damit ich es mir in letzter Sekunde nicht doch noch anders überlege? Ich wische mir die Tränen aus den Augen und tupfe mit einem Taschentuch meine Wangen trocken. Make-up hatte ich nur wenig aufgelegt, da ich mich mittlerweile ohne besser fühle, und zum Glück ist auch meine Mascara nur minimal verlaufen.

Als der Bus hält, klappe ich meinen kleinen Taschenspiegel zu und eile zum letzten Mal hinaus in mein neues-altes Büro. Der Tag verfliegt nur so und als ich am Ende mein bisschen Hab und Gut zusammenpacke, klopft es leise an der Tür und Tara schaut herein.

»Hey!«, flüstert sie fast schon. »Ich hoffe, es geht dir gut?«

Umgehend spüre ich wieder Tränen in mir aufsteigen. »Ich weiß es nicht«, gebe ich ehrlich zu und sehne mich nach einer verständnisvollen Reaktion. Aber wie soll sie mir diese geben können, wenn ich mein Privatleben hier größtenteils vor ihr verschwiegen habe und mich ohnehin nicht weiter mit ihr verbunden fühle als durch die Arbeit.

Mit großen Augen schaut sie mich an und presst ihre Lippen zusammen. »Ich kann dich gut verstehen«, versucht sie, mich zu trösten. »Aber es wird großartig werden. New York ist eine grandiose Stadt. Du wirst sehen, du musst unbedingt zu Saks und wir können uns trotzdem regelmäßig in den Zoom Calls sehen und über alles austauschen.«

Ich kann erkennen, wie sehr sie sich darum bemüht, mir mein Fortgehen schmackhaft machen zu wollen, aber ich verspüre eine Abneigung bei dem Gedanken, ihr via Zoom Calls von meinem Leben und jedweden Boutiquen auf der 5th Avenue zu berichten. Ich verspüre eigentlich nur noch immer diesen dicken Kloß im Hals und das dringende Gefühl, mich übergeben zu wollen.

Womöglich meine Angst vor dem Neuen. Ich zwänge mir ein Lächeln ins Gesicht und verabschiede mich auf französische Art bei ihr: Küsschen links, Küsschen rechts, ein paar herzliche Worte und schon stehe ich im Aufzug. Es ist inzwischen spät geworden und der Schabbat hat eingesetzt.

Ich rufe mir ein Taxi und bei dem Gedanken daran, dass ich vor nur einer Woche einen so herzlichen, wundervollen Abend mit Eilons Familie verbracht habe, lässt die Tränen erneut nur so fließen. Erschöpft von all den Emotionen, steige ich aus dem Taxi und verkrieche mich ein letztes Mal in mein Bett im Dan Panorama. Die Koffer stehen bereits gepackt neben der Eingangstür, den Waschbeutel werde ich morgen früh noch dazugeben und den Wecker stelle ich so knapp, dass es nur zu einer schnellen Dusche reicht. Ein letztes Mal Joggen an der Promenade wäre ein Traum, aber ich will mir den Abschied nicht noch schwerer machen, als er ohnehin schon ist. Nun heißt es auf zu neuen Ufern und auf Wiedersehen, Tel Aviv.

✡

Wie in Trance zieht der Morgen an mir vorbei, als ich angeschnallt im Flugzeug mit den anderen Fluggästen auf die Starterlaubnis warte. Ich war bereits um 5.34 Uhr ausgeschlafen und habe mich deshalb dazu entschieden, doch an der Promenade zu spazieren. Bewusst schlug ich den Weg in die entgegengesetzte Richtung des LaMer ein. Ich wollte mir den Abschied hier nicht noch schwerer machen, als er mir eh schon fiel. Ich hörte die Gesänge der Moschee unweit des Dans, der die arabischen Israelis zum Morgengebet rief. Die warme Luft des noch anbrechenden Tages mischte sich mit der Luft des Meeres. Ich hatte mir meine Schuhe ausgezogen und war auch ein paar Schritte durch den Sand gegangen. Für eine Weile hatte ich den Wellen zugeschaut, noch ein paar letzte funkelnde Sterne am Himmel sehen können und beim Zurückgehen die Kulisse der Stadt auf mich wirken lassen. Tel Aviv.

Israel! Wer hätte je gedacht, dass diese Stadt so viele magische und intensive Momente für mich bereithalten würde? All die Dinge, die ich hier erleben durfte, waren wunderschön, aber stets hatte ich mich dafür getadelt, wenn dadurch die Gedanken über meinen Job in den Hintergrund geraten waren. Als stünde meine Arbeit wie ein großer Schatten über all dem. Ist das ein ganz normales Gefühl des Abschiedes? Aber ich hatte doch auch in Deutschland nicht so empfunden. Ich spüre, wie meine Gedanken unausweichlich zu Eilon schweifen. Immer und immer wieder und ich kann nichts dagegen tun. Ist es die Stadt, ist es Eilon?

»Entschuldigen Sie?« Jäh werde ich aus meinen Gedanken gerissen. »Sie müssen Ihre Tasche bitte noch unter den Sitz vor sich legen«, bittet mich die Flugbegleiterin höflich. Huch, mir ist gar nicht aufgefallen, dass ich sie noch immer auf meinem Schoß umklammere, als könne sie mir Halt geben.

Ich schiebe sie mit den Füßen unter den Sitz. Der Kapitän gibt durch, dass die Startbahn nun frei ist und wir beschleunigen. Mit jeder Sekunde, in der das Flugzeug an Geschwindigkeit aufnimmt, wird mir flauer im Magen. Der Gedanke, gleich abzuheben und erst auf einem anderen Kontinent, so weit fort von Eilon und unseren Erlebnissen, wieder zu landen, zieht mir wortwörtlich den Boden unter meinen Füßen weg und plötzlich kann ich nicht anders, als alle Tränen, die da kommen, fließen zu lassen.

Unsere Maschine schiebt sich weiter in den Himmel hinein und nun erkenne ich auch schon den Strand von Tel Aviv von oben. Der Strand und die Kulisse vor der Promenade präsentieren sich mir nun zur Linken. Unsere Promenade. Ich sehe das Hilton, erahne das LaMer, kann auf die Moschee blicken, deren Klang ich am Morgen noch zu hören bekommen habe, sehe das Dan in den Himmel ragen und den alten Hafen Jaffas. All das umspült von den Wellen, die das Stadtbild rund um die Promenade von Tel Aviv so einzigartig machen. Mein Herz sticht und zum ersten Mal in meinem Leben spüre ich ein Gefühl, das ich so nicht kenne.

Ist es das, was man Sehnsucht nennt? Ein Herzschmerz, der sich anfühlt, als wäre jeder Meter, den man sich von dieser Sache entfernt, ein weiterer fester Druckpunkt auf der Brust?

Der Gedanke daran, mich zugleich auch weiter von Eilon wegzubewegen, schmerzt, und ich fühle, wie ich mich dafür ohrfeigen könnte, dass ich nicht mehr die Courage aufbringen konnte, mich telefonisch bei ihm gemeldet zu haben. Alles in mir sträubt sich urplötzlich dagegen, nun in diesem Flugzeug zu sitzen und ihn und uns hiermit als Erinnerung zurückzulassen. Aber das wird schon wieder. Wenn ich im neuen Büro bin, werde ich das alles vergessen können. Ganz sicher.

Völlig erschöpft sinke ich in meinem Sitz zusammen und erwache erst wieder, als die Flugbegleiter eine Weile später das Mittagessen servieren. Trotz, oder gerade wegen meiner latenten Übelkeit esse ich etwas von der Pasta und trinke einige Becher Wasser. Das Brot zur Pasta tut gut und ich habe das Gefühl, dass es mir nach dem Essen etwas bessergeht. Die verbleibenden sieben Stunden des Fluges versuche ich mich mit Arbeit abzulenken und mich in Mister McMatthews' Aufgabengebiet einzulesen. Im Großen und Ganzen entspricht es zum Glück dem meinen und ich bin beruhigt, dass Frau Watson mir keinen Bären aufgebunden hat.

Unsere Verabschiedung ist nur sehr kurz ausgefallen, da sie aufgrund der firmeninternen Events in der vergangenen Woche sehr eingespannt war. Dennoch schaue ich auf eine positive Zeit mit ihr zurück. Sie war stets offen und unterstützend und hat mir immer wieder sehr viel Lob für meine Arbeit ausgesprochen. Nein, an Wertschätzung mangelte es mir in diesem Unternehmen nicht. Nun bin ich gespannt, was mich bei den Kollegen in den USA erwartet.

Ich zappe mich durch ein paar Filme, kann mich aber nicht so recht konzentrieren und versuche, noch ein wenig Schlaf zu finden. Als die Flugbegleiterinnen ein kleines Abendessen bringen und wir bald darauf zum Landeanflug ansetzen, bin ich froh, diese Hürde hinter mich gebracht zu haben und möchte so schnell wie möglich meine neue Bleibe beziehen. Erneut schaue ich meine Unterlagen durch und vergewissere mich, wo ich nach der Ankunft hinmuss. Bei dem Gedanken, zuerst noch durch die Passkontrolle und den Zoll zu müssen, spüre ich große Unlust aufkommen. Für heute habe ich irgendwie keine Energie mehr und ich bin froh, dass ich morgen erst einmal einen Tag alleine für mich habe, um in der Stadt anzukommen, ehe es am Montag mit der Arbeit losgeht.

Eilon

Ich sitze im Zug zurück nach Tel Aviv und spüre die Aufregung in mir steigen. Es ist mir gut gelungen, die Fragen über Isabelle geschickt zu umgehen und mir und ihr dabei alle Türen in meiner Heimat offen zu halten. Auch wenn ich die ganze Woche über nichts von ihr gehört habe, wollte ich sie zu Hause nicht in dieses Licht rücken und niemandem das Gefühl geben, die Sache zwischen uns könnte nur eine Farce gewesen sein. Diese Trennung möchte ich erst einmal mit mir selbst ausmachen. Vielleicht ist es ein Zeichen, dass ich sie doch nicht loslassen kann. Vielleicht muss ich einen letzten Versuch wagen. Ich weiß, ich mache mich damit zum Idioten, aber ich kann einfach nicht anders. Ich muss sie ein letztes Mal sehen und versuchen, sie umzustimmen. Und wenn es nicht klappt, dann ist es wenigstens ein anständiges Lebewohl.

Bestückt mit einem wunderschönen alten Notizbuch meines Großvaters und einer Packung saftiger Medjool-Datteln von meinem Lieblingshändler, warte ich auf die Einfahrt des Zuges in Hashalom. Es ist Samstag, und selbst wenn Isabelle arbeiten muss oder unterwegs ist, wird sie heute im Laufe des Tages ins Dan zurückkommen. Ich nehme den nächsten Bus zur Promenade, steige am Dan aus und gehe zielstrebig zur Rezeption.

Was mir einmal gelungen ist, kann mir auch ein zweites Mal gelingen, ermutige ich mich.

»Wie kann ich Ihnen behilflich sein?«, fragt mich die nette Dame hinter dem Tresen.

»Guten Tag, haben Sie eventuell einen Bogen Papier und einen Kugelschreiber für mich? Ich möchte gerne etwas für Isabelle Steden hinterlegen«, bitte ich sie höflich.

Die Dame reicht mir einen Bogen und einen Stift und beginnt zugleich in ihren Computer zu tippen. Einen kurzen Moment später jedoch schaut sie mich mit zusammengepressten Lippen an. »Das tut mir sehr leid, der Herr, das System gibt mir gerade die Information, dass Frau Isabelle Steden heute Morgen das Dan verlassen hat.«

Mein Herzschlag steigt rasant an. »Kann schon sein, dass sie gerade nicht da ist, aber sie kommt ja wieder.«

»Nein, das Appartement läuft weiterhin auf die Firma, aber Frau Steden hat ausgecheckt.« Mit einem bedauernden Blick schaut mich die Dame an.

Wow, das tut weh. Was für ein Handtuch bin ich eigentlich? Ich stehe hier, um ihr einen Brief zu schreiben, mit Datteln und einem Erbstück meines Großvaters, und sie verschwindet ohne ein weiteres Wort des Abschieds aus der Stadt? Wütend schiebe ich der Dame den Bogen Papier und den Kugelschreiber wieder zu und bedanke mich.

Ich eile aus dem Dan und stopfe alles in meinen Rucksack zurück, ehe ich in Richtung Strand renne und in den Sand kicke. Was ist das für eine Art? Wie konnte ich es zulassen, dass sie mein Herz in Nullkommanichts erobert, alle meine Mauern einreißt, die ich vor all den anderen Mädels mühelos aufrechterhalten hatte, und dann sang- und klanglos verschwindet, als hätte es uns nie gegeben.

Ich hätte direkt gewarnt sein müssen, als ich erkannt habe, was ihr wichtig ist im Leben. Erneut spüre ich diese immense Wut in mir aufsteigen wie schon in der vergangenen Woche und ich tue mich schwer, meine Emotionen zu kontrollieren. Ich wusste, dass die Liebe nichts für mich ist. Ich balle meine Hand zu einer Faust und beiße hinein. Ich spüre, wie mir eine Träne die Wange hinabläuft, und auch den scharfen Schmerz meiner Zähne auf der Haut. Wie außer mir gehe ich den ganzen Weg zu Fuß nach Hause und lasse mit jedem Schritt ein bisschen Wut zurück. Besinne dich. Es ist alles zu deinem Besten. *Es musste so kommen!* Immerhin hat sie mir den Laden ermöglicht. Das hilft mir, mein Gemüt wieder einzupendeln und tief durchzuatmen.

Als ich nach anderthalb Stunden im Stechschritt an meinem Appartement ankomme, bin ich dankbar, alleine zu sein, und steige direkt unter die Dusche. Es tut gut, die heiße Luft, die Zugfahrt, die Wut und die Enttäuschung abzuspülen. Ich lasse das Wasser nur so laufen und erst nach einiger Zeit stelle ich es ab, und verziehe mich in mein Zimmer. Ich greife nach dem Notizbuch meines Großvaters und schaue mir seine Notizen darin an. In alten hebräischen Buchstaben stehen Rezepte darin, Kontakte und ein paar Tipps und Tricks, wie er damals die Abrechnung gemacht hat. Das Buch bringt mich auf andere Gedanken und in Vorfreude und Dankbarkeit auf das, was kommt, nicke ich ein und wache erst am frühen Morgen auf. Gerade noch rechtzeitig für den Gang ins Gym. Heute möchte ich meinem Chef mitteilen, dass ich nur noch bis Mitte Oktober meinen Job als Bar-Manager ausführen kann. Danach werden mir noch ein paar Wochen bleiben, um all die Dinge zu erledigen, die ich in den kommenden beiden Monaten nicht nebenher arrangieren kann, bevor ich meinen Traum verwirkliche und den Laden öffne.

Mich schmerzt der Gedanke daran, dass Isabelle einfach gegangen ist, ohne sich noch einmal zu verabschieden, noch immer. Ich greife nach meinem Handy, aber sehe erneut keine Nachricht von ihr.

Genervt werfe ich das Handy auf das Sofa und beschließe, es dort heute auch zu lassen. Ich habe keine Lust, wie ein Sklave meines Displays permanent zu überprüfen, ob sie sich nicht doch meldet. Ich habe die ganze Woche über schon spüren dürfen, dass sich das nicht gut anfühlt. Hätte sie mir noch etwas zu sagen, wäre sie auch nicht einfach so verschwunden. Vielleicht sollte ich es heute Abend mal wieder krachen lassen. Eine kleine Ablenkung könnte mich auf andere Gedanken bringen. Aber als ich mir das genauer vorstelle, wird mir bewusst, dass ich von dem Verlangen nach Ablenkung und der schnellen Befriedigung gerade weit entfernt bin. Ich strecke mich und springe aus dem Bett.

Was soll's, ich habe ohnehin genug zu tun, wenn ich möchte, dass der Eröffnung meines Hummus-Shops nichts im Wege steht. Ich treffe wie so oft morgens im Gym auf Hay und wir verabreden, nach meiner Schicht gemeinsam zum Großhandel zu fahren, um ein paar Küchengeräte und Leuchtreklamen zu checken.

Als ich die Promenade überquere, stelle ich mir für einen Moment vor, Isabelle würde mit ihrem wippenden Pferdeschwanz an mir vorübergehen, aber der Stich in meiner Magengegend genügt, um mir mit einem lauten Seufzer diesen süßen Gedanken zu vertreiben. Pünktlich um siebzehn Uhr kommt

Hay mit seinem kleinen Lieferwagen vorbei und wir fahren gemeinsam zu einem seiner Bekannten in Jaffa, der dort Gastronomiebedarf verkauft. Ich muss ein bisschen schmunzeln, denn ich hatte mich schon immer gewundert, warum dort einige dieser Großküchenbedarfsläden sind, inmitten der Märkte, Restaurants und Cafés, die dort das Bild des Stadtteils prägen. Heute bin ich einer der Menschen, die genau ein solches Geschäft aufsuchen, zweihundert Meter entfernt von dem Surfshop meines Vertrauens und in etwa dreihundertfünfzig Meter entfernt von der Akbar, die mir schon die wildesten Stunden beschert hat. Hays Bekannter ist nett. Die beiden kennen sich schon lange und er bietet mir bereits nach der Begrüßung die besten Rabatte an. Na, das kann ja nur gut werden. Ich freue mich so sehr, dass das Vorhaben mit dem Laden nun wahr wird und sich alles so perfekt fügt. Manchmal ist das Leben ganz schön verrückt.

Kapitel 25
שמחו סירשע

Isabelle

Den ganzen Sonntag habe ich im Bett herumgegammelt. Nachdem ich mit einem gelben Taxi spektakulär die bekannte Manhattan Bridge überquert und mein Quartier, ein privates Zimmer in dem Appartement eines Pärchens, bezogen habe, musste ich ihnen tatsächlich noch anderthalb Stunden Rede und Antwort stehen, denn Sebastian und Leroy quetschten mich über Tel Aviv aus.

Na toll. Genau, was ich direkt brauchte: ein verliebtes Pärchen, das mich gedanklich zurück nach Tel Aviv brachte.

Immerhin sind es von hier nur fünf Minuten Fußweg zum Büro. Das ist eine tolle Sache, dann spare ich mir jeden Tag eine Stunde Zeit, für die An- und Abfahrt zur Arbeit. Mehr Zeit für die Projekte von McMatthews.

Auch jetzt noch, am Sonntagabend, fühle ich noch den Sand des Morgenspaziergangs vor meiner Abreise unter meinen Füßen. Ich starre an die weiße hohe Zimmerdecke im Herzen von Manhattan. *Surreal.* Manchmal ist das Leben ganz schön verrückt.

All das. Und immer wieder denke ich an Eilon. So weit weg

von ihm fühle ich mich ihm irrwitzigerweise erst recht noch viel näher. Das Gefühl der Geborgenheit, das ich durch ihn erlebt habe, begleitet mich bis ins entfernte New York.

Ich rechne die Zeit zurück. Es ist jetzt Sonntagnachmittag bei ihm. Ohne lange zu zögern, wähle ich seine Nummer. Es tutet einige Male, aber er nimmt nicht ab. Geknickt ziehe ich mir wieder die Decke über den Kopf. Ich hoffe, er zieht nicht schon mit der Nächstbesten durch die Stadt und macht ihr schöne Augen.

Ein Stich in der Magengegend erinnert mich daran, dass ich diese Situation selbst herbeigeführt habe. *Es ist natürlich toll, wenn du auch gleich deine neue Stelle in New York antrittst, ohne wirklich frei im Kopf zu sein,* mahnt mein Vater mich im Kopf. Apropos meine Familie, denen habe ich ja noch gar nicht von meinem krönenden Erfolg berichtet. Schnell wähle ich die Nummer meiner Eltern.

Es dauert nicht lange und meine Mutter nimmt auch schon ab.

»Isabelle!«, sagt sie und ich erkenne deutlich Freude in ihrer Stimme. »Ist alles okay bei dir? Hast du gerade Mittagspause?«, fragt sie gleich. »Es ist immerhin ein Wochentag bei dir, während hier Papa mit Oma gerade beim Sonntagsnachmittagsspaziergang ist. Ich räume die Spülmaschine ein.«

»Mama!« Sofort spüre ich, wie meine Augen feucht werden. Für einen Moment schweige ich. Es tut gut, jetzt ihre Stimme zu hören. »Es ist alles gut, aber ich muss dir etwas erzählen. Ich bin nicht mehr in Tel Aviv. Ich bin in New York. Das Appartement und meine Vermieter und alles drumherum ist einfach spitze! Ich habe mich nur heute etwas überfordert gefühlt«, erkläre ich ihr und hänge umgehend die Erläuterung zu Frau

Watsons Beförderung an.

»Ich verstehe dich gut, mein Kind!«, sagt Mama zu meinem Erstaunen. »Ich kenne dich doch noch als meine Kleine. Schon immer hattest du das Bestreben, alles alleine und am besten machen zu wollen. Ich kann mir vorstellen, dass dich das nun plagt. Aber sieh doch mal die guten Seiten daran. Frau Watson hält solch große Stücke auf dich, dass sie dir umgehend diese lang ersehnte Beförderung gibt.«

»Aber ich weiß gar nicht, ob ich das alles überhaupt noch möchte!«, gebe ich leise zu bedenken und spüre, wie mich dieser Gedanke tatsächlich heftig pikst.

Mama seufzt. »Auch das kann ich mir vorstellen, aber ist es denn nicht immer so, dass die Dinge anders kommen, als man sie sich ausmalt?«

»Sie sind wirklich völlig anders gekommen.«

»Aber warum denn das? Du bist doch in New York.«

»Das stimmt, und das ist besser als gedacht. Aber warum fühle ich mich dann nicht glücklich?«, frage ich sie, als hätte sie alle Antworten dieser Welt parat. Ich muss grinsen, denn ist es nicht wirklich so, dass man das als Kind von einer Mutter erwartet?

»Das kann ich dir nicht sagen«, sagt sie langsam. »Aber es könnte ja sein, dass du dich vertan hast, als du gedacht hast, dass das dein Traum ist. Vielleicht hast du gedacht, dass du das tun musst, um glücklich zu sein. Aber vielleicht ist das nicht dein Weg.«

War das nicht auch das, was Lukas gesagt hat? Mein Vater hat uns beiden das ganze Leben lang eingeredet, Erfolg haben zu müssen. Er hat doch davon geredet, dass nichts umsonst passiert, weil ich genau da ankomme, wohin mein Weg mich führt. Und dass keine Erfahrung umsonst war. Und dass ich meinen Weg schon finde. Einen Weg, den ich frei wählen kann. Ich kann wählen, frei zu sein, denn Freiheit fängt im Kopf an.

Mir fällt die Kinnlade hinunter.

Eilon

Der Tag ohne Handy hat mir gutgetan und als ich spät nach Hause komme und sehe, dass ich es am Morgen gar nicht wieder angeschaltet hatte, beschließe ich, noch eine Nacht ohne Handy-Erreichbarkeit dran zu hängen und gehe nach einer schnellen Dusche ins Bett.

Nach dem Besuch im Laden von Hays Freund haben wir uns noch durch vier verschiedene Hummus-Läden in Jaffa und entlang der Allenby getestet. Guter Dinge, das Angebot toppen zu können, schlafe ich ein.

Erst am nächsten Morgen sehe ich Isabelles verpassten Anruf von gestern und fühle, wie mein Herz schlagartig doppelt so schnell klopft. Isabelle hat leider keine Nachricht hinterlassen.

Sollte ich sie zurückrufen? Aber warum hat sie mir nicht geschrieben? Ohne lange zu überlegen, klicke ich auf Rückruf, werde aber umgehend von einem ausländischen Netzbetreiber in Empfang genommen. Die weltweit bekannte computeranimierte Frauenstimme trällert mir entgegen, dass Isabelle nicht erreichbar ist. Ich seufze. Ich weiß auch gar nicht, wie spät es gerade bei ihr ist.

Gott verdammt. Warum spüre ich sie noch immer in jeder Pore? Es bringt doch alles nichts. Ich beschließe, es vorerst bei meinem einmaligen Rückrufversuch zu belassen.

Gleich schon viel wacher springe aus dem Bett und starte in meinen Tag und meinen gewohnten Trott. Gym, LaMer, Vitaly. Als ich mich nach der Arbeit zum obligatorischen Snack mit Vitaly einfinde, stellt er mich heute auf den Prüfstand durch seine Fragen nach Isabelle und mir wird klar, dass außer Hay noch kein anderer um die Situation mit ihr und mir weiß. Ich überlege kurz, es ihm zu verheimlichen, aber entschließe mich dann dazu, es ihm doch zu sagen.

»Schade!«, sagt er kurz und knapp und schiebt die Unterlippe vor.

»Danke, toller Kommentar, vor allem sehr hilfreich«, fahre ich ihm über den Mund.

»Sorry, Bruder.« Er hebt gleich zur Verteidigung die Hände. »Sie muss es dir wirklich ganz schön angetan haben, ich kenne dich so gar nicht.«

Ich räuspere mich, merke aber, wie schwer es mir fällt, die Anspannung abzulegen. Einen weiteren Rückruf von ihr habe ich auch nach dem 255. Mal Handyanstarren nicht sehen können.

»Tut mir leid, Mann, du kannst ja nichts dafür. Tut einfach nur scheißeweh«, gebe ich kleinlaut zu.

Vitaly klopft mir grob auf den Rücken. »Ich will jetzt kein Salz in die Wunde streuen, aber ich wollte dir eigentlich sagen, dass ich um Saras Hand angehalten habe!«

Jetzt verschlucke ich mich fast an meinem Getränk. »Du hast was? Das ist ja supercool! Warum reden wir dann überhaupt über mich?« Die Erleichterung über meine Reaktion steht Vitaly ins Gesicht geschrieben.

»Du freust dich trotzdem für mich?«

»Klar, Mann!«, bestätige ich ihm und meine es auch wirklich so. »Wann soll es denn so weit sein?«, frage ich neugierig.

»In vier Wochen schon!«

Ich lache. »In vier Wochen? Wie wollt ihr das denn so schnell organisiert bekommen?« Aber Vitaly scheint tiefenentspannt und berichtet mir von einer Location hier in Tel Aviv, die sie bereits ausfindig gemacht haben, und dass sie nun einfach alle einladen werden und dann schauen, wie viele es tatsächlich werden.

»Sag mal, wo wir gerade bei guten Entscheidungen sind. Willst du eigentlich bei mir arbeiten?«

»Bei dir? Verstehe nicht, was du meinst, Bruder.«

»Ich meine, in meinem Hummus-Laden.« Jetzt freut Vitaly sich für mich wie ich mich für ihn. Und ich habe einen ersten Angestellten.

Kapitel 26
ששו סירשע

Isabelle

Müde, aber nicht mehr in der Lage einzuschlafen, wälze ich mich im Bett hin und her. Als es endlich sieben Uhr ist und ich online ein erstes geöffnetes Café in der Nähe ausfindig machen kann, ziehe ich mich an und schleiche aus der Wohnung. Die Sonne scheint schon durch die Hochhausschluchten, obwohl sie noch tief steht, und die Stadt präsentiert sich optisch von ihrer besten Seite. Nur wenige Straßen weiter werde ich fündig und erkenne den Namen *Joe's Coffee* auf dem schönen Schild über der Tür.

Mmmh, der Gedanke an einen herrlichen Cappuccino mit Hafermilch stimmt mich glücklich. Vielleicht liegt es auch an meiner Entscheidung.

Als ich die Tür öffne, werde ich direkt freundlich begrüßt und gebe meine Bestellung auf und nur wenige Minuten später halte ich mein dampfendes Heißgetränk in den Händen. Ich entschließe mich dazu, noch etwas im Café zu verweilen, und nehme direkt am Fenster Platz. Neben mir am Tisch sitzt eine braunhaarige junge Frau in meinem Alter, die ebenfalls einen Kaffee trinkt und am Laptop arbeitet. Sie murmelt auf

Deutsch etwas vor sich hin. Ist ja verrückt, dass man hier im Big Apple ebenfalls Deutsche trifft. Nach einem kurzen Smalltalk weiß ich, dass sie Hazel heißt, Übersetzerin ist und öfter mal hier in der Stadt arbeitet. Sie und ihre fleißige Energie erinnern mich total an mich, als ich noch Karriere machen wollte. Also gestern.

Langsam erwacht die Stadt, die niemals schläft, auch in diesem Viertel zum Leben und es finden sich mehr und mehr Gäste und Spaziergänger ein, die sich eine Kaffee to go holen oder Platz nehmen. Ich schaue mir die Auslagen an, habe aber noch keinen so rechten Appetit auf zuckrige Muffins oder getoastetes Banana Bread und mache den anderen Gästen Platz.

Ich winke Hazel zum Abschied und mache mich auf zu einem Spaziergang, in der Hoffnung auf etwas Grün, oder eine kleine Parkanlage, gelange aber nur auf weitere Straßen mit Cafés, Restaurants, Hotel- und Gebäudeeingängen.

Vor den Lokalen bilden sich kleine Grüppchen, die darauf warten, an einen Tisch gebracht zu werden und hier und da vernehme ich Rufe aus kleinen Lautsprechern, die auf die bestellten Getränke hinweisen, die abholbereit sind. Vielleicht liegt es an meiner Verfassung, aber es wirkt an diesem Morgen alles sehr großstädtisch auf mich und irgendwie gehetzt. Die Taxen und Busse, die in regen Abständen an mir vorbeifahren, tragen dazu bei. Alles scheint so getrieben und durchgetaktet und mir fehlt die morgendliche Stimmung an der Promenade vor dem Dan. Auch in Tel Aviv habe ich Menschen in Eile gesehen, laute Geräusche und Umtriebigkeit wahrgenommen, aber dennoch so ganz anders als hier. Nein, das Lebensgefühl ist definitiv ein anderes. Neben der Müdigkeit, die ich durch den Jetlag fühle, spüre ich auch eine Leere, die mich an meine

Zeit im Studium erinnert. Ein Gefühl, als ob ich ohne meine Aufgaben Langeweile empfinden müsste und das mir die Freude an den einfachen Dingen nimmt. Die einfachen Dinge im Leben, die ich gemeinsam mit Eilon so problemlos zulassen und genießen kann. Ich müsste eigentlich langsam ins Büro, kann mich dazu aber nicht überwinden. Stehe hinter meiner Entscheidung. Vielleicht reicht es ja auch, wenn ich einfach anrufe. Soll ich mich in den Park setzen und lesen? Ich könnte mir ein schönes Restaurant für den Abend suchen oder gar Sebastian und Leroy fragen, ob sie Lust haben, heute etwas Gemeinsames zu unternehmen, aber ich verspüre absolute Unlust. Nichts von alledem beschert mir dasselbe Gefühl, das ich durch Eilon kennenlernen durfte. Ich kann mir sehr gut vorstellen, dass diese Stadt unfassbar viel zu bieten hat und ich weiß, dass ich ihr eine Chance geben sollte, aber wozu eigentlich, wenn ich gerade einfach kein Verlangen empfinde, diese neue Stadt zu erkunden, die Menschen darin kennenzulernen, auf neue Kollegen zu treffen und Aufgaben nachzugehen.

Auch heute, eine gute Portion Schlaf später und im Herzen dieser Stadt angekommen, kann ich keinerlei Funken überspringen spüren. Ganz im Gegenteil. Ich fühle mich, als wäre ich zwar körperlich hier anwesend, aber mein Geist ist in Israel geblieben. Die hohen Gebäude und der viele Asphalt drohen mich zu erdrücken. Ich fühle mich alleine und demotiviert und so gar nicht, als wäre dieser Beton-Dschungel das Ziel meiner Träume. Ich habe das Gefühl, New York zeigt mir gerade, dass ich meinen Traum woanders leben darf. Und zwar weder in den Büroräumen der Marketing Holding noch im hippen New York, sondern mit Eilon in Israel.

Und ich spüre noch etwas ganz anderes, etwas sehr Tiefes.

In diesem Moment wird mir klar, dass ich all das, was in Tel Aviv war, so unendlich spannend fand, weil da Eilon war. Er war von Anfang an dort um mich herum, an meiner Seite und für mich da. Er war es, der mir diesen unsichtbaren Raum der Geborgenheit gegeben hat wie keiner je zuvor, der mich in Tel Aviv hat zu Hause fühlen lassen. Mehr zu Hause als je zuvor woanders. Und vor allem mehr zu Hause als gerade hier.

Urplötzlich spüre ich das tiefe Verlangen, all meine Gedanken mit Eilon teilen zu wollen und nicht mehr länger vor ihnen davonzulaufen. Das ist er: mein Weg, den ich endlich gefunden habe. Ich tippe hastig eine Nachricht an meinen Bruder, dann buche ich den Flug.

Ich liebe Eilon und alles, was wir miteinander hatten und hoffentlich noch haben. Diese eine Sache werde ich jetzt wagen. Entschlossen laufe ich durch die Straßen zurück zu meiner neuen Bleibe in Manhattan und renne die Treppen fast schon nach oben. *Ich habe noch nicht einmal ausgepackt.* Ich muss schmunzeln. Na, wenn das nicht schon das eindeutigste Zeichen dafür ist, dass ich hier nicht sein möchte. Sorgfältig suche ich die wenigen Dinge zusammen, die ich hier bisher benötigt habe, und packe sie zurück in die Tasche. Nachdem alles gepackt ist, setze ich mich auf mein Bett und schaue mich in dem schönen Zimmer um. Es ist alles vorhanden. Stuck an den hohen Wänden, ein unglaublich schönes, fast bodentiefes Fenster und strahlend weiße Vorhänge.

Dazu zwei Vermieter, die aufgeschlossener nicht sein könnten und mit denen ich sicher eine tolle Zeit haben könnte. Aber es hilft nichts. Wie schwarz auf weiß sehe ich Eilons Worte plötzlich vor meinem inneren Auge aufblitzen.

Ich möchte, dass meine Seele frei ist.

Eilon

Ich wache auf und mein erster Griff gilt dem ans Handy. Isabelle hat meinen Rückruf gestern erneut nicht erwidert und ich habe genervt das Handy beim Zubettgehen ausgeschaltet. Ich habe keinen Bock auf ein Katz-und-Maus-Spiel und es gelingt mir nur schwer, nicht permanent an sie zu denken. Ich deaktiviere den Schlafmodus, lege das Handy auf den Nachttisch und gehe an die Wäscheleine, um mir ein frisches T-Shirt und Shorts herunterzunehmen.

Auf dem Weg ins Bad höre ich, dass Hay in der Küche zu Gange ist. »Hey«, rufe ich ihm zu, während ich mir Zahnpasta auf die Bürste gebe.

»Du bist ja heute mal spät dran für deine Verhältnisse.«

Hay kommt mir humpelnd entgegen. »Ja, was soll ich sagen? Ich habe mir gestern eine Tischplatte auf den Fuß geschmissen und der Fuß ist jetzt über Nacht ziemlich angeschwollen, ich denke, das mit dem Training wird heute nichts.«

Mein Blick wandert auf Hays Beine. Der Fuß sieht übel aus. »Willst du nicht lieber zum Arzt?«, frage ich. »Ich kann dich fahren.«

»Und wie stellst du dir das mit deiner Arbeit vor?«, fragt Hay, von meinem Vorschlag nicht ganz abgeneigt. »Du musst doch um sieben Uhr auf der Matte stehen.« Ich überlege für einen Moment und wir einigen uns darauf, dass wir direkt losgehen, damit ich mehr vorbereiten kann, und er solange mitkommt. Um acht Uhr beginnt die Küche und Vitaly kann dann kurz die Stellung halten, während ich Hay von dort aus zum Arzt bringe, und Hay ruft mich an, wenn er fertig ist.

»Und dann können wir schauen, was der Abend bringt«, runde ich den Masterplan ab. »So gefällst du mir wieder.« Hay grinst. »Immer eine Lösung parat, die Spaß macht, und dazu noch einen leckeren Kaffee!«

»Ehrensache, Bruder!« Ich wasche mir schnell mein Gesicht und bin abfahrbereit. Hay hängt sich bei mir ein, gibt mir seine Autoschlüssel und wir fahren mit dem Aufzug in die Tiefgarage. Erst als wir im LaMer ankommen, bemerke ich, dass ich in der Eile mein Handy zu Hause liegen lassen habe.

»Hay, du musst später hier im Lokal anrufen, um mich zu erreichen«, erkläre ich Hay und mache mich an die Arbeit. Ich schneide Zitronen, Orangen, reinige die Siebe der Kaffeemaschine und bereite Hay noch einen cremigen Cappuccino zu, bevor ich im Lager verschwinde. Hay, der mit hochgelegtem Fuß auf einem der Lounge-Sessel sitzt, die am Fenster stehen, nippt daran und schaut nach draußen. »Schon cool hier!«, sagt er und schaut nun wieder zu mir. »Ich verstehe, dass du hier gern arbeitest.«

Für einen Moment lasse ich auch den Blick auf mich wirken.

»Du vermisst sie sehr, oder?«

Ich hebe meine Schultern. »Schon.«

Kapitel 27
עבשו םירשע

Isabelle

Ich schreibe Tara eine E-Mail und bitte sie um einen Termin mit Frau Watson am Mittwoch. Anschließend schreibe ich der HR-Beauftragten im New Yorker Büro, mit der ich bezüglich der Anreise in Kontakt stand, dass ich aus privaten Gründen meinen Posten nicht antreten kann und deshalb nicht zur Vertragsunterzeichnung im Büro erscheinen werde. Im Anschluss versuche ich erneut, Eilon anzurufen, erreiche ihn aber trotz des Freizeichens nicht.

Für einen kurzen Moment gerate ich ins Zögern, halte aber dann weiterhin an meiner Entscheidung fest. Ich werde die Zelte hier abbrechen, bevor ich sie überhaupt erst richtig aufschlage. *Ich bin kein Feigling und kein Versager, sondern ich höre nun zum ersten Mal im Leben auf mein Herz, genau wie Lukas.*

Ich werde ohne Job nach Tel Aviv zurückkehren. Dafür aber mit einer prall gefüllten Tasche Neugier und einem Lebensgefühl, das ich nur von dort kenne. Nervös knabbere ich an meinen Fingernägeln, während ich darauf warte, dass ich endlich zum Flughafen loskann.

Ein Blick auf die Uhr verrät mir, dass es inzwischen kurz

nach siebzehn Uhr ist. Der Flug geht in fünf Stunden und eingecheckt bin ich auch bereits. Ich bestelle mir online ein Taxi auf halb acht und verlasse mein Zimmer, um mir wenigstens eine Mahlzeit im Big Apple schmecken zu lassen, bevor ich ihn schon wieder verlasse.

Eilon

»Dann bin ich ja froh, dass alles nochmal glimpflich ausgegangen ist mit deinem Fuß! Wie lange sollst du diese Schiene jetzt tragen?«, frage ich, als wir gemeinsam zurück zu seinem Auto humpeln. Hay zuckt mit den Schultern. »Ich denke mal so zwei Wochen, ich hoffe nicht länger, denn ich habe einige Aufträge, die ich jetzt nicht schleifen lassen kann.«

»Ich helfe dir, mach dir keine Sorgen. Ich hatte vorhin das Gespräch mit meinem Boss und habe ihn von meinen Plänen unterrichtet. Er war nicht gerade begeistert darüber, dass ich kündige, aber er hat Verständnis und freut sich sogar für mich. In den kommenden Wochen kann ich hier und da ein paar meiner vielen angesammelten Überstunden abbauen. Dabei kann ich auch dir unter die Arme greifen. Und dann ...« Ich hebe drohend meinen Finger. »... nicht vergessen, brauche ich dich, um den Laden für die Eröffnung klarzumachen.«

»Schon abgespeichert, kriegen wir hin«, bestätigt mir Hay.

»Soll ich dich zu Hause absetzen oder kommst du noch mal mit ins LaMer?«

»Nimm mich mit, zu Hause ist es langweilig.« Hay grinst und wir schlagen den Weg in Richtung Strand ein.

»Hat er gesagt, ob du mit der Schiene ins Wasser darfst?«, frage ich.

»Darüber haben wir nicht gesprochen, aber das gilt es später auszutesten.«

So schön, dass ich in Hay einen echten Freund fürs Leben habe. Als wir am späten Abend nach einem Burger-Stopp nach Hause kommen, gehe ich schnell an den Nachttisch. Auch wenn es mir über den Tag hinweg gut gelungen ist, alle Sorgen um Isabelle beiseitezuschieben, nimmt sie noch immer sehr viel Platz in meinen Gedanken ein. Ich vermisse sie und ihre freche Art. Ihre Küsse am Morgen und auch ihre Offenheit. Sie war einfach bei allem dabei und für alles zu begeistern. *Wenn sie denn mal Zeit hatte.* Mit Herzklopfen sehe ich, dass ich einen verpassten Anruf von ihr habe, und tippe umgehend auf Rückruf. Ich höre ein Freizeichen und kann erkennen, dass sie sich noch immer im Ausland, vermutlich in New York, befinden muss.

Ich spüre, wie mich das zugleich enttäuscht, da es ebenso signalisiert, dass sie einfach nicht mehr hier, geschweige denn greifbar ist, und damit nicht Teil meiner Realität. Als sie nicht antwortet und sich eine Mailbox einschaltet, lege ich auf und gehe zum Duschen ins Bad.

Kapitel 28
הנומשו םירשע

Isabelle

Aufgeregt zapple ich auf meinem Flugzeugsitz hin und her. Ich habe Glück gehabt, dass alles noch so glimpflich ablief, denn um ein Haar hätte ich das Boarding verpasst. Das Abendessen hatte sich etwas verzögert, da ich im Flur auf Sebastian gestoßen war und dieser sich mir spontan angeschlossen hatte. Wir haben ein schönes Gespräch über das Leben geführt und auch über die Hürden, die er bisher in seinem Leben nehmen musste, um ein zufriedener Mann zu werden, der einfach nur sein Leben lebt.

Seine Beteuerungen, dem Herzen zu folgen, ließen mein Herz direkt höherschlagen und ich freue mich, dass wir unsere Nummern getauscht haben, um in Kontakt zu bleiben. Mit manchen Menschen klickt es einfach sofort. Dann verspätete sich das Taxi und anschließend begrüßte mich eine lange Schlange bei der Gepäckaufgabe, die ich so nicht erwartet hatte. Nun sitze ich endlich hier und kann die Landung kaum erwarten. Ich habe Eilons Rückruf gesehen, mich dann aber aufgrund der aufkommenden Hektik dazu entschieden, ihm meine Entscheidung auf eine andere Art und Weise mitzuteilen und zwar live. Ich bin gespannt, ob mein spontaner Plan aufgeht. Jetzt geht alles ganz schnell, die Flugbegleiter und Flugbegleiterinnen machen ihren letzten Check, die Kabinen verdunkeln sich und wir rollen mit Hochgeschwindigkeit über die Startbahn. Nur wenige Augenblicke später zeigen sich mir die abertausenden Lichter von New York unter mir. Sie erinnern mich an das Funkeln der Sterne über dem Meer von Tel Aviv und das schürt meine Vorfreude.

Eilon

Als ich gerade Orangen schneide und nebenbei einen Cappuccino zubereite, vibriert mein Handy in der Tasche. Obwohl ich mich zur Vernunft mahne, lasse ich sofort das Messerchen fallen und ziehe es hervor. Und dann bleibt mein Herz fast stehen. Isabelle! Sie hat mir tatsächlich eine Nachricht geschrieben. Ich schnappe nach Luft! Hoffnung keimt in mir auf, dass sie mir schreibt, dass sie zurückkommt, dass das alles ein großer Fehler war. Aber ich weiß, dass das Unsinn ist.

Sie schreibt, ich soll um 17.30 Uhr nach der Arbeit am Bahnhof in Hashalom ihre Kollegin Tara treffen, um einen persönlichen Gegenstand von ihr entgegenzunehmen, den sie in der Arbeit vergessen hat, nur um diesen dann bei mir aufzubewahren, bis sie mal wieder in der Stadt ist. Äh, bin ich jetzt ihr Laufbursche?

Vitaly, dem ich direkt davon erzähle, lacht und winkt ab. »Sieh's doch mal so: Immerhin liegt hinter dieser Message verborgen, dass sie dich irgendwann wiedersehen möchte, wenn sie zurück in die Stadt kommt!«

»Haha, Witzbold, ich lache später darüber.«

Man spürt auch im LaMer, dass die Stadt voller Touristen ist, denn der Tag fliegt nur so dahin. Etliche Milchshakes, Kaffeespezialitäten und Getränke später beende ich meine Schicht und mache mich auf den Weg zur Hashalom-Station. *Muss ich mich sogar noch beeilen, pünktlich rauszukommen, und bekomme dafür nicht einmal einen gescheiten Anruf.* Wozu mache ich das eigentlich, könnte mir doch wirklich egal sein, mittlerweile. Sobald ich diesen persönlichen Gegenstand habe, was immer das auch sein soll, werde ich sie zur Rede stellen, wenn ich später nach Hause komme. Nun ist sie schon nicht mehr in der Stadt und ich agiere, als wäre ich ihr hörig, sobald sie mit dem Finger schnippt. Pünktlich um 17.28 Uhr erreiche ich den Bahnhof und bitte die Dame am Securitycheck darum, meinen Scooter kurz bei ihr parken zu dürfen. Mit einem Scanner-Blick versuche ich Tara ausfindig zu machen. Ich hatte sie nie in Person gesehen, aber das Foto ihres Firmenprofils, das mir Isabelle netterweise mit ihrer kurzen Bitte mitgesendet hat, gibt mir Hoffnung, sie schnell zu entlarven. Nicht oft habe ich eine solch aufwendige Föhnfrisur und so viel Make-up auf nur einem Foto gesehen. Ich checke erneut mein Handy. 17.35 Uhr, Gleis zwei schrieb sie.

Warum um alles in der Welt muss ich eigentlich hierherkommen? Hätte diese Tara nicht auch zu mir kommen können? Zicken.

Jetzt wird es laut und ein Zug fährt ein. Ich trete einen Schritt zurück, um alle Neuankömmlinge aussteigen zu lassen, und halte Ausschau nach der Tara.

Wenige Sekunden später tippt mir jemand von hinten auf die Schulter. Kennt sie *mich* etwa so genau, dass sie mich von hinten erkennen kann?

Automatisch drehe ich mich um und schaue direkt in … Isabelles Augen. Mein Herz beginnt zu rasen und mir stockt der Atem. Unfähig meine wilden, gemischten Emotionen der letzten Stunden in Worte zu fassen, lege ich meine Stirn in Falten und zeige auf sie.

»Du?«, stammle ich verwirrt.

»Ja, ich!«, antwortet Isabelle und schnappt nach meinem Finger. »Man zeigt nicht mit dem Finger auf andere!«, tadelt sie mich und beißt sich dabei aufgeregt auf die Lippen.

Die massive Anspannung, die sich seit Tagen in mir angestaut hat, löst sich und ich schüttle noch immer verwirrt meinen Kopf. »Du musst verzeihen, ich verstehe nicht ganz …« Ich suche nach einer Erklärung. »Wo ist Tara?«

Isabelle grinst. »Ich muss dich leider enttäuschen, Tara wird nicht kommen, der persönliche Gegenstand bin ich.« Vorsichtig greift sie nach meinen Händen und steigt über ihre Taschen zu mir.

Allmählich verstehe ich, was hier vor sich geht, und ich stoße ein erleichtertes Lachen aus. »Du bist verrückt, Izzybizzy!«, merke ich an. »Absolut durchgeknallt und doch einfach perfekt!«

Isabelle grinst und schaut etwas unsicher drein.

»Du bist der persönliche Gegenstand in Person?«, vergewissere ich mich.

Isabelle bestätigt meine Frage mit einem erneuten schüchternen Nicken. »Weißt du, was du die letzten Tage mit mir gemacht hast?« Ich ziehe sie an ihren Händen ganz nah zu mir heran und schaue ihr die tief in die Augen. »Ich sollte schreiend davonlaufen, aber ich will nicht«, beteuere ich. Ich will nur noch eines wissen. »Warum bist du hier?«, frage ich sie und schaue ihr tief in die Augen.

Isabelle erwidert meinen Blick und streicht mir mit ihrem Finger über die Lippen. »Wegen dir! Damit meine Seele frei ist.«

Wir versinken in einen innigen Kuss und die Welt scheint für einen Moment stillzustehen. Ohne Rücksicht auf die Tatsache, dass wir noch immer am Bahngleis stehen, möchte ich alles wissen und verstehen. Vor allem eine Frage brennt mir unter den Nägeln.

»Wie es nun weitergeht, das weiß ich nicht, aber ich hatte gehofft, das können wir vielleicht gemeinsam herausfinden?« Sie schaut mich lächelnd an. Erneut schließe ich sie fest in meine Arme und allmählich machen wir uns auf den Weg nach oben. Vom vorwurfsvollen Blick auf die Uhr von der Security-Dame lasse ich mich weiter nicht beirren, bedanke mich nur freundlich und nehme meinen Scooter wieder entgegen. Ich staple Isabelles Taschen darauf und wir laufen gemeinsam los. Gemeinsam in Richtung Gindi, als stünde jede andere Option außer Frage und ich empfinde ein Glücksgefühl, das ich nicht in Worte fassen kann. Glücklich lege ich meinen Arm um Isabelles Schulter und jongliere den Scooter mit den Taschen in der anderen. Die Zukunft steht in den Sternen, aber unser gemeinsamer Anfang ist gemacht.

Kapitel 29
עשתו םירשע

Isabelle

Das Wiedersehen mit Eilon ist noch viel wundervoller, als ich es mir in meinen schönsten Träumen im Flugzeug ausgemalt habe. Bis zur letzten Sekunde war ich extrem angespannt und in Angst, dass er nicht kommen würde, oder unendlich sauer sein könnte, weil ich einfach fortgegangen und mich für den Job und damit auch gegen uns entschieden hatte.

Als ich dann im Zug saß, war die Nervosität schier nicht mehr auszuhalten, und ich habe mich dabei ertappt, sekündlich meine Haare glattzustreichen, meine Nägel zu überprüfen und meine Lippen zu befeuchten. Doch Eilon wäre nicht Eilon, wenn er selbst diese Begegnung zwischen uns nicht mit seinem ganz besonderen Charme gestaltet hätte.

Unser Wiedersehen am Bahnhof hätte liebevoller nicht sein können und selbst wenn Eilon zuvor sauer war, war davon nichts mehr zu spüren. Ich bin froh, dass meine spontane Idee aufgegangen ist, und uns auf diese Weise zusammengeführt hat.

Ein Telefonat wäre mit Sicherheit in eine Diskussion verletzter Gemüter ausgeartet, aber manchmal sprechen Taten mehr als tausend Worte.

Als wir sein Appartement dank des Gepäcks und unserer Blödeleien erst nach einer Dreiviertelstunde Fußweg anstatt der normalen zwanzig Minuten erreichen, spüre ich ein enormes Gefühl der Erleichterung in mir aufsteigen.

Das Ankommen in Eilons und Hays mir schon so vertrautem Appartement fühlt sich an, wie nach Hause zu kommen, und auch Hays herzliche Begrüßung wärmt mein Herz. Es ist inzwischen dunkel geworden und ich spüre den häufigen Wechsel der Zeitzonen, durch die ich die letzten Tage gewandelt bin, in meinen Gliedern.

Eilon bringt meine Taschen ins Zimmer und schlägt vor, uns etwas zu kochen. Dieses Angebot nehme ich dankend an und verziehe mich ins Bad. Mein Blick fällt auf mein Spiegelbild und ich spüre Tränen der Rührung in mir aufsteigen. Die Tatsache, wieder in diesem Bad zu stehen, Eilons Wärme, der lange Flug, das herzliche Abendessen mit dem mir doch eigentlich fremden Sebastian und das kurze Wunder in New York, bringen einen Sturm der Gefühle in mir auf, den ich nicht besänftigen kann. Das Gefühl nun wieder hier zu sein und einfach ankommen zu können, gibt mir Kraft und Zuversicht und ich spüre, wie sehr mich die vergangenen Monate energetisch ausgelaugt haben.

Ich habe keine Lust mehr darauf, ständig hin- und hergerissen zu sein, permanent nicht zu wissen, wie ich allen Anforderungen gerecht werden soll und durchgehend dabei ein schlechtes Gewissen zu haben. In beide Richtungen. Auf der Firmenseite der Druck, genug leisten zu müssen für das hohe Gehalt und die tolle Unterbringung im Dan, auf der privaten Seite die Rechtfertigungen für meine Bestrebungen ins Unermessliche, auch der

Familie gegenüber. Nein, damit ist jetzt Schluss.

Eilon ruft und ich springe schnell unter die Dusche, um mit dem warmen Wasser auch alle Emotionen abzuspülen, die eben aufgekommen sind. Als ich das Wasser wieder abstelle, fühle ich mich gewappnet für meinen Neuanfang und kann vor Appetit und Hunger kaum das Abendessen mit Eilon und Hay erwarten. Nach einem frischen Abendessen der Levante-Küche überprüfe ich meine Mails und sehe, dass in meinem Account einiges los ist. Wie auch nicht. Die amerikanischen Kollegen sind enttäuscht und Frau Watson wirkt auch nicht gerade amüsiert über meine Entscheidung, das Unternehmen so ad hoc zu verlassen. Allein die Tatsache, dass sie mir den Termin persönlich bestätigt, schüchtert mich ein, bringt mich aber nicht von meinem Entschluss ab.

Ich kann und möchte nicht mehr. Glücklich kuschle ich mich in Eilons Arme. Diese Nacht ist keine heiße Nacht, aber eine Nacht, die mir genau wie das Quadfahren zeigt, dass Intimität auf sehr vielen Ebenen stattfinden kann.

Eilon ist ein Geschenk des Himmels. Eilon ist wie ein funkelnder Stern, mein Lieblingsstern und mit ihm an meiner Seite fühle ich mich sicher geleitet.

Am nächsten Morgen mache ich mich ein letztes Mal fertig, um nach Ramat Gan zu fahren, und freue mich, dass ich heute gleich die Gelegenheit bekomme, mit Frau Watson das Gespräch zu führen.

Als Eilon ins Gym und zur Arbeit aufbricht, mache auch ich mich auf die Socken und gehe hinunter in die Mall zu Greg's Café einen leckeren Cappuccino trinken.

Aufgeregt betrete ich pünktlich um 9.15 Uhr Frau Watsons Büro. Zu meinem Erstaunen treffe ich auch Tara dort an und fühle mich sogleich wie in einem Kreuzverhör. Zu meinem Erstaunen verläuft alles glimpflicher als erwartet. Tara, die als meine HR-Ansprechpartnerin dabei ist, nimmt gegen meine Unterschriften sämtliches Firmeneigentum entgegen und beteuert, als würden wir uns weiter nicht kennen, wie schade es ist, dass ich mich im Unternehmen nicht mehr wohlfühle.

Ich erkläre ruhigen Gemütes meine Entscheidung und meine, in Frau Watsons Blick auf Mitgefühl zu stoßen. Tara hält ihr Pokerface aufrecht und ich bin froh, dass ich sie relativ schnell durchschaut und niemals zu meiner echten Verbündeten habe werden lassen.

Bei Tara habe ich bis zum heutigen Tag das Gefühl, dass ihr niemals daran lag, mich glücklich zu sehen. Frau Watson lässt es sich nicht nehmen, mir ein erstklassiges Arbeitszeugnis auszustellen und verabschiedet mich mit guten Wünschen. Die hochgezogene Augenbraue hinter ihrem Brillenrahmen, die mich respektvoll daran erinnert, wie schade es um mich und meine Fähigkeiten ist, beschließe ich zu übersehen. Nein, jetzt gibt es keinen Weg zurück. Jetzt gilt es herauszufinden, wo ich wohnen und arbeiten kann, um nicht meinen Kopf, sondern meine Füße in den Sand zu stecken!

Eilon

»Kann es sein, dass hier meine neue, arbeitslose Mitbewohnerin gerade den Laden betreten hat?«, rufe ich Isabelle zu und laufe ihr freudestrahlend entgegen.

Es ist kurz vor Mittag und das Restaurant ist bereits gut gefüllt, aber das ist mir angesichts der Freude, die ich beim Anblick von Isabelle empfinde, einfach schnurzegal. Ich spüre Schmetterlinge in meinem Bauch und die Tatsache, dass ich sie wiederhabe, durchspült meine Adern mit purer Freude.

»Hast du Hunger? Möchtest du etwas essen? Wie ist es gelaufen?« Ich kann es kaum erwarten, alles zu erfahren, und bitte sie, an einem der Barhocker Platz zu nehmen, um nebenher meinen Tätigkeiten nachgehen zu können.

Es tut gut, sie nun einfach hier zu haben, hier sitzen zu sehen und in ihre fröhlichen, aber müden Augen zu schauen. Selten habe ich sie so entspannt erlebt, vor allem nicht zu dieser Tageszeit. Sie nimmt Platz und streicht ihre dunkelblonden Haare hinters Ohr. In die Hände klatschend bestellt sie einen Avocado-Salat und einen Smoothie bei mir und sprudelt nur so los.

»Ich bin stolz auf dich!«, unterbreche ich sie, als sie gerade an ihrem Getränk nippt. »Und zu deiner Frage, wo du wohnen sollst. Ich hoffe, die ist nur theoretischer Natur, denn du wohnst ja schon bei mir.« Ich zwinkere ihr zu, als ich zurück hinter den Tresen laufe.

»Aber meinst du denn, das ist für Hay in Ordnung? Schließlich hattet ihr bisher eine reine Männer-WG, da kann ich mich nicht einfach einnisten ...«, gibt Isabelle zu bedenken, aber ich winke nur ab.

»Hay ist mein Bruder und wenn er dann seiner großen Liebe begegnet, müssen wir eben zu viert dort hausen.« Ich grinse. Isabelle wird leicht rot und grinst zurück.

»Ich bin also deine große Liebe?«, fragt sie leise.

Umgehend lehne ich mich über den Tresen zu ihr und flüstere ihr mit geheimnisvoller Stimme zu: »Nicht nur das, du hast mich auch motiviert.«

Nun schaut sie stutzig drein. »Wie meinst du das?«

»Warts ab«, spanne ich sie noch etwas auf die Folter. »Ich erkläre es dir nach der Arbeit!«

Isabelle schüttelt den Kopf und ich kann die vielen neugierigen Fragezeichen darin förmlich sehen. Nun kommt Vitaly aus der Küche, und ich zeige auf ihn. »Was ich dir aber jetzt schon verraten kann, ist, dass Vitaly und Sara nächsten Monat heiraten werden, also wenn du Lust hast, kannst du auf einer jüdischen Hochzeit tanzen!«

Isabelle springt entzückt vom Stuhl. »Das sind ja großartige Neuigkeiten, Glückwunsch!«, sagt sie und streckt Vitaly die Hand entgegen.

Vitaly, der mindestens genauso erfreut ist, sie wiederzusehen, schiebt den Arm beiseite und nimmt sie in den Arm.

Dann zieht Isabelle los an den Strand, um ihre neugewonnene Freiheit zu genießen und sich etwas auszuruhen und wir vereinbaren, dass sie um siebzehn Uhr wieder hier sein wird.

Pünktlich zum Schichtende taucht sie auch schon wieder auf und aufgeregt schiebe ich meinen Scooter neben ihr nach draußen.

»Bist du bereit?«, frage ich sie.

»Kommt darauf an, auf was?«, fragt sie kichernd.

»Für meine Träume?«, frage ich sie.

Nun blickt sie mich mit großen Augen an. »Aber sowas von. Ich habe zwar keinen blassen Schimmer, wovon du sprichst, aber jetzt kann ich es wirklich kaum noch erwarten!«

Sie stellt sich hinter mich und klemmt sich in alter Manier an mir fest und los geht's. Nur wenige Minuten später mache ich vor der Allenby Road 99 Halt und wir steigen ab.

Neugierig beäugt Isabelle das schön sanierte, noch hinter Renovierungsfassaden versteckte Gebäude.

»Darf ich bitten?«, frage ich und reiche ihr meine Hand. »Das wird mein Hummus- und Datteleisladen, den ich hier noch dieses Jahr eröffnen werde!«, erkläre ich stolz.

Isabelles Augen strahlen vor Freude und sie fällt mir in die Arme. »Was? Du machst das wirklich?!« Begeistert fällt sie mir in die Arme.

»Aber wie kam es denn jetzt so plötzlich dazu und wie soll das alles werden und vor allem, wie wirst du den Laden nennen?«, sprudeln die Fragen nur so aus ihr heraus und ich kann spüren, wie sehr sie sich für mich freut.

»Lass uns gemeinsam ein Sabich-Sandwich vorne an der Ecke essen und ich erzähle dir alles!«, schlage ich vor. Schon wenig später lassen wir es uns schmecken und ich berichte Isabelle, was sich in den vergangenen Wochen alles zugetragen hat. »Und an alledem bist du schuld, weil du mir gezeigt hast, dass man einfach mal machen muss, statt nur davon zu reden«, schließe ich meine Erläuterungen ab. Isabelle nickt verständnisvoll.

»Es tut mir leid, dass ich uns so eine Achterbahn der Gefühle beschert habe!« Für einen Moment hält sie inne, ehe sie weiterspricht. »Aber ist es nicht wundervoll, dass wir uns beide jetzt ganz sicher über unsere Entscheidungen und Gefühle sein können?«, fragt sie und tupft sich den Mund mit ihrer Serviette ab.

»Da hast du wohl recht, aber über meine Gefühle zu dir hatte ich niemals Zweifel«, erkläre ich.

»Und auch ich hatte an meinen Gefühlen keine Zweifel, aber ich musste deine Art, das Leben zu genießen, kennenlernen, um auch mir einmal die Frage zu stellen, was ich eigentlich von meinem Leben möchte.« Sie nickt. »Und ich glaube, wir hätten das perfekter nicht hinbekommen können!«

Mit einem verliebten Grinsen gibt sie mir einen Kuss auf die Wange. »Jetzt habe ich allerdings noch zwei Fragen!«

»Schieß los!«, fordere ich sie gespannt auf.

»Wo kann ich mich bewerben, wenn ich bei dir arbeiten möchte und wie soll dein Laden heißen?«, fragt sie frech.

Ich stehe auf und ziehe sie zu mir hoch. »Ich hatte gehofft, dass du diese Frage stellen würdest, sonst hätte ich nämlich sehr bald eine Stellenanzeige schalten müssen, mit der ich nach dir suche«, sage ich und küsse sie kurz auf den Mund. »Und bezüglich des Namens? Da habe ich noch keine Idee, aber ich bin zuversichtlich, dass der ehemaligen Projektleiterin der TLV Marketing Coop. etwas Geniales einfallen wird!«

Kapitel 30
שילוש

Isabelle

»Es ist einfach so wundervoll mit dir und dass wir beide so wenige Worte brauchen, uns zu verständigen, obwohl wir zwei Sprachen sprechen und zwei verschiedene Schriften schreiben«, flüstere ich Eilon drei Wochen später beim Aufwachen zu.

Heute ist Vitalys und Saras großer Tag und die letzten Wochen haben mir mehr als bestätigt, dass die Entscheidung, mein Leben hier in Tel Aviv neu aufzurollen, die bisher beste in meinem Leben war.

Nun ja, nach der Entscheidung, ursprünglich überhaupt nach Tel Aviv zu kommen. Meine Eltern haben sich für einen Besuch angekündigt, mit meinem Bruder stehe ich in Kontakt und Oma hat ihren ersten Videocall souverän gemeistert, bei dem ich ihr Eilon vorgestellt habe.

Eilon murmelt schlafend so etwas wie ein »Mhm« und schlingt seinen Arm um mich. Für einen Moment halte ich die kuschelige Enge noch aus, aber nun zieht es mich aus dem Bett. Ich bin aufgeregt, schließlich steht heute ein großes Ereignis an und schon die letzten Tage habe ich mir viele Gedanken darüber gemacht, wie ich mich verhalten soll auf diesem Fest.

Es soll erst am Abend losgehen und Eilon und ich wollen den freien Tag gemeinsam nutzen, noch ein paar Besorgungen für die Wohnung zu machen. Ich wünsche mir eine Obstschale für die Küche und ein paar Kissen für die Couch, um die Herren-WG etwas aufzumöbeln und für unser Schlafzimmer möchten wir eine Lampe kaufen.

Stück für Stück wachsen wir zusammen und auch der Laden macht große Fortschritte. Nun fehlt fast nur noch die Leuchtreklame für außen und dafür ein Name. Der Tag vergeht wie im Flug und wir werden fündig. Wir kaufen auch noch etwas Wanddekoration für den Laden und ein paar frische Früchte für die neue Obstschale auf dem Carmel Market.

Am Abend werfe ich mich zum ersten Mal seit Wochen wieder in mein gelbes Kleid aus Neve Tzedek und es kann losgehen. Gänzlich anders, als ich es aus Deutschland kenne, werden hier um die vierhundert Gäste erwartet. Eilon sagte, dass man hier einfach jeden einlädt, den man kennt. *Na, das kann ja heiter werden.*

Als wir gemeinsam mit Yarin, Tamir und Hay an der Hochzeitslocation ankommen, herrscht schon reges Treiben. Auf einer festlich geschmückten Terrasse einer großen Veranstaltungshalle tummeln sich schon unzählige Gäste. Von dem Brautpaar noch keine Spur. Alle sind schick gekleidet und bedienen sich an den von Kellnern und Kellnerinnen gereichten Canapés und Getränken und quasseln wild und laut durcheinander. Die Trauung ist auf zwanzig Uhr angekündigt, aber auch um zwanzig nach ist das Brautpaar noch nicht zu sehen.

Ich muss schmunzeln und beginne allmählich zu verstehen, dass diese Hochzeit eine sehr liberale, jüdische Hochzeit sein wird. Plötzlich wird es leise und Musik setzt ein. Alle starren ehrfürchtig auf eine kleine Bühne, die im Außenbereich der Hochzeitslocation aufgebaut ist. Sie ist, stimmig zur Dekoration auf der Terrasse, mit weißen Blumen und einem weißen Vorhang geschmückt und mit funkelnden Lichtern beleuchtet.

Langsam nähert sich nun Sara in einem weißen bodenlangen Kleid mit Schleier am Arm ihres Vaters der Bühne und bleibt auf halbem Wege stehen. Nun erscheint auch Vitaly und läuft schnurstracks auf Sara zu. Die beiden küssen sich und er legt ihr ihren Schleier, der bisher über ihren Rücken hing, über ihr Gesicht.

Jetzt schreiten die beiden ehrfürchtig vor zur Bühne, auf der schon ein Rabbi darauf wartet, die beiden zu vermählen. Gerade, wo es romantisch wird und ich gebannt nach vorne schaue, setzt um mich herum erneut das laute Gewusel ein und alle beginnen durcheinander zu quatschen, sich Instagram Storys zu zeigen und Fotos zu schießen.

Fassungslos suche ich Eilons Blick. »Ist das normal?«, flüstere ich ihm erschrocken zu. »Es passt ja keiner auf, was da vorne geschieht!«, frage ich erstaunt.

Eilon winkt ab. »Das interessiert jetzt keine Sau, die warten nur alle darauf, bis die beiden auf das Glas treten und es zerbrechen, das soll Glück bringen«, erklärt er mir schnell. »Und dann strömen alle zum Essen, das wirst du gleich sehen!«

Überrascht schüttle ich meinen Kopf. Aber es kommt noch besser. Kaum ist die Trauung vorüber, stürmen alle zu dem Brautpaar und gratulieren und ehe ich mich versehen kann, sind die Tische im Inneren voll besetzt und ein jeder bedient sich an den lecker aussehenden und duftenden Speisen, die schon bereitstehen.

»Ist das normal?«, frage ich Eilon, erneut verwundert über den Ablauf, aber auch hierzu winkt er nur ab. »Genieß es einfach und mache dir keine allzu großen Gedanken, das ist alles normal hier!« Er grinst. Erst jetzt sehe ich das Brautpaar in den Saal kommen und auf den Tisch zusteuern.

»Sie waren noch nicht einmal hier drin und alle Gäste essen schon?«, frage ich halb entsetzt.

Nun lacht Eilon. »Verrückt, oder? Ich sag's dir, die Israelis sind ein verrücktes, lautes Volk und manchmal ohne jegliche Manieren, aber von Herzen gut!«

Jetzt muss ich lachen. »Da hast du wohl Recht«, stimme ich ihm zu und ehe ich mich versehen kann, wird das Licht gedimmt und alle Gäste springen von ihren Plätzen auf, strömen zur Tanzfläche und beginnen fröhlich zu tanzen.

Verdutzt bleibe ich sitzen und esse brav meinen Teller leer, bevor ich mich zu Eilon und den anderen ins Getümmel stürze. Es dauert einen Moment, aber nach ein paar Liedern kann ich mich auf die Feier einlassen und wir tanzen mit dem Brautpaar bis in die frühen Morgenstunden.

Als wir um halb fünf Uhr die Hochzeit als eine der Letzten verlassen und uns ein Taxi rufen, bleibt Eilon vor dem Einsteigen vor mir stehen und schaut mir tief in die Augen.

»Alles okay bei dir? Hat es dir trotzdem gefallen?«

Ich schließe meine Augen und gebe ihm einen langen Kuss auf seine vollen Lippen. »Sehr sogar! Es geht mir wunderbar.« Und nach einer kurzen Pause und einem kleinen weiteren Kuss, füge ich hinzu: »Danke, dass du mich zum Teil deiner Freiheit machst.«

Eilon schüttelt langsam seinen Kopf. »Wir schreiben unsere Geschichte zusammen. Wir entscheiden uns für unsere Freiheit und unsere Träume«, betont er und legt dabei lieb seinen Finger auf meine Lippen. »Und keine Sorge, falls wir jemals heiraten wollen oder sollten, muss das nicht so banausenhaft ablaufen.« Er grinst müde.

Und urplötzlich spüre ich einen Funken in mir aufsteigen und ich weiß es einfach. »Aber ich hätte da gerade eine phänomenale Idee für den Namen für deinen Hummus-Laden!«, rufe ich nun begeistert.

Jetzt werden auch Eilons Augen wieder groß und er schaut mich neugierig an »Lass hören!«

»Hummus-Traum und Datteleisfunkeln.«

Eilon lacht und klatscht in die Hände.

»Hervorragend!«, bestätigt er. Und in diesem Moment sehe ich hinter Eilon einen Stern aufblinken, als wäre es ein Gruß seines Großvaters.

Leseempfehlungen

Wenn du mit uns Flamingos weiterreisen möchtest, haben wir hier noch Vorschläge:

Florida

Korallen, Küsse und Key West … aber nur für sechs Monate! Ein lockerer Liebesroman mit dem malerischen Flair des Sunshine State.

Korallenträume und Floridaliebe von Maggie Uhmann

Finnland

Ein Roadtrip, zwei überzeugte Singles und ganz viel Polarlichtmagie. Wird der Zauber der Nordlichter dafür sorgen, dass die wahre Liebe eine Chance bekommt?

Nordlicht-Liebeszauber von Kristina Lagom

Nepal

Wandere mit Erik aus Wuppertal und seiner Clique durch Nepal und erlebe gemeinsam mit seinem jahrelangen Schwarm Jule Abenteuer

Kathmandu & ich von Sven Jähnel

Kuba

Begleite Maike bei ihrem Sabbatical und tanze mit Mateo durch die Gässchen Havannas.

Mein Herz in Havanna von Katharina Pauter

Niederlande

Vernunft oder Freiheit? Komm mit auf einen Van-Roadtrip und finde die ganz große Liebe in den Dünen der Niederlande.

Fünf Quadratmeter Freiheit, Chaos und Liebe von Finja Bergmann

Japan

Wenn die leuchtend roten Ahornblätter im japanischen Herbstwind tanzen, ist es Zeit, in der Ferne sein Herz zu verlieren …

Die Melodie von rotem Ahorn von Sven Jähnel

Neuseeland

Hannah aus der Eifel, die Freiheit sucht.
Max aus Neuseeland, der keine Fernbeziehung will.
Und ein Kuss unterm Silberfarn, der alles ändert.

Küsse unterm Silberfarn von Anna Matthes

Gran Canaria

Die digitale Nomadin Lara, Canario Aday und ein Neuanfang auf der Insel Gran Canaria.

Meer Gefühle mit dir von Nanni Jimenez

Thailand

Herzklopfen in einer Ecke Thailands, wo nie ein Tourist landet, Streetfood, bei dem einem das Wasser im Munde zusammenläuft und richtig süße Hunde.

Kokosnuss und Mangokuss von Thorid Larsson

Schweden

Schwäbische Sekretärin trifft auf chaotischen Wikinger.

Mittsommercamp zum Verlieben von Michaela Metzner

Norwegen

Norwegen im Winter, ein Polarpark und Glücksmomente: tanzende Nordlichter, niedliche Husky-Welpen und herzerwärmende Begegnungen.

Rentierküsse und Polarmagie von Selina Ritter

In Zukunft nehmen wir dich in viele weitere Länder mit.

Hier gelangst du zu unserem Programm inklusive Leseproben:

https://flamingo-tales.de/programm/

Danksagung

Katharina / Sandra

Danke an unsere lieben Testleserinnen.
Danke für das tolle Cover, Torsten!
Danke an alle, die uns mit Rat und Tat zur Seite stehen.

Last but not least: Danke an dich, liebe Leserin, lieber Leser, dass du uns dein Vertrauen und deine Zeit geschenkt und bis hierhin gelesen hast.

Die größte Belohnung für uns ist eine Rezension, bevorzugt auf Amazon.

Gratisromane

Möchtest du ein gratis E-Book vom Verlag erhalten?
Registriere dich für den Newsletter, dann nehmen wir dich gerne mit nach Kuba.

https://flamingo-tales.de/newsletter

Oder melde dich gern auch bei Sandras Newsletter an. Auch bei ihr gibt es eine gefühlvolle Kurzgeschichte geschenkt.

https://www.sandradiemer.de/